U0799790

大湾区文学选本

文学地理卷

王威廉　陈培浩——编著

南方日报出版社
NANFANG DAILY PRESS
中国·广州

广东省文学艺术界联合会
粤海风杂志社　主编

人文湾区文艺书系

图书在版编目（CIP）数据

大湾区文学选本．文学地理卷 / 王威廉，陈培浩编著．-- 广州 ：南方日报出版社，2025. 8. --（人文湾区文艺书系）. -- ISBN 978-7-5491-3038-2

Ⅰ．I218.65；I206.7

中国国家版本馆 CIP 数据核字第 20256BX451 号

DAWANQU WENXUE XUANBEN WENXUE DILI JUAN

大湾区文学选本 文学地理卷

编　　著：王威廉　陈培浩
出版发行：南方日报出版社
地　　址：广州市广州大道中 289 号
出 版 人：周山丹
丛书策划：周山丹
责任编辑：阮清钰　蔡　芹
特约编辑：卢　瑜　李芷莹
装帧设计：邓晓童　劳华义
责任校对：阮昌汉　朱晓娟
责任技编：王　兰
经　　销：全国新华书店
印　　刷：广东信源文化科技有限公司
成品尺寸：185mm×260mm
印　　张：14.25
字　　数：288 千字
版　　次：2025 年 8 月第 1 版
印　　次：2025 年 8 月第 1 次印刷
定　　价：68.00 元

投稿热线：（020）87360640　　读者热线：（020）87363865
发现印装质量问题，影响阅读，请与承印厂联系调换。

丛书编委会

主　　任：王垂林

副 主 任：高景海

执行主编：卢　瑜　王威廉

委　　员：（按姓氏笔画排列）

王威廉　冯　娜　刘大先　杨丹丹

杨庆祥　陈培浩　岳　雯　郑焕钊

房　伟　唐诗人　霍俊明

总序

同书粤地新气象　共绘湾区同心圆

王垂林

在新时代的东风里，粤港澳大湾区建设正以磅礴之势，激荡着世界级的城市群崛起。广东省文学艺术界联合会组织辑选《大湾区文学选本》（以下简称《选本》），受到粤港澳三地文学艺术家的热烈响应，并获得国家新闻出版署“十四五”国家重点图书出版规划立项支持。《选本》的推出不仅是对这片热土文脉的深情回眸，更是广东文艺界回应国家重大发展战略的自觉行动。它如一座精心架设的桥梁，联结起现代文艺潮涌，为广东文艺高质量发展注入活水，更为大湾区宏伟蓝图增添了一道斑斓的人文亮色。

《选本》编选了湾区不同城市、不同代际作家、不同文本形态下反映时代变迁、刻画湾区风貌、传递人文精神的代表作品。这些作品以鲜明的在地性和开放的全球视野，构建起大湾区共同的文化认同，宛如珠江汇聚西江、北江，千百流涌，而后八门夺海，展现出一幅千姿百态又和谐共生的文学图景。字里行间，既有岭南风物的细腻描摹，亦有时代变革的深沉回响；既镌刻着湾区独特的多元文化印记，更升腾出湾区人民共同的价值追寻与精神气质。

粤港澳大湾区的独特优势在于“双向开放”——既向内连接广阔腹地，又向外辐射全球。粤港澳大湾区文艺事业的发展更离不开三地优势互补、资源整合所激发的创新合力。《选本》的多元文本组合，彰显这一特质，既有粤语方言写作的韵味、移民故事的张力，也兼备跨境叙事的包容性，向世界展示中国式现代化进程中的文化多样性，让读者得以从香港的都市律动、澳门的多元风情、广东九城的奋进脉搏中，真切触摸到那份植根于岭南沃土、流淌在湾区儿女血脉中的文化基因与情感共鸣，为粤港澳三地增进共识、携手前行提供强大的价值支撑。这种守正创新的创作实践，正是广东文艺界抢抓历史机遇、主动担当文化使命的生动写照。

岭南文脉相交融，人文湾区谱新篇。《选本》宛如一座精神堤岸，在珠江潮水拍打之处见证湾区文学由区域走向世界、从传统迈向未来的壮阔航程。广东文联将持续引领广东文艺界同书粤地新气象、共绘湾区同心圆，不断书写大湾区文艺繁荣发展的新传奇！

作者系广东省文学艺术界联合会党组书记、专职副主席

2025年7月1日

序

“大湾”有“大美”：如何建构多元融合的“文学共同体”

——从《大湾区文学选本·文学地理卷》谈起

房　伟

一

文学地理学研究，很早便受到中国学者的关注。丹纳的《艺术哲学》提到种族、时代和环境对艺术创作的影响，为文学区域特质的研究打下了基础。在中国现代文学版图中，江浙、东北、西南等地区都曾形成一些有地域特征的文学流派，出现过一些有地域特点的优秀作家。到了当代文学时间段，山药蛋派、荷花淀派和茶子花派等地域性文学集团，被大家广泛了解。进入新时期，在多元发展、百花齐放的文学大花园，一个个有着地域性和族群性特质的文学群落不断发荣滋长，绽放光彩，比如岭南作家群、齐鲁作家群、津味和京味作家群、东北作家群、陕西作家群、巴蜀作家群、海派作家群，等等。

但是，如果从文学史视野仔细观察就会发现，文化共同体想象意义的地域性作家流派并没有被“强化”，反而“弱化”了。原因很复杂，一方面，中国有大一统文化基因，对外形象整体性的诉求有时会大于对地域美学的建构；另一方面，多元化发展，导致作家更愿意凸显个性，文化地域的影响更多在潜意识方面。此外，现代流行文化，乃至后现代文化，也以现代性冲击地域文化中某些具有传统意味的文化价值。现代性要求一种均质性商业文化，进而为文化资本的衍生创造审美接受的温床。比如，当你到了云南大理、河南郑州、山东济南、广东佛山等，下了飞机，眼前全是一模一样的高楼大厦，一样的肯德基、麦当劳，一样的沙县小吃、加州牛肉面，你会有一种世界被标准化的悲哀感受，很多具有地域文化精髓的东西，也逐渐沦为商业化伪民俗表演和文化产业。

现代性发展，正是在地域性与普世性的对抗之中，才展现出其内在的结构性活力。地域文化的保存、传承和发扬，不仅是所谓“文化搭台，经济唱戏”这么简单，它更是一种文化精神内部丰富性与稳定性的对立统一，是人类文明记忆的保存和延续，也是人类发展可能性的存留。就社会学领域而言，中华文明自古以来有大一统的传统，也有着相对的地方性内部调适性。漫长历史洗礼之下，特别是晚清以来的“千年未有之变局”，中华民族文化内部既受到剧烈的现代性冲击，也在危机之下的“浴火重生”。经由中华民国，再到中华人民共和国，“多民族统一国家”的共同体价值观和文化想象渐趋形成完备。我们既有“国家统一”的大国文化整体感建构，也有对内部文化丰富差异性的尊重。我们看到，沈从文的小说之中，存在刘洪涛等学者敏锐地发现的“以中国内部的文化差异秩序”呼应“中国与西方的文化地理差异秩序”的潜在文化逻辑；当代文学之中，我们更能看到，阿来的藏族文化想象，也存在西藏—康巴—汉文化中心区的内在文化差异秩序想象，并在“中国与西方”文化地理空间的对抗中，凸显文化“边地与中心”的复杂关系。这也是中国文化自身传统延续性形成的独特文化结构。由此，中国当代文学地理版图建构与西方在现代民族国家叙事基础上形成的文学地理逻辑有一定的差别。按照路易·加迪在《文化与时间》中所说，罗马帝国解体后，西方从中世纪到现代社会的漫长时间中，逐渐产生了“一边一国”的民族国家意识，这使西方更注重单一民族文化时空观念和“一国一史”文化概念，在基督教文明衍生出诸如野蛮/文明、边缘/中心、落后/进步等现代观念后，某种全球化地域秩序格局进而形成。中国在漫长大一统文化中，形成了迥然别于西方的“天下”文化观念，并在儒道释三家协调基础上，形成了丰富的地域性文化。列文森指出，中国近现代历史，就是“天下观”被“现代民族国家”观念替代的历史。这样说有一定的道理，但是，21世纪以来，随着中国综合国力的大大提升，中国文化自觉进一步觉醒，文化包容性越来越强，文化的独立性也越来越强。就文学角度而言，对外塑造整体中国文化自信与文化想象，对内建构丰富的文化差异结构，成了摆在很多作家面前的历史使命和民族诉求。

二

“粤港澳大湾区文学”的建构，有着非同一般的历史意义和重要性。从文化共同体建设角度而言，“大湾区”概念，不仅是整合香港、澳门和广州、佛山等地的经济资源以实现地域结合的区块发展，也不仅是政治意义上中华民族地域的整合，更是在文化上使中华民族内部富于活力和弹性的差异性地域文化与对外的中华民族现代统一文化相结合，进而塑造更强大有力的“中国想象”文化共同体。本尼迪克特·安德森在《想象的共同体：民族主义的起源与散布》一书中为我们揭示了现代民族国家塑造过程中有关“想象”的秘密和巨大作用，在这种想象之中，文学的地位和作用，显然不能忽视。2018 年发起的《粤港澳大湾区文学合作发展倡议书》，除了倡导建立粤港澳三地 9+2 城市文学合作长效机制，加强文学交流互动，共建城市文学活动载体，互通文学作品发表渠道，完善文学交流平台，推进文学联动，构建粤港澳三地文学界交流合作新格局外，倡议书特别提出要“培育清新刚健、多元蓬勃的大湾区文学生态，形成粤港澳大湾区文学共同体，使之成为华语文学走向世界、走向未来的重要枢纽”。谈到“大湾区文学”，陈培浩和王威廉二位反复强调，“大湾区文学”强调的是“湾”，必须留心到“大湾区文学”概念背后的精神价值。湾区是近代世界史的产物，湾区精神遗产就是文化对话和文明融合，跨文化对话不是为了取消文化主体性和差异性，而是为了多种文化共存。从“粤港澳大湾区文学”到“粤港澳大湾区文学共同体”，或许是粤港澳大湾区建设人文湾区的重要途径之一，而这种对话性、多元性和融合性，更是符合中国开放包容的现代文明体的价值取向。

正如克利福德·格尔茨所说：“地方知识之所以重要，首先是因为任何文化制度，任何语言系统，都不能够穷尽‘真理’，都不能够直面上帝。只有从各个地方知识内部去学习和理解，才能找到某种文化之间的差异，找到我文化和他文化的个殊性，并在此基础上发现‘重叠共识’，避免把普遍性和特殊性对立起来，明了二者同时‘在场’的辩证统一。”[①] 地方性书写的意义，也许正在于从对比之中发现问题，也在于互相借鉴，既追求特殊性，也追求共性。当然，我的想法是，这种对话性和多元性，必须服务于中华文明对内多元差异性与对外整合性的二元统一，唯其如此，才能真正实现中华文明整体的复兴与崛起，让中国文化真正成为与西方平等交流的文明体，我们才能在“湾区和中国”的概念之间，寻找到有益的平衡。而广义的、对比于西方的中国，才可以在“地方性”的概念之上，实现真正的不同文明之间的交流。

王威廉君，气质高雅，形象俊美，是广东青年作家的代表性人物之一，在全国创作界产生了广泛影响。他的小说，有着非常宽广的视野和丰富多变的手法。他富于哲思，又不乏生命的激情，既有着浪漫的情怀，又能深入世界的荒诞，捕捉“生命蝴蝶”的战

① 格尔茨. 地方知识. 杨德睿，译. 北京：商务印书馆，2004：19.

栗。他的小说《内脸》《非法入住》等，将黑色幽默与现实的苦涩体验结合，创造了中国文学独特的“心像”。他生于陕西，求学于中山大学，成名于广州，他的文字既有北方文学的开阔气象，又有岭南文学的森森气韵、万千风景。他在大湾区文学构建的过程中，既是亲历者和参与者，也是有着自主精神的反思者。陈培浩君，灵慧通透，温润如玉，是广东潮汕人，先后求学于广州、北京，后又在潮州、福州高校工作。他的身上，闪烁着河洛人氏的“潮州精神”，积极奋发，勇猛精进，又胸襟开阔，视野超群。潮汕人扬帆世界，在不同地域扎下根生存的同时，又保留古中国文化传统，有着独特的地缘文化信仰。陈培浩的学术研究，也有这样的特点。他的诗歌研究，精妙细密，他对诗坛了如指掌，在阮章竞研究上，有着深厚的史料功夫和独特认知；他的小说研究，犀利准确，善于提炼概括，有着批评家的激情表达欲望与深厚审美感悟力。更难得的是，陈培浩还有着一般批评家不具备的文学史研究视野，他的文学史研究是和他的批评思维结合在一起的，将抽象思辨的理论思维与宏观庞大的文学史思考连缀，有着独特的价值。

这本著作之中，王威廉和陈培浩二君，这对“大湾区双星”组合，能够突出地体现出大湾区文学的锐气和活力。他们通过对话的形式（这本身就是一种大湾区文学精神），和十几位作家、学者，共同探讨几十年来甚至上百年大湾区城市之中文学的发展轨迹、文化的演变、地域性的文化特质，从而在微观上为我们第一次集中梳理了大湾区文学内部各个地区的特点及他们之间的内部联系。这些作家和学者，都非常具有代表性，可以说代表了大湾区范围内最前沿和精锐的文学力量。香港的周洁茹，澳门的袁绍珊，广州的张欣，东莞的陈启文，深圳的蔡东，中山的马拉，珠海的曾维浩、杨丹丹，惠州的徐威，佛山的盛慧，江门的张启雄、宋雯，这些来自大湾区不同地域的作家，共同为我们描绘出一幅美丽的“大湾区文学地理图”。更重要的是，他们在谈话之中，既对大湾区的多元文化进行梳理，又试图摸索出某种具有普世性的“大湾区文学精神”，进而与当下的民族共同体想象，形成某种内在呼应。很多篇目的对话，话题新颖，观点犀利，有褒有贬，又常能见真知灼识。他们不仅从历史渊源上，为我们追溯了那些地域性文化的源流，且在当代文学的地理版图上，清晰地为我们标注出地域性条件成为大湾区文化的可能性。对读者而言，这也是一次对大湾区内部文化构成的集中性学习和认知。在这些学者和作家们的对话之中，大湾区的历史和现实、大湾区的政治经济和文化、大湾区不同地域的精神气质都得到了很好展现。可以说，这本著作，是一场非常丰盛的“大湾区文化盛宴”。

三

《大湾区文学选本·文学地理卷》这本书，给我留下了深刻的印象。首先是对广州的印象。王威廉他们赞美广州，并从历史文化的角度，认为广州是早于上海的中国现代性的象征："在中国，'城'的代表是北京，'市'的代表就是广州，北京与广州的对话代表着'城与市'之间的对话。有人一定会提到上海，我觉得先不说上海的历史短暂，上海本身恰好介于北京与广州之间，而且它具备更加强烈的现代性。与之相比，广州的历史漫长，而且几乎从未断绝过和海外的贸易联系，即便是闭关锁国的清代，广州也承担着作为清帝国与世界之间接触窗口的重任。"他们以"边缘的中心和中心的边缘"来定位在中国南方大放异彩的广州文化地理地位。这些说法，对于我们认识中国内部文化的复杂性是有帮助的。陈培浩甚至认为，广州是宅神和守护神最和平共处的城市。作家张欣成名多年，也是广州文学的代表作家之一，她从务实的理性精神对广州的气质进行指认，认为从容克制是城市文学的精神。

对于中山文学，几位学者、作家进行了细致梳理。从阮章竞、刘斯奋到符马活和余丛，再到民间诗歌写作群体"三只眼诗歌部落"，从中山重要作家马拉的系列长篇小说、谭功才的小说《鲍坪》，到青年作家慕容素衣和叶克飞等，他们对这些作家进行了认真盘点。他们指出，中山文学需要走出地方，真正融入中国文学主潮。对于深圳，王威廉认为，深圳文字是一种"高科技和新城市诗学"。这种对于城市精神的提炼，彰显了外来者想象城市的方法，也表现着深圳自我塑造的精神内涵。在王威廉看来，基于人学的新城市诗学才更接近文学伦理。对于人的关心，是王威廉创作的中心，也是他希望文学赋予深圳这座年轻的高科技城市的人文底色。深圳的本土女作家蔡东则对此有不同的理解，她认为，"敢为天下先"是深圳城市发展历程中的精神特质，说到文学精神，似乎还需要沉淀和成形，或者可以说，年轻、不稳定、难以概括也是深圳文学精神的棱面。她否定人为赋予城市某种特定精神的做法，认为这种气质还需要更多的积淀，而多元化的发展恰提供了这种可能性。

如何有效地在"大湾区文学"概念中整合香港文学和澳门文学，是摆在陈培浩和王威廉等研究者面前的重要课题。他们依然坚持"多元融合"的观念。陈培浩、王威廉将香港文学分为通俗商业写作、纯文学写作等不同面向，认为香港文学是多维度的，既有金庸、李碧华、亦舒等大众接受度很高的通俗作家，也有刘以鬯、西西等纯文学作家。所以，既理解多维的香港想象，也理解多维的香港文化，才能理解香港内在的丰富性。周洁茹梳理《香港文学》杂志发展过程，介绍香港青年文学奖、大学文学奖、城市文学奖，以及"香港文学"微信公众号的情况，并介绍了当前香港文学界的中坚力量，如王良和、孔慧怡、朱少璋、何杏枫、胡燕青、施友朋、马辉洪、葛亮、唐睿、麦树坚、郑政恒、陈德锦、樊善标等。几代作家组成的创作群体薪火相传，香港文学生机勃勃，生生不息。周洁茹特别介绍了黄怡的小说《塘西的亚当与夏娃》，从文化差异和性别歧视的角度，用黑色幽默的语言，讲述了让人哭笑不得的爱情故事；梁丽姿的小说《双双》则用写实手法，描述真实的香港底层社会。而内地去港作家葛亮，以《北鸢》《朱雀》等长篇小说作品见长，在香港“凝望”内地的家国历史与现实语境，具有明显的多种文化融汇的痕迹。

陈润庭和袁绍珊考察、追溯从汤显祖到近代的澳门历史，特别是澳门文化的开放性与杂糅性、保守性与传承性。他们指出，澳门文学更多是一种“自觉的家国想象”，特别强调“岭南情结”与“中华脉络”。换句话说，如果台港文学的本土书写追求的是建构“我城=我家”，澳门文学则更多是在联结“我国—我家”。袁绍珊进一步指出，书写消逝中的澳门景物，成了澳门散文创作的大宗；对博彩文化和暴富城市磨蚀人性的描写，则是澳门小说的集体奇观。澳门作家对“消失”这一主题的偏爱，既呼应近年澳门民间浓厚的怀旧情绪，也是本土意识的表现。他们更指出，由于资本投入缺乏、稿费低、零版税、义务演讲和狭小的图书市场，澳门文学发展困难，全职写作变成天方夜谭。但是，正因为没有销售压力，因此，以个人或社团名义向政府申请资助的独立出版十分盛行，言论相对自由，澳门作家有绝佳条件和视角，用最不考虑市场的纯文学方式，触及华文作家较少关注的主题或禁忌。诸如，混血儿及回归后的身份认同，赌博及娼妓文化的描写，以及全球化下畸形的都市化进程等。

对于珠海的创作，曾维浩追溯了珠海市作家协会发展史，考察了《珠海》杂志的起源和辉煌历史，也介绍了当代珠海文坛小说家陈继明、曾维浩，诗人卢卫平、唐不遇，散文家耿立，报告文学家曾平标等。批评家杨丹丹认为，当代珠海文学与中国当代文学保持发展一致性的同时，某种程度上也忽略了自我独特性。在探讨将珠海文学融入大湾区文学建设时，他们也都认同，珠海这一百多年来，有很多值得写的东西，是题材的富矿。澳门有四百多年中西交汇的历史，珠海处“一国两制”交汇点，把相关的东西挖掘一下，可能文学独特性、创新性也随之显现。徐威和雪弟对于惠州文学进行了梳理，特别指出惠州小小说在全国的影响，以申平为代表的小小说作家群，比如肖建国、海华、陈树龙、陈凤群、阿社、胡玲、吴小军等均成就不俗，惠州也因此被授予“中国小小说之乡”称号。申平的小小说有自然书写倾向，喜欢歌颂自然与人的和谐，谴责人类对大自然的破坏。肖建国对单纯、明净的人物内心的书写和意境营造，海华显明或隐秘的机关叙事，陈树龙幽默和荒诞的现实描摹，陈凤群对底层小人物的关注，胡玲的女性写作等，都极具辨识度和个人风格。

陈培浩研究陈白沙和梁启超内在思想的隐秘联系之处，特别是后者对前者“心学”的继承，探讨江门文学的独特传承。黎保荣与杨芳的对话指出肇庆文学的特点，是从端砚一样的朴实、沉静走向惠能、利玛窦一样的开放、浑厚。黎保荣认为，肇庆文学有一种超越乡土“集聚性”的“融汇性”所在。所谓“集聚性”，就是主要表现当地（或本土）的自然风光、风土人情、地域文化，而所谓“融汇性”，就是将不同的文学地理视野进行交织、交融，并且转化为一种更开阔的文学地理视野与书写。这种“多元融合”的观点，让人耳目一新，也适合“大湾区文学”融汇发展的基本理念。

佛山是一座低调的城市，它的粤菜文化、武术文化和康有为的近代改良思想，影响了它的文学创作。陈培浩特别指出，佛山顺德师傅有着穷尽舌尖美味的想象力和探索精神，不管广州还是佛山，城市文化气息是市民的、世俗的、及物的、欢乐的，这里对高蹈的形而上思索相对淡然。老一辈佛山文学人才层出，王影被誉为“大陆的金庸”，他以“戊戟”为笔名，出版长篇武侠小说三十多部，影响覆盖华南地区。其余的作家多以华南特色及乡土书写为主，郑启谦、彭乐田、黄爱卿、李剑魂等则以诗歌创作为主，郑启谦、彭乐田等有“水乡诗人”之誉。研究者特别关注《佛山文艺》，作为一本有“打工文艺”特点的杂志，《佛山文艺》在全国有巨大的影响力。编辑家盛慧谈道，杂志最辉煌的时期，月发行量高达100万册。在当下文坛，佛山近些年活跃的作家，包括写小说的盛慧、彤子，写诗的张况、安石榴，写儿童文学的洪永争、亚明，他们的影响力已不同程度冲出了广东。

东莞是一个经济发达的前沿城市，甚至被称为制造业“世界工厂”。在东莞，历史与当下、边缘与中心的思辨关系非常集中。王威廉梳理了东莞涌现的有影响力的当代作家，如陈启文、塞壬、丁燕、陈玺；活跃的青年作家，如寒郁、周齐林、莫华杰等；诗人，如方舟、蓝紫、泽平等。东莞还为新世纪文学提供了大量优秀的“打工文学”，比如，王十月的《国家订单》，郑小琼的诗集《女工记》，打工文学批评家柳冬芜的批评文章，陈启文和丁燕的非虚构文学等。王威廉敏锐地指出，东莞的“打工文学”是第二代工业文学，他在谱系学和文学史脉络上为“打工文学”进行准确定位。陈培浩则认为，打工文学不过是东莞文学的一个标签，反映的还是中国城市化、现代化进程中独特的现代性体验——一种现代性创伤体验。散文家詹谷丰，诗人泽平、薛依依、莫小闲等人的作品在“打工”“底层”这些东莞文学标签之外，增加了东莞文学的丰富性。陈启文则认为，曾明了的《黑嘎》是东莞文学代表作之一，他直言不讳地指出东莞文学的尴尬之处：东莞正好处于广州和深圳的夹缝之中，永远也不可能超越这两座大都市，在两强之间，东莞是一片文学洼地，这是必须正视的宿命。可以不断超越自己，但这种超越注定只是内在超越。

四

“大湾区文学”是什么？是一种因为“政治与经济一体化”而出现的新的“文学一

体化”，还是“自然而生”的民族国家视野内的文学区域？概念先行，是否只是某种政治和经济的人为需要？“大湾区文学”会不会变成“珠三角文学”和“港澳文学”的大杂烩？这其实也是很多作家和学者担心的。在这本著作之中，大湾区的学者、作家们，很好地回答了这个问题，表现了他们的深度思考，以及对历史和文化负责任的严谨态度。

在陈培浩和王威廉他们看来，“大湾区文学”不仅是一个概念，也是一种文学共同体想象的对象与方法。一种思路是存量盘点，以城市为单位，检视大湾区地理范围内的重要作家作品、文学现象和历史源流。大湾区作为区域概念，超越于一般行政区域概念，是一个跨行政区域的生产性概念。另一种思路则认为，讨论“大湾区文学”不应停留于存量层面，还应进一步拓展到增量层面，更重视“大湾区文学”打开的独特经验领域和审美价值领域，不仅着眼于区域历史文化，更关注技术迭代和时代新变赋予大湾区的新质，以对文明转型进行预判，把握大湾区将为中国当代文学创造的前所未有的“可能性”。

这种可能性是什么呢？陈培浩、王威廉他们用一种更形象的说法进行描绘。他们认为，“湾区文学”指向一种站在陆地向往大海，又从大海拥抱陆地的交融精神。湾区文学不是海洋文学，也不是乡土文学，而是梦想融合与自由的文学。这无疑说出了大湾区文学基于地缘的多元融合，又有着某种宏大整体性的特性。正如巴柔所指出：“他所有形象都源自一种自我意识，它是对一个与他者相比的我，一个与彼处相比的此在的意识……形象是对一种文化现实的描述，通过这一描述，制作了它的个人或群体揭示出和说明了他们置身于其间的文化的和意识形态的空间。”① 文化地理学主体的建构，需要不同形象学主体互为他者，互相建构，封闭的文化是没有出路的。多元融合，是各种文化和文明的交汇相生，千姿百态，互相借鉴，又相对独立，这种开放的姿态，让我们尊重文化的差异个性。而宏大整体性，则指在“多民族统一国家”中华民族文化共同体想象大框架之内，丰富民族文化表达。费孝通很早就指出，中国文化属于“多元一体”多元融合格局，而不是很多学者所指认的，所谓“中心—边缘”的“华夷”格局②。“大湾区文学”的倡导，有助于加强祖国南部广东和港澳等地的联系，强化各微观文化地理学范畴的“区块链”建设，加强祖国文化的凝聚力和向心力，能在对外的结构张力之中，彰显中华文化的整体性。这无疑才是“大湾区文学”建构长远意义所在。

由此而言，陈培浩和王威廉等大湾区学者、作家们的努力，将成为非常有价值的存

① 巴柔．从文化形象到集体想象物//孟华．比较文学形象学．北京：北京大学出版社，2001：121.

② 费孝通．中华民族的多元一体格局．北京：中央民族大学出版社，1989：14.

在。特别喜欢陈培浩引用著名诗人达维希描述城市的一段话：“城市有属于它们自己的气味：莫斯科是冰块上的伏特加味。开罗是芒果和生姜味儿。贝鲁特弥漫着阳光、大海、烟雾和柠檬的气味。在巴黎到处都能闻到现烤面包、奶酪和各种各样迷人之物的香气。大马士革有股茉莉和干果味。在突尼斯，你在晚上能闻到麝香和盐的味道。”也许，正是因为文学家的积极参与，文化地理学的地域主体，才拥有感性特征。大湾区的十一个区块，已经有了十一种不同味道，也会慢慢拥有具有联系性的相同气息。大湾区必定会拥有独特的“气味”、独特的“温度”、独特的“形象”和“故事”，而这一切都让大湾区的跨地域文化建设，有了更丰富感性的内容，有了更具弹性的接受空间。

作者系苏州大学文学院教授

目录 CONTENTS

绪论

地理空间及其文明活力的精神烙印

——在大湾区思考一种文学地理学

王威廉　陈培浩

“粤港澳大湾区”这一概念经历了从学术界提出到上升为国家战略的过程，各种实践包括文化实践也随之提上了日程。毋庸讳言，“粤港澳大湾区文学”正是在这一国家战略规划推动下提出的概念，亦是这种文化实践的有机构成部分。“大湾区文学”概念的提出包含了这样的预设：一个区域的经济繁荣离不开文化所缔结的认知共同体的助力。这种预设某种意义上为所有参与者提出了一个深刻而艰难的价值命题，即文学如何在全球化时代担负起建设民族国家观念共同体的任务。全球化、地球村的时代，文学如何在具有多种文化类型和多元社会制度的区域中建构起一种勾连你我他的身份认同，这可能是这个概念更深层的使命。还应清醒地意识到，“大湾区文学”并非一个已完成的历史性概念，而是一个新生的具有生产性、召唤性的概念。换言之，这个概念的有效性不仅取决于概念本身，还取决于我们能否找到面对这一概念的有效认识论和阐释路径，以及多方面、多层次的实践探索。

正是有感于此，2019 年底，我们与《特区文学》总编朱铁军先生商定，2020 年在《特区文学》开设“大湾区文学地理”栏目，其意义不仅是以城市为单位呈现大湾区“文学地理”，更重要的是在于试图找到“大湾区文学”的有效打开方式。一年已过，除了我们两位主持人外，另有 32 位朋友参与深度讨论或问卷讨论，产生了一系列讨论成果。再看“大湾区文学”，也有了更立体的观感，以及更自觉的方法论，而且，对存量的细致梳理也让我们对这片区域内的文学现状有了一个比较清晰的了解，一种人文地理视野下所呈现出来的文学风景也有了它的独特性，而这也为我们理解文学的物质性提供了特别生动的案例。现在，广东省文联以及《粤海风》杂志又适时推出一系列关于“大湾区文学”的出版项目与重要栏目，这些讨论成果由此获得了集中呈现的契机。这自然是一种幸运，但除此以外，我们更愿意相信这是一种共识的力量在兴起，在推动具体而微的各种探索实践。置身在这样的历史与文化进程当中，可以说是“得道多助”意义上的真正幸运。

一、作为存量或增量的“大湾区文学”

我们一直强调，“大湾区文学”并非一个一般性的地域文学概念，而是一个比地域文学概念具有更强生产性和召唤性的概念。在中国当代文学的概念地图中，或许并没有任何区域文学概念可以跟大湾区文学概念完全对称。大湾区不同于北京、上海、广东、广西这样的行政区域概念，不同于西北、华东、华南这样的泛区域概念，也不同于江南、岭南这样带有鲜明文化指向的文化区域概念。大湾区作为一个区域概念，超越于一般的行政区域概念，是16世纪以来全球化进程在中国地理上一种具体而生动的体现，因此是一个跨行政区域的生产性概念。所谓生产性概念，与一般的描述性概念有所区别，后者对既存事实作出描摹和概括，而前者则带着前瞻性和建构性，在准确把握事物发展规律的前提下，创造性地催生尚未显形的事物。作为一个生产性概念，“大湾区文学”要求我们面对它时既要有“存量思维”，更要有“增量思维”。所谓“存量思维”，依然是多数人面对“大湾区文学”的基本方式，即面向现实和历史，对大湾区所属空间的文学现象进行现实和历史梳理、文化概括和精神提炼。这是一种面对存量进行工作的思路，它使粤港澳三地的文学现象和历史文脉得到全面地检视，从而为三地文化同脉同源做出论证，为三地文化更紧密融合寻找契机。这种工作当然是必要的，但从根本上它并不创造增量。因为在没有大湾区文学概念之前，分别基于粤、港、澳的现实和历史进行的梳理并非没有，假如在“大湾区文学”框架中，仅仅是将以往三地的文学存量做加法，在某种意义上浪费了这一概念应有的未来性文化潜能。以城市为单位，检视大湾区地理范围内重要的作家作品、文学现象和历史源流，这是一种最基本的存量思路，我们邀请的嘉宾绝大部分用这种思路来面对所在城市的文学现象。这种方法的好处是盘点了存量，建立了目录，对不熟悉大湾区的读者来说，它具有某种阅读指南的作用。这种方法的局限，就在于它较少触及“大湾区文学”这个概念的可能性和应然性，从而也就丧失了与这个概念的生产性迎面相逢的机会。

所谓“增量思维”，则更多面对未来和可能，它不仅着眼于区域历史文化，更关注技术迭代和时代新变赋予大湾区的新质，以对文明转型的预判，把握“大湾区”将为中国当代文学创造的前所未有的“可能性”。如此，作为增量的“大湾区文学”才更加具有建设性的意义。谢有顺先生也指出，“‘粤港澳大湾区文学’这个提法是有前瞻性的，是一个未来主义的概念”。在他看来，“广东人常有一个思想误区，就是没有充分认识到，岭南文化最有价值的部分是其1840年以后的近现代文化。近代以来，在中国各个时间节点，岭南文化都是独领风骚的。从康有为、梁启超、孙中山这几个重要人物到引领改革开放这样的重大事件，都有一种‘杀出一条血路来’的精神。所以，岭南文化中的近现代文化对中国发展影响很大”。由此，他认为：“如果不强调这种近现代文化，就是把岭南文化的优势搞没了。正如我们要理解深圳的精神，不是简单地讲深圳的历史，而是应讲深圳这40多年来贡献了怎样前所未有的经验，是什么样的城市精神让它可以容纳数以千万计的外来人口，让不同的文化在这里激荡。只有强调近现代文化，才能使岭南文化变得与众不同。”① 我们想发挥一下这种“未来主义”的看法。对于“大湾区文学”，我们的基本看法是：要面对历史研究，要面对未来写作。所谓面对历史研究，是指要找出“大湾区文学”的“来龙”，大可倚仗于知识钩沉和文脉梳理，但要把握其“去脉”，光靠“历史”可能是不够的。因为我们处在文明转型时代，过去的“历史逻辑”很可能会在未来被一套新的逻辑所取代。对文学而言，沉淀在历史中的审美传统可以尊重，但只有面向未来的动向，创制新的美学，才可能使大湾区文学真正成为当代文学上独一无二的增量。

概念本身就是一种独特的取景器和瞭望镜，我们要从中发掘出各种灵活的机制和方向。“大湾区文学”这一概念的瞭望镜，能为中国当代文学提供怎样崭新的可能性？“大湾区文学”又能为“当代文学”提供哪些独特的文学经验呢？从人文地理的角度出发，从作家的文化身份出发，也许能够得到一些索引和途径。

其一，是独特的“新城市文学”经验。大湾区不是一般的城市群，而是中国最具高新科技含量的城市群。所以，大湾区贡献的城市文学经验，不是传统的城市文学经验，而是一种带着未来性的新城市经验。只有从“新城市文学”视野来提炼大湾区的文学经验，方能彰显其独特性。当代中国社会和文学正在发生崭新转型，科技使人类的生活及相应的价值话语正在发生巨大变化。以深圳为代表的大湾区汇聚了中国最多的高新科技公司，它们不仅仅专注于基础研究，更加专注于科技与生活的衔接。关注科技新变与人类未来生活的可能性，这与文学的人文关怀便有了很大程度上的一致性。这些经验既是人类未来将共同面对，并正引起热议的话题，也是最具“大湾区性”的文学经验。

其二，是高速城市化过程中独特的中国新工人文学经验。作为大湾区重要组成部分的东莞、深圳、佛山等广大珠三角地区在21世纪以来的高速发展中，催生了与之匹配的新工人文学经验。曾经风起云涌，在全国影响很大的“打工文学”便属于这种经验的

① 谢有顺.“粤港澳大湾区文学”的现在和未来. 光明日报，2019－05－29（14）.

一部分。如果以十年作为一个观察单位，我们便可以看到工人的生活、身份与认同感也在发生着急速的变化，人力成本在不断飙升，人们对于劳动的忍耐能力却在下降，由此出现了劳动力短缺与“三和大神”那种丧失生活目标、放弃劳动的现象并存的情况。这是在世界文学视野中最具辨析度的中国文学经验，这些经验正来自大湾区。

其三，是大量移民人口涌入造成的中国内部不同地域经验之间的交换，从而形成了一种崭新的中国经验。中国作为一个国家概念的同时，也是一个特别重要的文明概念，疆域幅员辽阔，东西南北跨度极大，导致风土人情的差异也很大。在以往的经验当中，人们都被固定在某个区域生活，所以对另外的区域缺乏真正的理解能力，但是，在大湾区这片区域当中，来自不同区域的移民在一起工作生活，交流交往，聚集通婚，形成了一种跨地域、跨民族的新的人文生态。这种经验实际上常常被忽略，尽管中国的行政管理效率是极高的，但放在世界视野中，参照美国以及欧洲这样区域复杂、地理体量相当的区域，还是会发现中国区域间所具有的差异性，以及由此带来的活力。这不仅可以巩固中国人的身份认同感，而且不同地域之间的经验交换也会生成一种新的文化意识，这在面对一个更加广阔的世界时至关重要的。

其四，是中西文化碰撞、交汇下中国与世界文学的经验融合。大湾区必然追求一种具有自主性的文化，但大湾区也坚持一种具有开放性的文化襟怀。大湾区与其他区域的不同就在于它是中西文化碰撞交融的桥头堡。因此，粤港澳大湾区的文化生态注定是极为复杂的，它必须承受来自不同观念与话语之间的冲突、悖论以及最终和解，而这正是当今中国与世界所亟须的智慧。“湾区”的天然属性就是开放和创造。“大湾区”是一个面向未来、面向创造而作出的规划，所以，敢于在融合中创造便是大湾区文化的内在基因。“大湾区文学”这一必须以实践来充实的概念，一个非常重要的内在召唤恰在于有效地建立一种自我与他者、本土与世界的平衡和循环。

二、文学地理：从湾区发现历史

在栏目的推进过程中，我们其实也在践行着一种“从湾区发现历史”的方法，这里的历史既包括中国史，也包括世界史。粤港澳大湾区集结了世界性的城市，但当我们探讨粤港澳大湾区城市群的文学时，便要求我们将目光聚焦于他们自身，从他们的立场出发去看待历史，这样一来，反而从其身上发现中国历史河流的另一种涌动，以及中国史汇入世界史时那些容易被忽视的关节。

如谈论江门时，我们便以心学家白沙先生为切入口，寻找进入历史的方式。白沙先生名陈献章，为新会白沙里人，故世称白沙先生。陈白沙早期治学，一般被认为是远以孔孟学说、近以程朱理学为宗，后来受到陆九渊和吴康斋的影响，提倡“心理合二为一”，开了明代心学的先河。程朱理学自宋以来极是兴盛，但它因被贴上“存天理、灭人欲”的标签而在现代“臭名昭著”。可是事实不是那样的，朱熹相信“理一分殊”，就是说，道理总是那个道理，可是分到具体事物身上就会产生差异。他用“月印万川”来说明这个道理，月亮总是那个月亮，可是在不同的河流中却映照出无数的月亮来。因此，在朱熹看来，天理就是我们要皈依的那个大道，是我们无数涓涓细流必须汇入的大海。企图为人确立一个值得效仿的榜样或一套必须遵守的秩序的学说，就是理学。在这个背景下，心学实际上处在中国思想河流中“大河拐大弯”的地理位置。很明显，心学重要的对话对象就是理学。在心学家看来，人之得道成圣，不在于得理，而在于得心。理学信奉者认为，完美的生命必须有一套完美的外在秩序可供依法；可是心学信奉者却认为，回到自己的内心就够了。“无善无恶心之体，有善有恶意之动，知善知恶是良知，为善去恶是格物”，这是经典的阳明格物致知心法。在他看来，良知便是心的本体，通过为善去恶的格物，任何人都能找到自己的心性本体。阳明心学的鲜明好处是给了所有人一个“立地成佛”的机会。心学将“成圣”从一个巨大的社会伦理结构中剥离出来，使其不再是一个社会事件，而成为一桩个人心灵修炼。

后世一谈心学就是王阳明，其实白沙先生的思想也很深邃，影响深远。根据某些考证，也许白沙先生的心学对王阳明的心学有着或隐或现的影响，当然，这是一桩学术公案，可以暂且不论。王塘南说：“阳明之学，悟性以御气者也。白沙之学，养气以契性者也。”也有人说白沙学是主静的心学，而阳明学是主动的心学。在阳明心学体系中，万物秩序的建立以“良知灵明”为基础，良知应肩负其责任和担当，所以阳明心学虽主张因心称义，但他同样充满道德激情和积极进取的趋向；相比之下，白沙心学则主张把调节万物秩序的权力交给自然，白沙认为自然的秩序就是最完善的秩序，人心虚静而万物生。因此，白沙心学与阳明心学的区别，其实是心学在道家倾向还是儒家倾向上的区别。当然，大而言之，心学的真正源泉是禅宗，这是不争的事实。那么，我们甚至可以说，六祖惠能引流出了一种岭南心学及中国心学。

再回到白沙先生。他主张“静中养出端倪”“养之以静，便自开大”，因虚静而得自然。不管是“虚静”还是“自然”，都是作为哲学概念存在，而非我们日常所指。这里的“自然”其实是日月运行、寒暑交替循环有序的一种“治”和“道”，而“虚静”是一种极高修为，它是对主体不竭欲望的一种化解、清空和调节。因此，白沙先生是明代岭南思想界的代表人物，对他的思想也需要进行现代性的阐释。比如，如果我们在德勒兹“情动”的概念下来看陈白沙的“静中养出端倪”，就会发现他们对认识世界和主体有着两种完全不同的立场和方法。德勒兹的“情动说”，强调的是世界以影像的形象对主体内在能量的生成，有着鲜明的“身体性”，可以说，主体的意义就在于他是一具不断生成情动的肉身；相比之下，陈白沙的心学其实有很明显的“反身体性”。不论是“虚静”还是“情动”，它们都可能抵达内心的秩序，不过二者却是两种极为不同的哲学观。今天，我们在处理纷繁复杂的矛盾时，同样会处于不同哲学方法的冲突中，很难简单判断对错。对于写作者来说，写作必须深入到一种内在的哲学冲突去，如黑格尔对悲剧的要求那样，才能获得一种更强大的力量。

我们通过比较哲学视角，试图将对大湾区的讨论跟中国思想史的重要节点关联起来。有了历史古今之变的视角，很多问题就有了新的观感。如果不是生在那个转折的时代，一生服膺白沙思想的梁启超可能会成为一个更具古典性的文人，接受儒学和心性之学的熏陶，用传统经学知识当一个才华横溢的文人和激情澎湃的士大夫。可是时代变了，梁启超出生的 1873 年，第一次鸦片战争已经发生了 33 年，一个古老的大陆国家被迫打开去接受“海外”的世界和列强狼伺的国际秩序。穷则思变的中国士人早就发现，古典的学问在应对危机重重的现代世界时完全失效。梁启超非常重要的贡献在于，他吸纳并宣传了一种民族国家的思想。这种民族国家的具体制度究竟为何，他其实并不十分清晰和坚定，所以他一直在改良、革命、立宪、保皇等立场中辗转，但梁启超的诉求特别清晰，就是要新国；他也有非常有价值的学说，就是欲新国，必先新民。梁启超“新民说”的核心在于建设公德，一种利于群体、利于国家的公德，同时他也认为人民应该要自由和自治，要有进取冒险的精神，要有自尊心、合群的思想和毅力。不妨说，他是受西方近代资产阶级政治学说影响的第一代中国政治思想家。他的具体政治思想虽然没有化为现实，但我们今天所处身的民族国家观念的形成，梁启超有巨大的功劳。而且仅就文学而言，他所著《论小说与群治之关系》，第一次系统地论述了文学对民族国家的想象性的建构作用，并持久引发了中国现代文学中感时忧国的大情怀。

以陈白沙为根基，以梁启超为转型，粤港澳大湾区的现代城市群落正是生成于中国与世界相互了解的历史进程中，因此，在大湾区发现世界史便既是一种便利，又是一种非此不可的必然。特别是在对中山、江门、肇庆、香港、澳门的讨论中，这种思路几乎是不期然之间就涌现了。粤港澳大湾区城市群之所以特别，就在于它们恰恰是在近代全球史背景下浮出世界历史地表的。假如没有 15—17 世纪的世界历史转型，香港、澳门就永远都是那个小渔村；假如没有澳门的存在，香山可能就走不出郑观应、孙中山这样的人物。在讨论肇庆、澳门时，我们一再谈到利玛窦、罗明坚、金尼阁等传教士。将这些传教士的行为理解为“国际主义精神”显然是一种误判，但却不能不看到他们把某种世界性元素带进中国的事实。利玛窦的故事是一个典型的近代故事，是一个拓荒者携带着一颗文明的种子，执着地要在另一种异质文明的腹地种下，并让其生根发芽的故事。

所谓“传教”，就是要把根植于另一种文明中的信仰体系进行空间移植，它要挑战的是已经获得了制度、文化等加持的观念系统。在金尼阁的故事中，我们看到在历史条件尚不具备的情况下，这种挑战的悲剧性，金尼阁耗尽心力的“西书七千部”翻译计划随着他的去世便告流产。在世界史视野下回眸这些留在大湾区的文化踪迹，我们得到了非常重要的启示：很多事情的沧海桑田背后，可能是某个正在发展或转型的历史逻辑。因此，今天谈论大湾区文学，其实是要求我们去预判和面对未来正在展开的世界历史逻辑。

在“大湾区”这个语境之中，我们回望这块区域的历史，若以更加开阔的全球视野乃至文明模式来探究细部，就会有新的视角。比如，以往我们说起广东文化，一般会用“岭南文化”这个概念，这个地理概念是很有意思的，是用山的分界来作为区域的划分，不仅隐藏着陆地的视角，而且与“中心”相对的某种“偏远”也从中一览无遗。但现在这个“大湾区”所蕴含的地理视角无疑是指向海洋的，但它又不像是20世纪80年代那种比较主流的说法：“从黄土文明走向深蓝文明。”我们当然知道“深蓝文明”的意思，但那太过浪漫化，会显得比较空洞。而“大湾区”是不空洞的，它指向了一个具体的地貌：湾区。从全球来看，经济最发达的几个地方都是湾区，从美国的纽约湾区、旧金山湾区，到日本的东京湾区，再到粤港澳大湾区，都是经济特别发达的地区。这不是一种偶然，而是当代世界的经济模式与结构所决定的，以海洋运输为主体的全球化贸易体系，给湾区提供了其他地区无法媲美的机遇。所以说，湾区本身就带有当下世界根本特征的隐喻色彩和象征色彩。如果我们打开世界地图，或是拿出地球仪，我们甚至可以说，整个人类所居住的大陆相对于浩瀚的海洋来说，实际上都是一种湾区式的存在。这就提醒我们，一定要以一种更加宏阔的视野来审视湾区的存在。

三、从文明史高度提取大湾区审美特质

我们虽然知道粤港澳大湾区是重要的城市群落，但我们却必须跳出一般的“城市文学”思路来观察大湾区的城市文学书写，注意到此间的“新城市文学”探索，并说明大湾区写作如何借助于转型的此在而催生出全新的美学。“新城市文学”概念的提出，意在区分既往“城市文学”书写与具有当代性的“新城市文学”书写，也鲜明地标识出“城市文学”所依凭的存在土壤已经发生了怎样内在的变化。事实上，城市并不是一个新事物。在西方，古希腊的城邦便具备了早期的城市形态；即使是中国这样长期以农耕文明为主的国家，先秦时代便已经有了各种著名的城市，如秦之咸阳、赵之邯郸、齐之临淄、楚之郢都，等等。进入帝制时代之后，长安、洛阳、建康、汴梁、临安便是历代

著名的城市。古典时代的城市与现代城市在内质上具有极大的不同。事实上，现代化以其技术手段和全新的社会组织形式极大地改造了传统城市的内涵及城市人的情感体验和感受方式。如果作一个简单的区分，传统的城市是有根的，它虽然跟农耕劳作有着相当的距离，但人们仍然在某种代代相承的区域文化的荫蔽下生存。这造就了古典城市的文化特色。20世纪中国城市文学中被书写得最多的城市，比如北京（北平）、上海、西安、南京、成都、广州、香港……每一个都附着在自身的历史和文化传统之中。此时对于文学家的要求在于，通过一个人去书写一座城，城以人立，人以城传，人和城是一体的。

然而，作为高科技巨型都会的“新城市”却是去根性、同质化、景观化的。纵横交错的高速交通网络，无处不在的镜面摩天大楼，行色匆匆、衣着妆容千篇一律的都市白领……这是“新城市”大同小异的面孔。作为大型移民城市的深圳就是这种无根之城的典型代表。即使是北京、上海、广州、杭州、武汉、成都、西安等具有独特文化传统的城市，其身上的“新城市”特质占比也越来越大。后者小心翼翼地辟出一小片复古区域，用于流连过去，遥望历史。可是，在这种被科技和现代化严格规划过的“城市”里，文学触摸传统的日常通道已经丧失了。“传统”不在日常，而在“景观”中。显然，面对这样的“新城市”，寻根式城市书写必然难以为继。换言之，作为存在经验的“新城市”在召唤着崭新的城市想象力和审美方式。

事实上，近年在写作上敏锐地捕捉到这种“新城市性”的作家，恰恰都是一些身处大湾区的作家，这绝非偶然。很多置身大湾区的作家，将科幻、未来等元素融入城市书写之中，从而探讨裂变时代人将何去何从的难题。他们的城市书写，其立足点固在现实，但其思维方法却不是对现实亦步亦趋的反映论。作家们敏感地意识到，现实是某种古老历史逻辑的结果，但某种现实却隐藏了历史轰然断裂的逻辑裂变。所以，他们的写作都努力走到现实的前面去，站在未来迎接这即将漫延过去的现在。这种面向未来进行审美革新的勇气正是一种独特的大湾区文学气质。

进而言之，新城市文学不只有过去与未来这个时间线索上的争辩与新生，还有话语空间方面的争辩与缠绕。我们现在特别容易看到两种极端的话语在争辩：一种是西方的现代性话语观念，一种是中国的民族主义思维。这两种话语碰撞在一起，必然会产生交锋，这一点是毋庸讳言的。而大湾区恰恰就处在复杂话语此起彼伏的核心地带。这样的争论所带来的别扭，才是一种现实的常态。这样的困境，不仅仅是大湾区所面临的一个困境，更是中国本身亟待走出的困境。我们如何来表达自我，我们如何来跟世界进行对话，我们如何让中国文化获得一种世界性，都是我们要认真思考的。从这些角度出发，大湾区文学所具有的重要性是不言而喻的，这恰恰是我们这个时代最尖锐的、最不可回避的一个区域，才是我们这个时代真正的现实主义，一种世界视野下的现实主义。在这样的维度之下，一个作家去创作，虽然有极大的挑战性，但也是在真正回应着历史，是一个直面历史的契机。这就像是尽管我们现在强调“内循环”这个概念，但同时也一直在申述“外循环”的同等重要性。因此，写作不能变成笼中叙事，而要在一种大视野中来实现文学回应时代的记录能力，以及文学创造文化的造血能力。

从地理和空间的视野去思考大湾区文学，又从大湾区文学当中去洞悉一种新的空间与地理所蕴含的价值与意义，才是我们进行“大湾区文学地理扫描”的初心与动力。1902 年，梁启超写了《中国地理大势论》，这是中国首次对文学地理的研究，此后，中国学者方才有了对文学地理以及空间要素更加集中的研究与论述。众所周知，中国是一个极为崇尚历史叙述的国家，对于时间性的关切要远远大于空间性。可实际上空间性当中所蕴含着的存在密码亦是极为丰厚的，甚至可以说一点也不比时间性少。根据当代学者借助大数据模型开展的研究，我们看到“从先秦文学的‘东—西’轴线运动，中经秦汉—南朝与隋唐—南宋文学的两次‘西北—东南’对角线运动，最后归结于元明清文学‘南—北’轴线运动，由此一横一纵轴线贯穿两条‘西北—东南’对角线的运动方向与节律，一同展示了中国文学版图的总体格局与演变趋势，也由此画出了中国文学史模型重构与探索的路线图。注重‘时间先后’与‘空间离合’的相互交融，包括在时间维度中融入空间要素，以空间维度重新划分时间段落，其目的不仅仅是为了重构一种时空并置交融的新型文学史研究模型，更为重要的是借此重新发现、复原囿于线性思维而导致流失与萎缩的文学史资源、能量与生态，重新探索和阐释中国文学史的历史逻辑与内在规律。同时还需要借助‘地理信息系统’（GIS）与‘虚拟地理环境’（VGE）的技术支持，以推进中国文学史模型重构与探索成果向可视化、立体化、智能化方向发展与转化”①。中国文脉在空间和地理上的这种移动无疑对应着中华文明史重心的迁移，以及中华文明在某个阶段于某个地域的活力之所在。其实，这种变迁并不仅仅局限于中华文明内部的变化，而且对应于整个世界文明的宏大转型。当中国文脉在长安兴起的时候，对应的是大陆型文明在人类历史上的首次昌盛；而此后这种活力迁移至从江南到岭南的东南沿海之际，对应的则是海洋文明为根底的全球化进程。这不是机械的经济决定论，而是经济与文化以及艺术创造之间的复杂能动关系。因为文明的活力并不仅仅意味着财富，不是简单的对物质财富的单向满足，还意味着人们探索、了解与征服世界以及自身的欲望。

粤港澳大湾区无疑包孕这个时代的文明活力，这意味着置身其中的作家是幸运的，

① 梅新林. 中国文学史模型的重构与探索：以中国文学地理版图变迁为视角. 文学遗产，2020（5）.

他们的写作将和一个更宏大的思想命题结合起来。但与此同时，这也意味着他们肩负着某种文化责任。假如，他们不能写出与之相称的作品，就那意味着他们并没有真正理解他们所置身的这个时代与这方空间，那将是遗憾和羞愧的。因此，在这篇文章即将结束之际，我们想重申：人不仅是时间的生物，更是空间的生物，即便是在空间流动越来越方便的今天，人也需要一个相对稳固的居所，地理与空间的烙印将不可避免地打在作家和他的作品身上。如果作家能够感受到这种烙印，并积极主动地去回应这种烙印，便意味着他们的写作呼应了文明的活力以及历史的某种进程，因此，作家在写作中理应放手探索出新的风格，表达出新的观念，建构起新的审美，呈现出新的气象。

香港

香港：理解更内在的文化维度

王威廉　陈培浩

陈培浩：对我们这一代内地 80 后来说，香港在我们成长过程中提供了太多太多的文化符号。我们这代人大多是看金庸武侠小说，听香港流行歌曲，看香港电影长大的。特别是广东地区，作为改革开放的前沿阵地，更是直接感受到香港流行文化的巨流。在一个 80 后的内地青年心中，香港就是经济发达、文化繁荣的代表。二十世纪八九十年代，香港流行明星在内地受到的追捧是空前的。香港明星到内地来都拥有不言而喻的由区域带来的心理优势。在我们读中学时代，毛宁、杨钰莹等人作为内地娱乐工业推出的第一批明星也很受欢迎，可是一旦和“四大天王”这些香港明星同台，陡然就会觉得矮了一截，我相信这并非我一个人的观感，而是一种时代性的文化心理。我相信，一代甚至几代内地青年的成长记忆中一定有着大量的香港文化符号。以前我以为香港流行文化主要是对广东等沿海地区的影响比较大，可是我们看贾樟柯的电影，充斥着香港流行音乐符号，足见九十年代香港大众文化的影响已经深入到山西等内陆地区；而看电影《钢的琴》，则发现这种影响在大东北同样巨大。几年前一次活动上，和贵州《山花》杂志的郑瞳兄机遇，他的粤语歌如此之溜，足以印证香港流行音乐也曾深入他的生活。

王威廉：香港这座城市是很多代中国人内心中的一个情结，香港代表的是城市文明的高度繁华，是耀眼的“东方明珠”。在我小的时候，即便置身在青藏高原的青海，也都是听粤语歌曲。无论是县城里的电影院，还是街角的录像厅，播放的基本上也都是香港电影。周润发、周星驰、刘德华……这些明星是很多人的偶像。把他们的照片从杂志上剪下来，贴在笔记本上，是普遍的校园景观。包括男生与女生之间的恋爱模式，都与香港引导的这种大众文化不无关系。从文学的角度审视香港，那么香港就在参与并改变着中国人的许多生活方式。文学与生活的关系如此密切，那么，当代文学与香港的关系也就是非常密切的。作家刘醒龙就写过一篇小说《我们香港见》，其中的意味是很丰富的。这和《我们广州见》这样的标题带给人的想象是不一样的。尤其是回到1980—2000年的时间语境中，我们就知道那意味着什么，我们急需和渴念一种现代化的生活，而香港似乎提供了某种具体的想象载体。

陈培浩：事实上，理解香港有其自身的难度，在我看来，首先要理解好不同文学及影像作品所提供的香港形象的张力。一方面，我们从TVB电视剧、古惑仔电影和王家卫电影中看到的是已经被审美制式化、风格化的香港，它通过大众媒介向内地、东南亚甚至亚洲输送一种特定的香港风情、香港想象。但这种作为审美制式的香港并非香港自身。我们在许鞍华的《天水围的日与夜》《天水围的夜与雾》中看到的则是一般审美制式之外更现实的香港，我们可以称为写实的香港；而在另一些香港题材作品中，我们则看到一种通过不同代际个体去隐喻香港历史命运的可能，这是个人之香港与历史之香港的结合，是写实之香港与象征之香港的结合。不能简单地将某部作品所呈现的香港形象作为香港本身，只有把这些不同的香港想象加以并置和对照，才可能沉淀和提炼出一个更丰富而内在的香港。另一方面，要更好理解香港，我们也必须认识香港文化的多个层面。二十世纪九十年代内地文化界对香港有两种两极化的观点，其一是因香港流行文化工业的优势而对其顶礼膜拜，大量内地青年对香港明星的崇拜与这种文化立场互为表里；另一则是对香港文化嗤之以鼻，比如王朔曾评价王家卫，说有这个人在，我们还不能说香港是一片完全的文化沙漠。这个话在肯定了王家卫的同时，也否定了作为总体的香港文化。事实上，将娱乐文化作为香港文化的全部是大谬不然的。香港文学也是多维度的，既有金庸、李碧华、亦舒等大众接受度很高的通俗作家，也有纯文学作家刘以鬯、西西等。所以，既理解多维的香港想象，也理解多维的香港文化，才能理解香港内在的丰富性。

王威廉：当然，香港的文化是极为丰富的，特别类似考古学的地层学，折叠了很多的文化元素进去。它复杂的历史，蕴含着来自时间的文化元素；它作为港口的独特位置，又容纳了来自不同空间的文化元素。要把这些文化元素挖掘出来，并理解它们，需要一种强大的思想能力。站在今天，回望九十年代的香港，我们发现，金庸的“通俗文学”与如今流行的“网络文学”相比，已经具备了“纯文学”的特质，在很多读者那里，甚至进入了经典文学的序列。我们该如何理解这样的现象？我们能否从香港文学当中，得到对今天的思考？这是一个很有意思的话题。

陈培浩：因为香港的独特性和丰富性，理解多维的香港并不容易。香港诗人也斯就感慨："香港的故事，为什么这么难说?"也斯认为，香港的故事，讲来讲去，就会讲成上海的故事、伦敦的故事、布拉格的故事，总之是别人的故事，他者的故事。反过来，人们讲其他城市的故事，也会讲着讲着，讲成了香港的故事。香港的故事注定是属于近代的，因此香港不同于北京、西安，但香港也不同于同为近代城市的上海。香港有着自身的独特性和丰富性，只有把握住了香港文化和文学的独特性，才不会错过香港最内在的魅力。在认识一个地区文化的过程中，常容易陷入一种景观化的思维。景观化思维的实质是抽空认识对象的特殊性，将其制作为一种符合自身文化立场和认知习惯的景观，由此远方仅仅是一道风景，这道风景何以产生及其时间连续性却不被关注。与景观化思维相对立的是一种本体化思维，这种思维要求释放区域的特殊性。人类的认知惯性总是倾向将陌生的事物他者化的。以认识自文化的眼光去认识他文化，是认知成本最低的方式。叶维廉在比较文学研究中也提出过"认知模子"的概念，他认为我们要警惕用所在文化的"认知模子"来简化其他文化。尊重他者作为他者的差异，这是一种方法论要求。近些年来，"以××为方法"之所以会大受重视，比如以中国为方法、以西部为方法、以香港为方法，是因为其在实质上是要求以尊重差异的"本体化立场"来取代以自我为中心的"景观化立场"。

王威廉：我从一个侧面来回应你说的这点。我2000年来到广东，那会外地人没有现在这么多，在很多场合必须说粤语，比如我工作后，领导、同事经常说："你能不能学粤语啊，我们沟通的时候也好一点。"但是现在不存在这个问题了，来广东的外地人更多了，本地人也会说普通话了。其中也有香港的一部分原因。中国这么多方言区，非常强势的方言实际上除了以北京话为底子的普通话成为民族共同语之外，另外就是上海话，上海话也不像粤语那么强势，上海人也不会要求外地人一定说上海话，上海人说上海话是为了表现优越感。但粤语不是这样的，它有自身的文化逻辑。比如我们都会唱几首粤语歌，粤语歌用粤语唱的时候非常有味道，但是用普通话翻唱时，那种味道就不在了。这背后是为什么呢?根子还是香港文化的原创方面做得非常好，尤其是在大众的通俗文化方面做得非常好，的的确确做到了让老百姓喜闻乐见。我希望香港能保持住这种原创力。一种文化是什么，自身的原创力是非常重要的。

陈培浩：在二十世纪八九十年代以来，香港的文化跟内地一直是相互影响、相互融合的。上面说过，九十年代香港流行文化风靡内地，香港作为一颗东方之珠点燃了无数内地青年关于现代城市生活的美好想象。香港文化人金庸、蔡澜、黄霑、董桥等在内地拥有极高人气。于是，香港也吸引了很多来自内地的文化人，曾经任职北京大学的黄子平教授、曾经任职华东师范大学的许子东教授，都在九十年代由内地到香港，他们的思想和著述，也成了香港文化的一部分。

王威廉：不只是二十世纪八九十年代，要早得多。秦牧是广东潮汕人，生于香港。陈残云生于广州，是新加坡归国华侨的后代，他曾于二十世纪四十年代在香港创作电影剧本。如果我们聚焦香港，我特别喜欢的香港作家西西，她是广东中山人，1937 年生于上海，1950 年起定居香港，她的人生轨迹同样带有这样复杂的地理特点。这几位作家复杂的创作背景，反映出了文化地理上的关联性与复杂性。这也提醒我们，我们必须在一个更广泛的大背景下来思考我们自己。我曾写过一部小说叫《绊脚石》，写到二十世纪七十年代末，当时广东经济发展滞后，很多人选择了逃港。深圳作家陈秉安的纪实文学《大逃港》是这类题材的代表作，读完之后令人深感震撼。当年的夜晚，香港灯火辉煌，而内地这边黑漆漆一片，黑暗中的灯火具备极大的诱惑力，有些人甚至不惜付出生命的代价跑向那片灯火。这很值得我们思考：一个人为了某种想象中的追求，甚至可以放弃自己的生命，那片灯火究竟意味着什么呢？今天，我们来去香港是如此自由，我们越过观念纠葛的藩篱，越过历史的阴霾，重新来思考的时候，应该更加聚焦于人的内心。在辉煌灯光的照耀下，人们心中的那种向往和欲望到底是什么？我觉得回答这个问题，可以开启太多太多有价值的思考。所以，在东南沿海的文学写作是特别意味深长的，它不仅仅局限在地域性的层面，而是包含了全球化视野下的一种历史与人性的复杂震荡，它的意义无比深远，这也是我置身其中深有感触的原因。

在都市漫步
——香港文学一瞥

周洁茹　唐　睿

唐　睿： 周老师主编《香港文学》已有一段时间，能大概说一下你对近年香港文学发展的印象吗？

周洁茹： 我2017年来到《香港文学》工作，主编《香港文学》是从2018年第7期开始，那期是悼念刘以鬯先生的特辑。2019年1月，《香港文学》改版，增设了“90后”栏目，我们希望借这个栏目发现更多新作家，培养香港文学的新动力。栏目第一期推出的是梁莉姿和黄怡，诗歌栏目和评论栏目也同期推出了90后作者余文翰和邵栋。这个栏目收获了很多关注与好评，也激励了年轻作者们的创作热情，投稿踊跃，所以我们在第7期又推出了一个“90后作家小说专辑”，一次性推出六位90后作家作品，第12期的“香港文学评论专辑”我们也邀请了青年评论家唐诗人和邓瑗来作90后栏目的作品综评。可以预见到，这些年轻的作者和评论者，将成为文学最有力的发展后盾。而我们的“品牌”专辑——“香港作家小说专辑”“香港作家散文专辑”以及“香港文学研究与评论专辑”，活跃着当前香港文学界的中坚力量，比如王良和、孔慧怡、朱少璋、何杏枫、胡燕青、施友朋、马辉洪、葛亮、唐睿、麦树坚、郑政恒、陈德锦、陈曦静、冯珍今、黄维樑、黄仁逵、黄坤尧、黄秀莲、绿骑士、郑明仁、樊善标、潘步钊、潘国灵、蓬草、黎翠华、萧欣浩、钟伟民、钟国强、罗贵祥，等等。几代作家组成的创作群体薪火相传，香港文学的发展，生机勃勃，生生不息。

唐　睿： 是的，香港文学的发展，确实一直都颇为生机勃勃，多年来，各种文体，其实都有不少值得关注的作家及作品，我也想顺着刚才的话题，概括地谈一下自己的印象和相对接触得比较多的作家和作品，当然，在香港的写作者为数不少，以下我所谈到的，难免会有一些值得提及却有所疏漏的，如有哪些作家或者作品你想在接下来的时间聚焦谈论的，请你随时插入补充。

正如刚才提到，香港文学在各个领域一直都有不少作家用心耕耘，可是略为可惜的是，香港文学的对外传播平台一直都比较有限，结果有不少优秀的作品，要过了相当时间，才有机会为内地读者认识，有些作品甚至至今仍未有机会让内地读者接触到。

印象中，内地普通读者对香港文学的了解，主要集中在一些大众写作，例如香港报章上的专栏文章，连载小说等等，其中尤为受到注意的，可能是金庸、梁羽生的武侠小说，亦舒的爱情小说，又或者是倪匡的科幻小说。但其实，当这些广为大众所认识的作家活跃创作的同时，也有不少作者从事纯文学的创作，以二十世纪七八十年代为例，当时就是香港文学一个颇为热闹和活泼的时期，许多具有质量的文学杂志都在当时诞生，例如《八方文艺丛刊》《大拇指》《素叶文学》《秋萤》《诗风》和《香港文学》等等，有不少今天我们公认为香港文学的经典作家，例如刘以鬯先生、西西、也斯，有不少重要的作品，都是在这段时期发表的。

周洁茹：谈到传播平台，《香港文学》在2018年开通了微信公众号“香港文学网”，每月的目录推送点击数达一两千，对于一个新的纯文学公众号来说成绩算不错的。2019年1月我们筹备了近两年的香港文学网站（http://www.hongkongliterary.com）也正式上线了，为读者、作者在线阅读、查存资料，都提供了很大便利。另外《香港文学》也开始向一些有影响力的选刊推荐我们的作者作品，内地的《中华文学选刊》已多次选载过我们的小说，我们刊发的评论文章也得到一些专业公众号的支持和联合推广，比如华南师范大学的“跨界经纬”公众号和南京大学的“白先勇衡文观史”公众号。谈及内地文学界，也许我们也可以来谈一谈代际的问题，像我自己，就被归入70后女作家这个界别，后面还有80后、90后，好像00后也呼之欲出了，你对这种划分形式怎么看？

唐　睿：香港文学有一些类似的划分，但并不是非常地明确，例如我们有时会有五六十年代的作家一说，其包括的作家有崑南、蔡炎培等前辈；谈到七十年代，我们就会想起例如《素叶文学》或同时代的许多现代派前辈作家；此外，现在我们又会以“中生代”来称呼一批大概于2000年左右开始进入文坛的作家；而近年，又有不少新晋的作家冒起。而有趣的是，虽说作者之间有这样的分层，但这似乎也仅仅是一种世代的划分，背后似乎并没有特别的美学或派别的标签，而各代人之间，亦不会因为彼此属于不同的世代，而出现隔阂；相反，我感觉香港文学的各代人，往来的机会还是蛮多的，例如我们在一些研讨会、朗诵会、发布会、征文比赛或者公开讲座和工作坊，都不时会看到不同世代的作家同场，互动交流，不会有什么世代隔阂。

周洁茹：依你的观察，这现象是怎样形成的呢？

唐　睿：这确实是一个挺有趣的现象。过去我并没有觉得这现象有什么特别，因为我们一直都是在这种没有世代隔阂的文艺环境里生活，直到有一次到广州开会时，我才意识到，这种跨代的交流文化，原来是挺难得的。

那应该是五六年前的事，我到广州参加一个文学会议，会议共两天，出发的时候，我本来准备宏观地谈谈香港文学的概况，后来到了会场，才知道香港前辈诗人饮江会在第二天参加会议，于是我很兴奋地跟大会说，难得饮江也出席会议，我想换一换报告内容，谈一下饮江的诗，希望可以趁诗人在场的时候，让大家对他的诗有更实在的认识。估计当时我表现得非常雀跃，所以有位广州学者打趣地说，广州文坛的年轻人，往往都不太跟前辈互动，或者经常想着要如何超越前人，香港文坛这种敬老的精神实在难得啊。经他这么一说，我才意识到，跨代互动，确是香港文坛的一个特别的现象，而这现象，相信跟香港文学的传承有密不可分的关系。

众所周知，香港是一个非常讲求效率、相对急功近利的商业城市，虽说香港从事文艺创作的人并不少，但从总人口基数来说，仍属少数。而在这讲求务实、效率和利益的氛围下，你必须要对文艺有相当的热情，才会选择放弃其他可能更符合成本效益的事务，全职或者在工余时间从事文艺创作。由此可以想象，在整个香港社会之中，文艺创作人的处境，还是有点寂寞的，然而，正是由于这原因，不少文艺创作者一旦遇到对文艺抱有兴趣的年轻后辈，都会很乐意花时间、精神去指导，并尽可能给予他们机会，帮助他们发表作品或将他们介绍给读者认识，因此后辈与前辈之间，往往就会建立出一种类似师徒的关系，而作为后辈的，亦会比较尊重前辈并感念前辈对文坛的耕耘，以及对自己的提携。

周洁茹：我也深深体会到香港文学的代代传承。《香港文学》的两位总编辑刘以鬯先生和陶然先生，在发现新人、栽培后辈方面都是不遗余力的，我在编辑两位先生的纪念书和纪念专辑中看到很多作家学者，当中很多已是当今的名家大家，都会在文章中感念先生当年的关心、提携之恩。我也注意到，同代的写作人，都蛮多互相推荐的，今年四月做“香港作家散文专辑”，我们的一个作者李浩荣就向我推荐了麦华嵩和游欣妮的散文，他也一再请我关注陈苑珊的小说，这份年轻人与年轻人之间的信任和善意，很让我欣喜。提到被关注，进入文学界，在内地主要就是通过投稿给刊物，像我自己就是从自由投稿开始。现在的环境对年轻写作者非常友好，各个刊物都在积极发现和培养新作者，给很多机会。香港的年轻作者投身文学创作，除了向刊物投稿之外，还有一些其他的途径吗？

唐　睿：跟内地的刊物数量相比，香港的刊物数量，可说相对较少，新人通过投稿来在文坛亮相，可说相对不容易。首先是因为僧多粥少，各刊物为了保持水平，一般能够拨给初出道，或者说新人的版面都不会太多，因此新人彼此间要争取在有限的版位上发表，竞争其实是颇大和颇激烈的；其次是即使稿件能够发表，但要通过继续发表来让读者认识，也相当不容易，这同样也跟发表园地有限有关，因为即使稿件具有分量，但刊物也不便连续两三期刊出同一作者的作品，因为这样会让读者觉得，编辑没有做好组稿、选稿的工作，甚至会被人误会，刊物没有名家的稿可用，因此刊物一般都会避免连续刊出相同作家的稿件，而新人的作品就更加不在话下。因此，香港的新人一般都比较难通过持续投稿来跻身文坛。

那么，香港的年轻写作人，一般是怎样出道的呢？就着这问题，我稍微绕远一点，先交代一下香港的年轻人一般都是怎样跟文坛结缘，这样就比较容易说明他们怎样跻身文坛。一般的年轻创作人开始与文坛结缘，往往都是通过一些文艺活动，例如香港公共图书馆举办的文学节讲座、文学月会。而在2000年前后，不少高校都开设了文学创作课（香港公开大学还开设了第一个创意写作文学硕士项目），催生了一些以院校为单位的文社、诗社。此外，也是在2000年前后，香港的中学课程里，文学创作也成为评核学生公开试成绩的一个选项，因此有不少中学，都拨出了一些资源，专门聘请了一些资深或新晋的创作人，到学校兼教一些课后的文学创作班，借此提升学生的创作水平。上述这三个途径，都为近二十年香港年轻的文艺创作人，提供了相当宽阔，而且质量有相当保证的文艺创作训练平台，而正如前面提及，香港的文艺创作前辈，往往都很乐意提携后学，所以当他们在公共图书馆的公开活动、高校的写作课、中学的创作课上，遇到对文艺感兴趣的学生，都很乐意花时间栽培。除了指导学员写作，前辈们还会鼓励同学组成文社、诗社，好让活动或者写作课结束之后，学员仍可以自己组成一个平台，交流和互相观摩彼此的作品，建立氛围，让他们的创作生命，在写作活动或课程结束后，得以延续。而当学员持续创作并写出一些比较有水平的作品，前辈们就会尝试帮他们投稿给刊物，又或者文学比赛，借此让更多人可以认识他们。

周洁茹：关于香港的文学比赛、文学奖，可以来谈一谈。《香港文学》去年也做了两个文奖特辑，一是与“90后作家小说专辑”同期推出的“第十届大学文学奖首奖作品特辑”，二是“第二届恒大中文文学奖大专组三甲作品特辑”，持续关注和推动院校文学创作，也是《香港文学》的重心之一。

唐　睿：对，文学奖在香港文学的发展中，确实扮演了非常重要的角色。就像前面提及，一般的年轻写作人，主要是在一些文学活动，例如讲座、工作坊和写作班，开始与文学结缘。然后，愿意继续在创作路上走下去的人，就会开始向文艺刊物投稿，而其中具实力的，就有机会获得刊载，在文坛初试啼声。尽管如此，读者普遍还是会有个印象，认为一位年轻作者出道的凭证，并不是获文艺刊物刊载作品，而是获得文学奖。

香港历史比较悠久的文学奖，首先应该就是“青年文学奖”，这个奖创设于1972年，孕育了不少知名作家，如王良和、钟国强、胡燕青、马家辉、张小娴、钟伟民、钟晓阳、韦娅、王贻兴、谢晓虹、邓小桦、袁兆昌、吕永佳、卢劲驰、梁莉姿等，是香港其中一个最具认受性的文学创作奖，也应该是香港文学比赛之中，比赛组别最多的文学奖。近年有愈来愈多香港以外的年轻华文作者，都向青年文学奖投稿，因此获奖者除了来自香港的年轻人之外，也有不少来自内地、澳门、台湾，以及海外的年轻创作人，奖项在海外的认识度也愈来愈高。

此外，另外两个比较多年轻作家关注的，是大学文学奖和城市文学奖。这两个奖分别由香港两家大学主办，大学文学奖由香港浸会大学语文中心筹划，至于城市文学奖，则是由城市大学的中文及历史学系主持。两个比赛都是以中学生和大专生为征稿对象，在过去的二十年，成为不少香港新晋作家出道的重要里程碑，前面提到的香港“中生代”作家，例如谢晓虹、麦树坚、邓小桦、郑政恒、邹文律、关天林和我等等，都是首几届大学文学奖的得奖者。

青年文学奖、大学文学奖和城市文学奖，都可说是新晋作家立足文坛的一个重要指标，而在这几个奖之后，年轻作家如果希望更上一层楼，在文坛站稳阵脚，就可以尝试参评中文文学创作奖和中文文学双年奖。这两个奖，都是由香港公共图书馆举办，每两年一次交替举行，也就是说，这一年若举办了创作奖，那么明年举办双年奖。创作奖共分为六个组别，包括新诗、散文、小说、文学评论、儿童故事及儿童图画故事组，参加的，大都是比较有经验、实力的创作人，有时甚至会有颇为资深的前辈作家参加，可以想象，比赛的竞争相当激烈。至于双年奖，跟其他的文学奖略为不同，它是一个以书作为单位的文学比赛，参赛作品必须由香港的出版社出版，也就是说，在参赛之前，作者的作品必须先获出版社肯定，换言之，比其他文学比赛，多了一条门槛。奖项分新诗、散文、小说、文学评论及儿童少年文学五组，评审除了香港本地的资深作家和学者，也会邀请一些外地著名作家或学者，以2019年的第十五届双年奖为例，就邀请了著名诗人西川与浙江大学的江弱水教授，分别担任新诗和散文组的评审。外地名作家、学者担任评审，除了加强了奖项的认受性，对获奖者而言，也是极大的鼓励，甚至奖励。我获双年奖的那一年，正好就是由我非常喜欢的苏童老师担任外地评审，因为我当时正在海外留学，所以参赛的时候并不知道，到获奖之时，得知前辈偶像对自己投下了肯定的一票，那种喜悦，真是难以形容。

其实，香港还有许多有意思的文学奖，例如浸会大学的红楼梦奖，以及香港中文大学主办的全球华文青年文学奖等等，但如果要逐一介绍下去，恐怕谈很久也谈不完。

在这里有点琐碎地介绍香港的文学奖，主要是希望描绘一下香港一般的年轻创作者成为作家的历程和进路，此外，也借此勾勒一下香港文学圈的生态。香港地方虽小，文学奖却挺多的，这些文学奖都各有自己的参赛群、不同程度的认受性，对年轻作家而言，都分别具有不同的生涯意义。这些奖项，构成了一个成长阶梯，鼓励年轻创作人不断精进，对香港文学的发展，起着非常积极的作用。

周洁茹：这种创作的氛围，对香港文学的发展也有一定的影响，特别是诗歌。

唐　睿：是的，因为诗歌的篇幅相对短，比较能够方便刚开始创作的年轻人，集中和大量创作，力求精进，然后再挑出最好的，投给比赛，因此在本地的文学比赛里，诗歌组可说是竞争最激烈的组别之一（另一个往往是小说组）。而其实，除了比赛，年轻人与文学结缘的因素，也加强了年轻人从事诗歌创作的兴趣。以前面提及的文学班、文社或诗社为例，因为刚开始创作的年轻人，都希望通过这些平台展示交流自己创作的作品，所以参加者不时会在聚会时发表、朗读自己的近作，然后互相讨论、点评，但由于聚会的时间有限，如果大家发表的是小说，就很难在聚会时讨论，因此大家一般都会在聚会上发表诗歌，或者比较短的散文，因而也就造就了年轻创作人以诗歌作为创作起点的风气。除了方便讨论，篇幅较短的诗歌还有一个优势，就是方便创作，当然这并不是说诗歌创作就比其他文体容易或者简单，所谓创作方便，这只是从创作新手的角度来谈，对于新手而言，要投入时间、精力去创作一篇小说，往往比较困难，特别是在香港这种生活节奏比较快、琐事比较多的城市，要在生活里拨出一段比较长的时候来构思一个比较成体系的小说，对创作新手而言，可说是有点奢侈和困难的；相比之下，如果要写一首相对简单的诗，新手们就比较容易应付。这些客观条件，可说是造就了香港文学中阅读和创作诗歌的传统，因为大家在参与文学工作坊、写作班或者文社聚会时，除了会互相观摩彼此的作品，还会阅读一些名家的作品。基于上面提及的原因，诗歌就成为大家聚会时常读的一种文体。而为了有效引起初学者对作品的共鸣，香港本地诗人的作品，也就成了文艺聚会时，比较常选用的作品，例如笔名也斯的诗人梁秉钧先生，他的诗可说是大部分年轻作者都接触过的作品。不过当然，除了诗歌之外，年轻一代也相当关注本地其他文体的经典之作，例如西西的小说、散文，以及刘以鬯先生的作品，能请周老师谈一谈你对刘以鬯先生的印象吗？

周洁茹：二十世纪八十年代，一系列报刊停刊，香港文学面临危机。1985 年 1 月，《香港文学》月刊创立，刘以鬯先生任创刊总编辑。刘以鬯先生对于不同流派不同风格的作家作品兼收并蓄，使《香港文学》不仅接续了香港文学的命脉，更形成了波澜壮阔的文学汇流，创造了香港文学的新生命。对文学事业的坚守与坚持，对内心的真实不懈探索和追求，这是我印象中的刘以鬯先生——一位伟大的编辑，也是一位伟大的作家。陈国球教授说过："刘以鬯先生以内地的文学养成和生活体验，在南天一隅之地开花结果，并向世间宣明：文学，即使在香港这个唯实用是尚、经济利益挂帅的环境中，还是一种令人崇敬的文化力量。"

唐　睿：香港的作家、文学刊物跟海外华文文学的关系也十分密切，你觉得《香港文学》在海外华文文学这个领域，发挥了怎样的作用呢？

周洁茹：《香港文学》创刊号上，刘以鬯先生发表的《发刊词》中强调了这一点，"香港文学与各地华文文学属于同一根源，都是中国文学组成部分，存在着不能摆脱也不会中断的血缘关系"。

三十多年来，《香港文学》不但联合了香港各个流派的作家，同时也汇聚了世界各地的华文文学作家，刊发了大量相当重要的海外华文文学作品。其中东南亚华文文学是我们尤为重视的，《香港文学》创刊第 1 期就刊发了"马来西亚作品特辑"，东南亚华文文学作家方北方、孟沙、朵拉、黎紫书、力匡、黄孟文、骆明、田流、尤今、林万里、黄东平、施颖洲、柯清澹、文志、黄崖、司马攻、曾心、岭南人、梦莉等都多次在《香港文学》上刊发作品。我们也在 2019 年的第 6 期和第 7 期两期连续推出"东南亚华文小说专辑"，刊发陈政欣、李忆莙、方路、贺淑芳、翁弦尉、许通元、龚万辉、梁靖芬、陈志鸿、黄玮霜、方肯、戴晓珊、王修捷、陈帅、毛丽妃、布南温以及于而凡的小说新作，展示新一代东南亚华文作家的创作实力。

同时像欧美华文文学、日韩华文文学等世界各地华文文学的创作发展，我们也都予以充分关注及专辑安排，比如 2018 年第 2 期的"美国新移民作家散文专辑"、第 3 期的

“从首尔到南怡岛专辑”、第8期的“日本华文作家散文专辑”、第9期的“海外华文作家小说专辑”以及2020年第5期的“海外华文女作家小说专辑”等等。

刘以鬯先生在《发刊词》中明确指出了这一点：“香港是沟通东西文化的桥梁，有资格在加强联系与促进交流上担当一个重要的角色，进一步提供推动华文文学所需的条件。”《香港文学》在海外华文文学这个领域充分发挥了沟通与联结的作用，呈现了一个独特的文化空间，这可以说是《香港文学》的价值和意义所在。

唐　睿：确实，三十多年来，《香港文学》为香港文学的发展，作了相当大的贡献，它一方面挖掘本地优秀的创作者，将他们引介给内地和海外的读者，同时也刊登了不少优秀内地和海外华文作家、学者的作品，成为香港作家与海内外作家的沟通互动平台。

周洁茹：多谢唐睿，由于这次对谈的时间有限，在余下的一点时间，希望你向大家推荐介绍几位年轻的写作人。

唐　睿：由于时间有限，或许我就集中介绍两位我最近阅读得比较多的年轻作家吧。这两位年轻作家恰巧都是女性，她们分别是黄怡和梁莉姿。或者我在此分别选一篇她们的作品谈谈，好让读者们可以进一步了解她们的创作。我想用作介绍黄怡的，是《塘西的亚当和夏娃》；至于梁莉姿，我就希望可以谈谈她的《双双》。我最初见到《塘西的亚当和夏娃》这篇文章，应该是在征文比赛当评审的时候，因为比赛是糊名的，所以当时也不知道那是黄怡的作品，只是觉得这作品很机智、很幽默，同时又很能深刻地谈论各种传统、偏见如何沉淀在一个地方集体记忆，从而指导或者限制了后来的人的生活和人生选择。《塘西的亚当与夏娃》这篇小说，讲述叙事者“妳”认识了一位外国男友亚当，当“妳”跟亚当在石塘咀一带同游时，“妳”不断想起二人的文化差异，想起石塘咀曾经是香港开埠初期的风月场所，想起社会对于华洋恋的歧视，以及对女性主动结识异性的偏见。基于种种沉淀在城市里的文化记忆，“妳”在跟亚当相处的时候，不断自我质疑，最后更在和亚当亲热时，因过度焦虑而呼吸困难，最后需要由救护车送到医院。故事通篇都充满幽默感，但同时又能严肃地呈现文化记忆的力量，小说结尾“妳”在被送到医院的过程里，还是不断担心路上的人将如何对自己指指点点，看起来非常荒谬，但亦鲜明地刻画了地区的文化记忆牢牢地限制着她对生活的想象，让人觉得这女孩既可笑，却同时非常可怜。这篇作品后来发表在2019年1月号第409期的《香港文学》上，感兴趣的朋友可以一读。

至于梁莉姿的《双双》，首次读到也是在文学比赛当评审的时候，当时这篇文章应该只叫《双》，也是因为糊了名，并不知道是梁的作品，只是觉得这小说写深水埗一些小人物的身世，写得非常有实感和亲切感，然后到比赛揭晓时，才知道原来是梁的作品。这小说后来结集到《明媚如是》的时候，改成了《双双》，象征意味似乎更强了。《双双》这故事讲述“单非”男生——生哥，与来自广东、从事性工作的女孩——双双，在深水埗区相逢的故事。生哥和双双虽然生活在香港，但却一直无法融入这城市，这里面，有他们自己的原因，但同时城市似乎也没有给予他们机会，让他们成为城市的一分子。他们分别为这城市献出了自己的身体（生哥是地铁挖掘工人，是这城市基建的功臣，并因为不时长期在地底工作，泡在地下水里，而熬出了许多毛病；至于双双则是妓女），但却只能在城市里，像隐形人一样，生活在城市的边缘。《双双》这篇作品，以颇为写实的手法，呈现了香港底下阶层人民的生活，读来让人颇为唏嘘。

澳门

澳门：回旋空间和启新之地

王威廉　陈培浩

王威廉：好多年前，我来中山大学读书，当时所有的本科生都要先在珠海校区读两年。那时珠海还是特区，进珠海还需要“边防证”，我的录取通知书就成了“边防证”。我对这个“特殊之地”充满了好奇，这个好奇与另一个“特殊之地”有关，那就是澳门。国庆假期之际，被几位同学拉着一起参与了一个游玩节目：澳门环岛游。顾名思义，意思就是即便去不了澳门本岛，但是可以环绕着它，远远看看它。其实看了些什么我全都忘记了，关键是那种看本身。这种“看”让环岛游变成了当年一个特别受欢迎的项目。你想啊，通过层层关卡来到珠海，然后再去环岛，就让澳门笼罩在某种“禁忌”的滋味之中。我一直想着什么时候一定要去澳门走走，但有趣的是，每次都因为各种原因无法成行。比如原本 2020 年要去参加澳门国际文学节的，可新冠疫情暴发，这场文学节也被取消了。澳门作为一个文化意象，反而对我构成了更大的诱惑力，我从中吸纳着那种想象性的能量。你对澳门的第一印象是什么？有没有去豪赌过？

陈培浩：你说的观看澳门的经验很有典型性，在澳门回归祖国之前，内地人由珠海而望澳门，一种复杂的感受必油然而生。没有任何一种“观看”像边境观看这样强烈地标示着政治和文化所造成的空间差异性。二十一世纪以前，这种差异可能还是以先进、落后的级差展示出来。对面代表着物质繁荣、生活富庶的资本主义，而我们脚下的土地，虽正在腾飞，但尚没有获得在建筑景观上就一目了然的底气和自信。当然现在你如果站在珠海望向对面的澳门，建筑上的差异并不明显。通过拱北口岸两边的人们可以轻松互访，澳门的神秘感就大大减少了。你问澳门给我的第一印象是什么？不能免俗，我对澳门最初的认知同样为这是一座“赌城”——东方的拉斯韦加斯。这种印象在我到过澳门之前就形成了，它可能是大众文化为澳门所生成的最重要的刻板印象。相比于中国其他地区，澳门的博彩业是合法的。我们看过那么多关于赌神的香港电影，澳门的赌城形象是挥之不去的。不过很遗憾，我本人对于“下赌注”好像天生没有兴趣，属于既没有好奇心，也不相信自己有特别好运气的人，所以我在澳门不但没有你所谓的“豪赌”（没有那个钱），就连所谓的“小赌怡情”也没有。倒是澳门那种无所不在的中西合璧多元文化景观让我流连忘返。我真的要说，澳门是一座值得凝视和深思的城市。

王威廉：关于澳门的得名颇值得一说，这本身就是一个带有意味的中西杂糅叙事。澳门以前是个小渔村，附近盛产蚝（即牡蛎），按照此谐音，取名为较文雅的“濠镜”。清乾隆年间出版的《澳门纪略》中说：“濠镜之名，著于《明史》。东西五六里，南北半之，有南北二湾，可以泊船。或曰南北二湾，规圆如镜，故曰濠镜。”从这个名称中，又引申出濠江、海镜、镜海等一连串澳门的别名。明嘉靖年间葡萄牙人从当时明朝广东地方政府取得澳门居住权，成为首批进入中国的欧洲人。当时葡萄牙人从妈祖阁（妈阁庙）附近登陆，向当地人询问这里的地名，当地人便用粤语回答：“妈阁。”于是，澳门便被命名为 Macau，内地多拼写为 Macao。在这场中西不同的得名中，有一点是相似的，那就是对于当地“声音”的保留与延伸。

陈培浩：如你所说，不管是中文还是西文，澳门得名之中都有着对当地“声音”的保留和延伸，这其实就是某种在地经验的延伸，所以符号链条便留下了很多意义的踪迹。比如由 Macao 追踪到妈阁，由妈阁追踪到盛行于东南沿海一带的妈祖崇拜。当澳门被命名为 Macao 时，它既意味着全球一体化开启之初欧洲力量对于一个东方区域实际和符号上的占有，却又暗示着被占有的在地性经验仍然保留着自身的实存性。在地经验不可能被完全清空，由此便产生了多种文化之间相互碰撞、融合、杂处、镶嵌的多元景观。澳门拥有中国历史上的许多个第一：中国第一所西式医院、中国第一所西式印刷厂、中国第一份外文报纸……这基本上跟中西融合相关。澳门文化上的多元性往往给外来者留下极深的印象，在建筑形式上，澳门既有中式的庙宇、宅院，也有西式的教堂、大厦、剧院；既有中国岭南庙宇和民居，也有巴洛克、南欧、印度式建筑，或外观为西式建筑，内部则为岭南民居的中西混搭式建筑。澳门新口岸边的观音像，现在是澳门的标志性建筑之一。有趣的是，这座雕像是由葡萄牙人设计，观音是在中国具有广泛接受基础的佛教神灵，但这里观音像从面相到饰物都已注入了西洋风格。可是，一方面西方元素渗透了中国，另一方面中国文化也在影响着西方。在路环的圣方济各教堂的圣母和圣子图中，他们便都穿着中式的服装。在大三巴牌坊上，天主教的圣母和中国神话传说中极为重要的龙同居一图，刻着圣经故事的图像旁边就题着“念死者无为罪”“鬼怪诱人为恶”等中文箴言。澳门社团多，在世界各国恐怕绝无仅有，人口仅为六十万，社团就有 2200 多个，这些社团形形色色，五花八门，涉及政治、经济、文化、公益、教育、文艺、卫生、体育、宗教、社交、游乐、宗亲等等，组建社团的根本目的在于维护自身利益，因此，社团繁多本身正是澳门多元文化的一种体现。

王威廉：在这里，还是有必要回顾下澳门的简史。1553 年，开始有葡萄牙人在澳门居住。从 1557 年开始，葡萄牙人在明朝政府允许下取得澳门居住权，但明朝政府仍在此设有官府，由广东省直接管辖。三百多年后，直至 1887 年，葡萄牙政府与清朝政府签订了《中葡会议草约》和有效期为 40 年的《中葡和好通商条约》（至 1928 年期满失效）后，正式通过外交文书的手段占领澳门。最大区别就在于，此前澳门的葡萄牙人需要向明清朝廷缴纳租借的年金，此后就不需要了。1974 年 4 月 25 日，葡萄牙承认澳门是被葡萄牙非法侵占的，并首次提出把澳门交还中国。由于当时不具备适当的交接条件，时任总理周恩来提出暂时维持澳门当时的状况。1987 年 4 月 13 日，中葡两国政府签订了关于澳门问题的联合声明（《中葡联合声明》），宣布澳门地区（包括澳门半岛、氹仔岛和路环岛）是中国的领土，中华人民共和国将于 1999 年 12 月 20 日对澳门恢复行使主权。1999 年 12 月 20 日，澳门正式回归。在这里，我想说的是，从某种意义上说，明朝时澳门的归属问题，并非后来很多人片面理解的割让，从而视为某种屈辱。澳门其实绝大部分时间一直可以看作是“租借地”。中国古代有类似的情况，从唐朝到宋朝，很多波斯、印度和阿拉伯的商人从海上来到中国沿海，政府会允许他们建立自己的社区，并且由自己内部的领袖进行内部管理，以便让他们以当地为基地进行合法贸易。元代时，穆斯林商人在泉州几乎形成了自治王国。即便实行海禁政策的明朝政府，也是出于贸易和防御海盗的需求，采取了唐宋元三代的制度，让澳门的葡萄牙人自己管理自己。这是澳门与香港以及别的地区的不同之处。

陈培浩：最早开始大航海的西班牙和葡萄牙在教皇那里定了规矩，西班牙往西走，葡萄牙往东走，所以拉丁美洲很多地方成了西班牙的殖民地，葡萄牙则在东边获得了大量殖民地，他们最早来到东方，在澳门上岸，借口晾晒“水湿贡物”，开始在澳门落脚。澳门确实是一座只能在全球史视野中打量的城市，假如不是因为十五至十七世纪欧洲各国的大航海探索和地理大发现，历史舞台灯不会照到澳门这样的沿海小岛。从十五世纪开始，历史逻辑发生变化，各行其是的国别史开始被一股力量推向波澜壮阔的世界史。从世界史视野看，澳门对于中国便意义非凡。所以，凝视澳门，我们必须自问的是：今天纷繁的事相背后，历史逻辑究竟正在发生着怎样的变化？

王威廉：澳门反映了文明边缘与文明边缘在碰撞之后，所形成的那种奇妙的杂糅性文化。澳门土语［Macanese，葡萄牙文叫“巴度亚”（Patuá）］是由葡文、马来语、粤语、英文、古葡文以及少许荷兰文、西班牙文和意大利文混合而成的澳门方言，曾是澳门土生葡人常用的语言，已几乎绝迹。澳门最后一位以澳门土语进行创作的土生葡人作家叫若瑟·山度士·飞利拉。万历十八年，也就是1590年，戏剧家汤显祖被贬广东之后，次年特地绕道到澳门游览，把他对澳门的新奇印象写进题为《香山逢贾胡》等五首诗中。后来他还把“番鬼”“通事”（翻译）写进传奇《牡丹亭》。越是文化杂糅的地方，越是储藏着文学的富矿。当然，这种文化的杂糅性又必须通过大的语言进行重述。

陈培浩：由于葡萄牙人长期雇用华人“沙文”（仆人），因而衍生了一种“澳门土语”，据潘日明研究，十八世纪葡萄牙人家里的仆人广泛使用澳门土语。外来者无论怎样高高在上，都不可避免要跟本地仆人交流，尤以女主人为甚，由此常会产生一种混杂的语言。Charles Downing 描述一家英式旅馆里工作的华仆，指出他们假装懂得葡语和英语，他们把葡语、英语和中文混在一起使用。这是些精明的“沙文”，初时这种混杂是为了藏拙，后来反而变成一种语言现实。这种语言接触造成的语言新变其实是人类在近代在大航海时代开启之后，全球性大迁徙和文明融合在语言上的投射。澳门这个命名非常有趣的是这个“门”字，它是世界进入中国所打开的第一扇门，也是中国走向世界，向世界展示中国非常重要的“门户”。

王威廉：“门”是敞开，但却是一种窥探式的敞开，意味着更多的“墙”。澳门自然是西方文化跟中国文化碰撞的一个集中而独特的地点，我们在很多情况下，谈论更多的是西方文化从这里对中国腹地进行探勘，这是确凿无疑的。作为西方文明的耶稣会会士1565年在澳门建立了耶稣会学院及教堂。澳门是西方神学、哲学和科学，乃至整个西方文化在华传播的第一个中心。1578年，利玛窦和罗明坚两人一起从葡萄牙里斯本出发到了澳门，他们在澳门学习汉语，直接师从不懂西语的中国人。澳门成为中西语言比较的第一个教学场所，耶稣会学院也成为远东第一所东方语言学校。利玛窦在澳门编辑《葡汉辞典》，目的便是方便其他传教士学习汉语之用。利玛窦在澳门学习汉语一年多后，就进入中国，但他的传教事业与澳门仍保持着密不可分的关系。当时的澳门是西方视野中“远东”的传教基地，澳门对利玛窦在华传教，支援了很多的人力和物力。利玛窦在肇庆传教没钱盖房子，罗明坚便回澳筹募经费，得到了葡商的支持，才建造了“仙花寺”。在南京时，利玛窦需要购一大屋传教，他委派郭居静神父往澳门筹款，才得以把大屋买下来。他又在南昌、韶州等地建立传教点，澳门调派人员前往支援。这些都体现着澳门在近代天主教来华传教史上重要的作用。说句题外话，这实际上回答了我自己过去的一个疑惑：那就是传教士形单影只，是如何把那么大量的物件送给当地重要人士的？

陈培浩：你提到了利玛窦和罗明坚两位从澳门进入中国的西方传教士，此处我再谈一位与澳门渊源颇深的传教士——金尼阁的故事。金尼阁 1577 年出生于杜埃城，杜埃这个地方后来被法国攻占并划入法国版图，金尼阁也常被视为法国人，但 1615 年金尼阁在翻译利玛窦作品时自署为“比利时人”。1607 年，金尼阁完成了教会的学业，被派到远东传教，他从葡萄牙的里斯本启程，1610 年，即万历三十八年秋，在利玛窦去世六个多月后，金尼阁抵达澳门。1613 年，金尼阁受龙华民特遣，返罗马觐见教皇。金尼阁是第一位重返欧洲又从那里率领大型传教团来中国的传教士，第二次来华，金尼阁还带来了大量外文书籍。金尼阁继承了利玛窦学术传教的理念，在北京等地建立教会图书馆，金尼阁带来的书籍据传都是精装版，无一重复，囊括欧洲古典名著和文艺复兴以后的神学、哲学、科学和文学艺术等方面的最新成果。为募集新书和仪器，金尼阁遍游欧洲列国，收集图书 7000 余部，金尼阁还拟订了庞大的翻译计划，联系了艾儒略、徐光启、杨廷筠等中外人士共同翻译，1628 年，金尼阁在杭州病逝，“西书七千部”译入中国的计划随之流产。1938 年，北平天主教堂藏书阁发现了金尼阁“七千部”残余的数百部，其中便有哥白尼的《天体运行论》和开普勒的《哥白尼天文概要》等科学典籍。金尼阁演绎的是一个未完成的全球化的故事。今天，我们很多人愿意将中国的现代性追溯到明代去，这当然是有一些依据的。但那与其说是一种现代性的发生，不如说是一种没有被激活的全球化和现代性，因为现代性的发生是需要很多历史条件的。金尼阁的故事给我们带来了一些反向的思考。

王威廉：不过，澳门对于中国文化的意义不仅于此。如果我们从中国文化的内在视野去看，它所提供的那种战略性的回转空间要比它的地理空间开阔得多，意义大得多。澳门首次有大量居民定居，是在南宋皇朝倾覆之际。几十万南宋军民从福建、广东沿海败退，到达澳门一带，有些人便世世代代住了下来。澳门半岛上名为“永福古社”的沙梨头土地庙，相传便建于南宋末年。在这场巨大的历史事件中，澳门便担负起了承纳的责任。这一点在中国近代史视野中来看尤为鲜明。辛亥革命，清朝覆亡，就有大量的清朝遗民跑到澳门来避难。1937 年，日本侵华战争全面爆发之后，又一次有很多人跑到澳门来避乱。澳门为中国文化与中国人敞开了一个巨大的安身立命的回转空间。我在这里举一个人物为例子，他就是澳门文学和学术的奠基人之一——汪兆镛。也许很多人对他陌生，但是我们对他的弟弟丝毫不陌生，他的弟弟汪兆铭，又名汪精卫。汪兆镛在辛亥革命之后，常居广州，但每每遭逢战乱，他都要避居澳门。从他自著的《微尚老人自订年谱》中可看到，每逢兵乱，他会立即跑到澳门。不止上面提到的大乱，包括反对袁世凯称帝的护国运动，包括陈炯明的“叛乱”，他都第一时间赶到澳门。次数太多，多到连他自己都不好意思了。他既悲痛又无奈，专门为此还写了一首诗，叫《丙辰二月澳门作》，诗中有云：“沧海横流莽何极，青山依旧好谁登。”

陈培浩：由于澳门独特的地理位置和重要的窗口作用，晚清时代，很多海外华侨都要通过澳门来了解国内的形势，因为澳门也是晚清维新派和革命党人力争的舆论阵地。1896 年 11 月，康有为第一次来到澳门，不久，康有为和何廷光创办了《知新报》，此后梁启超也被邀请到澳门参与《知新报》的筹划。《知新报》仿上海《时务报》，开设论说、上谕、近事、译录、西国政事、西国农学、矿学、商务等栏目，对中国近代产生了重要影响。如果没有澳门的存在，香山就走不出郑观应、孙中山这样的历史人物。所以，澳门的意义，既是一方“飞地”，也是启新之门。一个人，一个地区，一个国家，必须有守成之地，也必须有启新之门，才能形成有益的精神辩证。这也是澳门的启示吧。

立足于多元文化冲击而成的三角洲上

——关于澳门文学的一次对谈

袁绍珊　陈润庭

陈润庭： 作为广东人，我对澳门一直怀着非常亲切的感情。袁老师是澳门在地的著名诗人，能跟我们介绍一下澳门文学近年来的发展吗？

袁绍珊： 澳门作家的作品近年开始以非官方组织的方式，在内地、香港及台湾出版，是可喜之事。澳门文学奖逐步面向全球华人，澳门年度文学选、澳门文学史料整理及研究专著的接连出版，澳门文学馆的筹建，澳门文学节的举办，澳门笔会推动跨媒体文学宣传及跨地域的出版合作等，都是不错的发展势头。譬如我在2018年，帮澳门笔会和美国著名网上文学杂志 *Words Without Borders* 牵线，联合推出“澳门文学”英文专号，获得不错的国际曝光率。澳门笔会同仁推出文学微电影等，都是新的尝试。

尝试是容易的，困难在于政府相关部门、作家、文学评论者能否持之以恒。相对于其他艺术门类如音乐、戏剧、设计等，文学在澳门的地位，尚未因政府推动文化创意产业而得到显著提升，资源越来越紧绌，稿费相对内地、香港和台湾更是低得可怜，活动机构把作者当义工，对文学人的劳动没有给予应有的尊重。

在新媒体环境下，各地文化和资料高速碰撞，作品传播方式改变，电子书和网上媒体的出现，为一直苦于没有什么本地图书市场可言的澳门作家，开启了一扇面对全球华人读者的大门。商品全球化和互联网等新媒体的出现，无疑为澳门文学的传播提供了发展的契机，让澳门作家在题材、内容、语言、风格上各自发挥，继而转化成百花齐放的局面。澳门文学创作比回归前更为活跃，发表空间和传播途径也似乎增多了，评论文章的数量却在倒退。

台湾学者张堂锜以“边缘的丰饶”来形容澳门现当代文学，是贴切的，澳门文学不乏佳作，缺的是富有洞察力的评论和用心整理。文学评论，无疑是增加澳门文学“存在感”的重要途径。可惜的是，澳门文学长期处于“存而不论”的状态，即使在澳门本土，相关的文学研究及评论也非常缺乏，从事澳门文学研究的学者屈指可数。现时所见的澳门文学评论，大多零散细碎，缺乏梳理澳门文学史的意图。澳门作家所作的文学评论，又以“诗人诗论”或带有个人偏好的“文学主张”为主，理论性相对薄弱，对文学现象的归纳亦欠全面。有些外地学者所做的澳门文学研究，大多是回归前后的老调重弹，碍于信息阻隔，又不愿花时间挖掘原始材料，经常出现资料过时、张冠李戴、以讹传讹的情况，研究对象也主要集中在回归过渡期的“新生代”，千禧年以来澳门文学的发展情况尤缺梳理。

陈润庭：如你所言，澳门文学长期处于“存而不论”的状态，但这种状态恰恰说明了，“澳门文学”的事实性存在比“澳门文学”概念和形象的建立要早得多。澳门文学的价值有待专家学者等有心人发掘与关注。澳门作家韩牧 1984 年关于“建立‘澳门文学’的形象”的倡议，被视为澳门文学走向自觉意识探索的标志。仅仅过了两年，1986 年在中山召开的“台湾香港文学学术研讨会”，就将澳门文学纳入研讨会的主题之中。如果说，香港文学和台湾文学是改革开放后兴起的境外华文文学研究的“风景的重新发现”，“澳门文学”概念的认定，则更像是内地与澳门文学界携手推进的结果。

袁绍珊：澳门文学因为特殊的政治因素，即使内容相对单薄，却无论如何也能在大部分内地的文学史书写中占一席之地，以确保这些“曾经失散的子女”在文化待遇上不会感到被冷落。但实际上内地和澳门高校，仅仅将澳门文学置于“港澳台文学”的范畴中轻率带过，无法像“台湾文学”或“香港文学”那样成为独立的课程乃至系所。相对于台港文学研究侧重本土意识，检视本土文学和本土历史的盘根错节，澳门文学的书写，更多是一种“自觉的家国想象”，特别强调“华夏根”“岭南情结”与“中华脉络”。换句话说，如果台港文学的本土书写求的是建构“我城—我家”，澳门文学更多是在联结“我国—我家”。

作为一个生于回归过渡期，在澳门长大，在北京和加拿大求学的创作者，我最常处理的命题之一就是“家国想象”。后来我发现许多澳门诗人都有意无意地用不同的切入方式，或轻或重地处理着同样的议题，又或者说，“家国想象”就是澳门作家日常生活的一大部分，譬如内地自由行旅客的身影、赌场度假村里的简体字标示、普通话的日渐普及、新闻广播的国歌宣传片等等。

在书写策略上，澳门作家即使不抱着进入内地市场的野心，也不得不面对本土性和民族性内容的角力，大至书写题材和模式（本土寻根），细至如何选取词语、语法去表达澳门自身的时候（如“西红柿”等带地域色彩的表述），也变成一种回归后的写作挑战。

假若澳门文学在中国文学史中真有什么贡献，“家国想象”的书写大概是其中之一。澳门由于特定的政治和文化地理条件，在不同的时代，都会吸引一批又一批来自不同地域的文学家来图谋发展，从内地移居澳门的作家诗人，或从东南亚来澳定居的华侨作家（譬如胡晓风、廖子馨、玉文等），更是当代澳门文学的重要组成。站在澳门这个南方一隅回望神州，反而让澳门的诗人作家对民族的理解更全面、深刻、冷静，并透过对本土风物和内地故乡的种种对比、描写、忆述，为澳门文学加添内容和时空上的深度。

二十世纪八十年代澳门面对政权移交、经济剧变，澳门作家的“家国想象”也因此被激发，诸如廖子馨的《奥戈》、懿灵的《流动岛》，都是本土寻根和思考身份认同的优秀作品。政权回归及赌权开放后翻天覆地的变化，刺激了澳门作家的创作意欲，开拓了澳门文学创作的一大主题：消失。

八九十年代的澳门文学，题材、风格多样；回归以来，代际和派别相对模糊，创作题材却有惊人的相似性，“消失”可说是千禧年初澳门文学作品的母题，这种“在地的乡愁”和城市化关系紧密，然而怀念的对象并非籍贯相关的“真实故乡”（广东乡村地区），许多身为移民第一代或第二代的澳门作家，甚至不把澳门视为和身份认同有关的、真正的“精神故乡”——这种“乡愁”的指涉对象更多是八九十年代那个散漫闲适的澳门。与之对比的，往往是赌博与财富带来的改变、关于人事物的缺失（譬如老店铺的生存危机、富裕生活带来的感情背叛、获取经济成果付出的环境代价、社会价值观的变化导致人情味的丢失等）。

书写消逝中的澳门景物，成了澳门散文创作的大宗（如林中英的散文）；对博彩文化和暴富城市磨蚀人性的描写，则是澳门小说的集体奇观（可见诸李宇梁、李尔、寂然等人的小说）。澳门作家对“消失”这一主题的偏爱，既呼应了近年澳门民间浓厚的怀旧情绪，也是一种本土意识的表现；然而这种写作的自觉因为人情紧密、公民社会未成熟及报刊自我审查，而对政治及社会根本问题抱着回避态度，多半流于不痛不痒的冷嘲或浅白的伤感，少见掷地有声的批判。

可惜的是，近年澳门作家面对社会的高速变化，大多落入怀旧的叙事模式，普遍充斥着对旧事物消逝的感叹，却无意进行从个人史梳理本土史的大叙事，以致澳门当代本土书写在深度、厚度和广度上，无法和内地的“寻根文学”“乡土书写”“打工/乡愁文学”，乃至台湾近年的“家族史”书写热潮，以及香港的“代际书写”分庭抗礼。

陈润庭：我能理解袁老师您对澳门文学的繁荣充满了写作者的希冀。或许出于一种生于大国而来的潜意识，我以前总觉得一国一地之文学，都需要追求广、深、大。但研究生时赴台交换的经历，一定程度上改变了我的看法。文学追求广博与深刻自然没错，但地域文学的“小”，却仿佛更能与所在的土地和活生生的读者之间产生互动。考察一个地域文学的成就，似乎不能单单以文本的“文学高度”论高下。文学生产、活动等一系列环节构成的文学生态，也是极为重要的参考标准。在当前澳门文学的研究中，澳门的文学生态始终是学者关注的重点之一。作为六十万人口的小城，澳门人均拥有的报社数量众多，报纸文化副刊版面和发稿量的充足，也给澳门写作者提供了足够的文学园地。澳门基金会、澳门特区政府文化局等机构单位，也已经建立了相对成熟的文学出版奖励机制和资助机制。可以说，在很多内地的文学人看来，澳门作家拥有令人羡慕的文学创作环境。作为在地的书写者，你对澳门的文学生态有什么看法？

袁绍珊：澳门的文学生态有很多的局限。尽管澳门文学有上述的文化积累和汇合优势，但它所面对的困难更为严峻——底气不足、人才外流、出版及图书市场不成熟、对外推广缺乏，澳门高等学府不把“澳门文学”列为一门课程，文学评论极度欠缺等，都是导致本土文学发展原地踏步的综合因素。

澳门虽有出版自由、政府资助、铺货容易、没有正规的主流商业机构垄断等相对有利于独立出版的优势，但相较于现时华文圈的“独立出版”对多元化、精致化、独立精神的追求和呼唤，澳门许多独立出版制作尚停留于“依赖政府资助”“小圈子分享馈赠”的思维，在质量追求和宣传推广方面仍有待提升。若能突破这些不合时宜的思维方式，推动更多跨地域的联合出版合作，打通港台两地的发行通路，甚至利用电子书电子杂志这些新媒介，假以时日，澳门的独立出版绝对有能力与既有的出版模式分庭抗礼，甚至成为华文地区中的独立出版物孵化基地。

澳门的文学创作环境相对于内地、香港、台湾，可算是自由而狭隘的。缺乏专业出版人员，没有规模可言的出版业及图书市场，澳门文学界普遍存在一种自娱自乐的氛围。放任无为的文艺环境，换来几乎清一色的纯文学写作；缺乏利益诱因的情况下，创作动机相当纯粹，独立出版盛行。在澳门作家的作品中，甚少看到市场导向的写作策略，在几乎不考虑读者、编者、学者乃至评论者意见的环境中，个性化写作达到一个令人羡慕的极致。没有市场淘汰机制，不顾忌点击率，缺乏讨论，澳门作家各自修炼，甚少旗帜鲜明的流派主张，罕闻剑拔弩张的文学论战。

作家在澳门市民眼中，不是一个职业或身份，根本称不上有什么特殊的社会地位。我所认识的许多澳门文友，即使写作多年，出版过好些集子，也很少自称为作家或诗人，往往谦称“文字创作者”或“写作人”，而且大多使用笔名创作。但他们不全然是卡夫卡式的低调平淡，也会把竞逐两年一度的澳门文学奖或中篇小说征稿看成人生大事，利用互联网把作品广传天下，守着同一个六百字的本土报刊专栏一写十几年，把政府资助、社团牵头、印数五百本、送赠为主的作品结集，看成随意派发的名片。

澳门文学刊物屈指可数，文学作品主要发表在为数不多的两三份报纸副刊及文学杂志，但由于版面篇幅所限，几乎不再刊登连载小说，散文作品介乎五百至二千字间，新诗以短诗为主，句子简短，断行频密（稿费多以行数计算），大型的本土文学奖进一步为作者提供了动力，以及创作长诗及中篇小说的契机。如前面所述，澳门没有所谓的“专业或全职作家”，作者无法单靠写作维生，也不似香港、台湾的作家能在大学兼教创意写作，或经常从事有报酬的演讲或文学活动策划工作。跨文类创作的情况相当普遍，许多人身兼散文、小说、新诗、旧体诗词乃至剧作者等多重身份。业余文学创作，和稿费偏低、发表渠道少、阅读氛围淡薄、出版业不发达、政府及教育界长期对本土文学推广不足等息息相关。

陈润庭：看来澳门文学生态的“繁荣”似乎更像是外地学者出于某种善意的想象。从你对澳门文学生态的观察中，我感受最深的是你身为澳门作家的焦虑。这让我想到澳门作家韩牧。韩牧曾倡议“建立澳门文学的形象”。这一倡议提出至今已经将近四十年了，关于澳门文学的形象的讨论一直未曾中断。我记得你也写过《澳门文学形象的省思与书写的突围》《独立·突围》等文章，探讨澳门文学的形象的问题。

袁绍珊：每当讨论起澳门文学，不要说外地人，就是澳门本地人也不知道澳门文学该从何谈起，也不熟悉澳门有什么作家、流派或作品。澳门文学平日不在大众的阅读视野中，往往只是在某段时期因为特殊的政治或经济因素，才受到外地读者或学界的短暂关注。譬如1999年澳门回归前后，就是澳门文学发展的一次机遇，当时许多澳门文学作品以丛书形式在内地出版，同时涌现了许多关于澳门文学史的讨论和研究。进入千禧年以后，澳门文学的热潮退了下来，直至近年，澳门因为经济发展非常亮丽，不少人希望通过阅读澳门文学作品，了解澳门的最近发展。但这种突如其来的聚焦，并未能为澳门的文学环境带来建设性的改变。

澳门文学位处中国文学史的边缘位置，是不争的事实和长期的困境，讽刺的是那一席之位的获得，往往不是中原逐鹿的战绩，更多是政治上的特别眷顾。澳门文学甚至成为“区域文学”中尴尬的缺席者——“台港澳文学”常常被简化成“台港文学”，或是在厚重的中国当代文学史中被一页带过。对于澳门文学发展的忧虑，诗人韩牧作出“建立澳门文学的形象”的呼吁，距今已过三十载，但当人们谈论海峡两岸暨香港澳门的华文创作的时候，澳门文学依然面目模糊。要马上说出三个澳门作家及作品的名字，对外地读者可能是一项艰巨的挑战。

澳门文学，近乎是一座被众人遗忘，静静被时间吞食的吴哥古迹。

我不认为澳门文学非得要一个什么形象才算成功，试想象，如果“快餐=香港文学”“悲情=台湾文学”的刻板印象建立了，对港台作者只会是一种压抑和伤害。一个地区最好的文学形象，是百变。

韩牧先生所说的“形象”，其实是“分量”。他在《为“建立‘澳门文学’的形象”再发言》中说：“所谓澳门文学，形象如何？我也讲不清楚。如果我手上有几巨册的《澳门新文学大系》，我就可以压在他的双手上，说：形象就在里面，你自己慢慢看吧。……所谓澳门文学形象的建立，不但只是取决于一批作家、一批作品。更高的目标也许是，一批各具风格的澳门作家，写出各自的作品，合起来，在读者脑中形成一个比较真实而全面的澳门的面貌。从长远看，我们澳门文学当然不甘于只成为香港的附庸，同样不甘于只成为一个流派。”

直到今天，尽管海峡两岸暨香港澳门文化商品的跨域传播越来越频繁，澳门文学与内地、香港、台湾三地的交流依然处于一种“单向输出的不对等关系”，亦即澳门几乎没有对其他地区的文学造成影响。台港澳文学作为区域文学，在华文文学圈里面对的更多是影响力的问题。

然而，澳门文学当下最急需的，不是抢占华文文学史的位置，不是迎合数量庞大的华文读者的口味，以便打入大中华市场。文学是面对时间浪涛冲刷的志业，对先天不足的澳门文学而言，在华文出版市场中突围的可能，不在于异国情调的打造及和谐社会的书写，而是在于作家能否深刻地把人性变成本土性，并由此引起普世的共鸣。一个大三巴造型的可爱杏仁饼，可能会引起顾客一时的好奇；但让人难忘，愿意回头一吃再吃的，永远是那些真正实在、足料的杏仁饼。

当下澳门文学发展的关键，还是来自作者自身——缺乏好奇心、企图心和文学跨域传播的视野，在艺术追求上缺乏工匠精神。过去作者们经常抱怨政府对文学的宣传推广放任无为，导致澳门文学“走不出去”；随着近年赌彩收益增加，文化资源丰沛，宣传增加，对外活动频繁，作者们又抱怨常常跑通告、办讲座占去了宝贵的业余创作时间。内涵质量和宣传推广同样重要，当下的澳门文学要健康发展，走得更远，必须学会用两条腿走路。

陈润庭：我发现在你的论述里，常常将港台文学作为澳门文学的参照系，从中窥见澳门文学的优势与不足。其实在内地海外华文文学研究之中，也常将港澳台三地的文学相提并论。这种说法是基于三地文学的发生形式多为“植入”，而非“根生”（刘登翰语）的共性产生的。但在相对“强势”的港台文学面前，这种并列往往使澳门文学有被湮没的危险。而澳门文学的文化生态、文学生态的独特性是确凿无疑的。你生于澳门，求学于北京与多伦多，文学行迹又与台港文学多有交集。在你看来，澳门文学的独特性主要寄寓在什么地方？

袁绍珊：在我看来，澳门文学的特别之处，在于它像一个多元文化冲积而成的三角洲——我们立足其上，得以清楚看见内地、港台文学的风向水流，如何碰撞、汇总、融合，沉淀出肥沃的创作土壤，甚至容许“杂质和沙砾”的存在——如赌博、狎邪、间谍、奇幻等书写主题。

当我们谈论澳门文学的时候，必须考虑到华文文学的流动性和跨域性。以新诗为例，三四十年代的抗日及左翼文学，五六十年代的台湾现代主义思潮，七八十年代的大陆朦胧诗派，乃至八九十年代的台湾后现代主义诗潮等，对澳门的诗歌都留下不同程度的烙印。而碍于狭隘的发表环境，澳门文学中大量的离岸文学（泛指澳门作家在外地发表出版的作品，以内地、港台及东南亚地区居多），也是海峡两岸暨香港澳门中较为特殊的集体行为。以诗歌为例，诸如三十及四十年代的德亢、蔚荫、魏奉盘、飘零客，五十年代的李丹、韩牧、华玲，六十及七十年代的汪浩瀚、江思扬，八十及九十年代的陶里、苇鸣、凌钝、懿灵、玉文、黄文辉、林玉凤、姚风，以及千禧年以后，冒起的贺绫声、卢杰桦等青年诗人，他们的作品折射了时代的氛围和文学的发展变化，见证了殖民与后殖民时代复杂的文化状况，与当时的历史进程及价值观的变化息息相关，澳门文学因此具有不容否定的独特性。加上大量南来诗人和东南亚华侨作家因缘际会来到澳门聚居，在语言、思想、文化风俗等方面，经历长期的文化碰撞，形成特殊的多元文化生态和文学内涵，和东南亚其他国家的华文文学，乃至内地、港台文学有相近也有相异之处，澳门文学因此可以为世界华文文学的发展提供一个复杂多元、兼容并蓄的参照。

澳门文学的另一个独特之处，是纯文学在赌城这个人性试炼场达至极致。稿费低、零版税、义务演讲、图书市场小（印量三百本是常见之事）、缺乏发行通路，让全职写作变成天方夜谭；但正因为没有销售压力，加上以个人或社团名义向政府申请资助的独立出版十分盛行，言论相对自由，澳门作家有绝佳的条件和视角，用最不考虑市场的纯文学方式，触及华文作家较少关注的主题或禁忌——诸如混血儿及回归后的身份认同，赌博及娼妓文化的描写，以及全球化下畸形的都市化进程等（如拉斯韦加斯式的模仿与复制）。

鲁迅在1934年的《致陈烟桥》说过："现在的文学也一样，有地方色彩的，倒容易成为世界的，即为别国所注意。"有四百年历史的澳门文学，何以花了三十多年还没有建立起来所谓的"形象"？澳门作家是否都去写博彩文学就能突围而出？也许我们应该反过来问，香港文学、台湾文学的形象又是什么？是都市文学？乡土写实？同志文学？不难发现，健康的文学环境，应该鼓励百花齐放，多元发展。

本土写实，长期以来都是澳门文学的主要发展方向，尤其近年澳门作者开始经营外地市场，作品面对外地读者，刻意而为、地标式的本土书写大量出现，风景线有了，却并没有触及这个地方的文化内核。澳门作家在书写澳门的时候，很容易陷入"越是本土的，越是世界的"迷沼，说到这里，就回到文学的价值这个关键。如果文学不追求深度，那么文学作品和政府旅游局三十秒的宣传广告片又有什么两样呢？

陈润庭：你对于澳门文学现状的担忧与批评具体而深刻。我记得你对澳门文学的未来，曾提出澳门文学应该"跨域筑梦"。这与学者朱寿桐"走出误解中的澳门文学的低门槛和小格局，而勇毅地面对不断发展中的汉语新文学，信心百倍地为汉语新文学的总体格局作出带有澳门经验和地域色彩的贡献"的说法有相通之处。我想，澳门文学的未来应该立足对"在地"的挖掘与坚守。但由于澳门特殊的历史文化位置，澳门文学的未来之路，应该是在混杂多元的文化语境下不断探索，流动不息，进行内外兼收的文化实践。面对未来，你对澳门文学有什么建议或者设想吗？

袁绍珊：我是非常热爱澳门的，也希望澳门的文学能够更好地表达这座城市的经验与荣光。我在这里简单谈几点。首先，扩大本土书写及"家国想象"的可能性。如何让澳门文学在本土和跨域传播中受到重视？我们该怎样把握因特殊政治待遇和经济影响力而来的目光，并迎接可能因珠三角融合而消失的文化优势？当内地、香港、台湾乃至海外华侨作家，都在以不同形式探索"家国书写"的可能性时，澳门作家如何摆脱既定的文化论述或抒情方式，忠于自己，忠于现实，写出澳门独一无二的真实故事？这都是许多澳门作家在思考的课题。而更多样、更自由的"家国想象"，才有可能为当代的澳门本土书写提供新的出路。其次，从瞪着肚脐到放眼世界，别辜负了这个"大时代"给予的机遇。如果澳门作家只是沾沾自喜于城市四百多年的中西文化交流的历史光环，却不思索二十一世纪澳门所面对的多元文化的复杂性，譬如美国赌场文化的引入、外佣对澳门家庭的影响等触目所及的社会议题，会是多么辜负了这个"大时代"给予的机遇。澳门小说家李宇梁的《上帝之眼》、邓晓炯的《迷魂》等，很精彩地展示了作家如何在三十多平方公里的狭小都市生活空间，利用多元的都市现实和厚重的历史题材，呈现出与众不同的澳门。我期待更多澳门作家，关注千禧年以来的澳门百态，思考澳门在全球化中的角色。最后，扶持澳门文学评论、翻译、出版，加强推广。我期待更多评论家关注澳门文学，希望学界、政府推动澳门文学史料整理、扶持澳门文学评论、翻译、出版，加强澳门文学推广。

广州

广州：中心的边缘与边缘的中心

王威廉　陈培浩

王威廉：广州是一座奇特的城市，也是我迄今为止置身其中最久的一座城市。广州的历史是极为丰厚的，这让很多初来乍到的北方人极为吃惊。北方人经常怀着对故乡历史悠久的情结，总觉得南方是荒蛮之地，但来到广州，发现这里的历史文化一点也不短，而且它的特色至今还相当浓郁。广州是中国城市中的异类，是一个完全以商业立足并持续至今的城市。我曾经在广州与北京的城市对话中提出，根据考古学的发掘来说，城市聚落是先于国家存在的，城市在古代汉语中实际上是两层意思，一个是强调军事政治的“城”，一个强调经济贸易的“市”。在我看来，在中国，“城”的代表是北京，“市”的代表就是广州，北京与广州的对话代表着“城与市”之间的对话。有人一定会提到上海，我觉得先不说上海的历史短暂，上海本身恰好介于北京与广州之间，而且它具备更加强烈的现代性。与之相比，广州的历史漫长，而且几乎从未断绝过和海外的贸易联系，即便是闭关锁国的清代，广州也是清帝国与世界之间接触的窗口。

陈培浩：你对“城”和“市”的辨认很有意思。的确，如果让我用一个关键词来概括广州的话，那恐怕只能是“商业之城”。当然这里的“城”的内涵已经是你上面所说的“市”了。商业其实不仅代表了一种经济形态，商业之城的意思不是说这里除了商业没有其他，而是说在长久的商业贸易氛围中，当地的文化和思维都渗透着某种更强的日常性和实用性。诗人杨克在他那首挺著名的作品《天河城广场》中写道：“在我的记忆里，‘广场’/从来是政治集会的地方/露天的开阔地，万众狂欢/臃肿的集体，满眼标语和旗帜，口号着火/上演喜剧或悲剧，有时变成闹剧/夹在其中的一个人，是盲目的/就像一片叶子，在大风里/跟着整座森林喧哗，激动乃至颤抖//而溽热多雨的广州，经济植被疯长/这个曾经貌似庄严的词/所命名的只不过是一间挺大的商厦”。这里颇有意味地道出了广州以其商业性对政治性词汇的转换。不过值得注意的是，九十年代以来，商业性对政治性的转换是整个中国的趋势。正是在这种背景下，广州的城市重要性和影响力才凸显出来。

王威廉：我住的附近，有座森林公园，叫大夫山森林公园。我一直疑惑，为什么要叫“大夫山”呢？后来查了些史料，才发现，那里早年叫大乌岗，后来因纪念西汉初年的大臣陆贾大夫而改此名。这里边的故事特别值得一说。汉高祖刘邦得天下后，不想用兵征伐在岭南拥兵自立的赵佗，于是派谋士陆贾南下，说服赵佗归顺汉朝。陆贾凭着他出色的口才，居然真的说服了赵佗，并代表大汉王朝封赵佗为南越王。陆贾因此立下大功，被封为上大夫。刘邦死后，吕后临朝，从经济上制裁南越国，赵佗愤而反抗。吕后发兵南下，攻打南越，赵佗抵抗并反攻到湖南一带，一度占领了长沙国边境数县，断然宣布脱离汉朝，自称“南越武帝”。公元前180年，吕后死，汉文帝刘恒即位，派人重修赵佗先人墓，置守墓人按时祭祀，并给赵佗的堂兄弟们赏赐了官职和财物。又经丞相陈平推荐，命陆贾再次出使南越，再次说服赵佗归汉。赵佗再次接受了陆贾的劝说，复归大汉。虽然在南越国内，赵佗仍然继续用着皇帝的名号，但一直到汉景帝时，赵佗都向汉朝称臣，每年都会派人到长安朝觐。得知这个故事，在大夫山中游玩就更加意味深长了。它是一个复杂的纪念，纪念的是岭南边地与中央王朝之间的复杂关系。边缘在中央权力变弱之际，便会试图生长出自己的中心性。这一点在广州体现得非常明显。在广州的历史中一共出现过两个独立的王朝，南越国历经五帝，共九十三年；南汉国历经四帝，共五十四年。也就是说，广州历史上总共出过九个皇帝，这是许多人想不到的。中国近代历史，广东对于中国革命的推动更是起着不可替代的作用，在一个文化系统里边，受到压抑的异质性的文化元素，往往反而会在大文化系统面临危机的时候，焕发出应对的力量，从而为大文化系统提供更新、前行的力量。

陈培浩：边缘也会生长出自身的中心性，这个故事有意思。我来讲讲另一个故事，一个文学中的城市故事。卡尔维诺在他的《看不见的城市》之“城市与名字之二”中讲述了一个莱安德拉城的故事。有两种神灵保护着莱安德拉城。两种神灵都非常细小，非肉眼所能看到，他们为数众多，以至无法数清。一种神灵栖身房屋的门口及室内衣架和伞筒处；在搬家时，他们也随着交出钥匙的住户，定居在新住所里。另一种神灵就在厨房里，喜欢藏在炊具下、壁炉罩里，或者在放扫帚的储藏间里；他们属于房屋的一部分，当住户搬迁离去之后，他们仍留下来，与新来的住户做伴。前者被称为宅神，后者则称为守护神。宅神是跟随主人流动的，守护神则是跟随房屋留守的。因此，在一所房屋里，总不免发生宅神和守护神之间的交往、共处、辩论和摩擦。他们一起在飞檐和暖气管道上散步，就家政加以评论，他们很容易发生争吵，但也可以和平共处上几年。卡尔维诺写道："莱安德拉的实质就是他们永远争辩不休的题目。哪怕是去年刚刚来到的宅神，也认为自己是城市的灵魂，并且相信自己离开这里时会把莱安德拉一同带走。守护神则认为宅神是不速之客，是令人厌烦的侵略者；真正的莱安德拉是他们的，是他们使一切内涵具有了形态，是他们在这些暴发户抵达之前就栖息于此，在那些家伙离开之后仍将继续留下来。"莱安德拉不是任何一个具体的城市，而是迁徙与流动成为常态的现代都市里那种外来与本土之间冲突的象征化。之所以讲述这个故事，是想说明，在广州，宅神和守护神可能是争吵最少的，广州跟深圳这样的新生移民城市并不相同，它的根性深深地通向历史、文化和方言，可是这并不妨碍它那种如粥沸腾般的温润和涵纳。广州可能是宅神和守护神最和平共处的城市了，可能，每个周末它们正相约叹早茶。

王威廉：广州，平日低调到尘埃里，却总是在沉默中酝酿着新的事物、新的变化。从海上丝绸之路的发祥地到中国民主革命的策源地，从清代对外贸易的"十三行"到现代巨型商贸都市的崛起，广州对于中国的重要性不言而喻。而改革开放后的这四十年，广州更是引领风气之先，在经济上有着鲜明的主动性。换句话说，广州的民间商贸力量是最为活跃的。广州市也一直积极支持中小企业的创新文化建设，截至 2017 年，广州中小企业突破 700 多万家，企业增加值接近 4 万亿元，占生产总值的比重超过 50%。因此，广州与北京、上海有着截然不同的气质。北京作为首都天然具备了各种资源上的优势；上海和深圳有些相似，都是在得天独厚的历史条件下诞生的"天之骄子"，它们历史不长，刚劲十足。但是广州，建城于公元前 214 年的秦代，比北京的历史都要久远得多。但包括广州人在内的中国人，似乎都不大重视广州的历史维度。也难怪，从地理上看，广州偏于东南边陲，与北方又有五岭相隔，因此被称为"岭南"。外边的人觉得它远，它自己也觉得自己远。它被迫要面对无尽的海洋，寻找新的联系。所幸，在海洋中有别的大陆、别的岛屿，它遭遇了多种文明。因此，唐代在广州首置市舶司，这也是中国首个管理对外贸易的机构。从此，广州作为连接农耕文明和海洋文明的文化角色，已经注定。

陈培浩：诚然，广州像一座桥梁一样在农耕文明和海洋文明之间架设了某种商业文化地带。商业文化的发达，带来对日常性的强调，这意味着对过于高蹈的神话的拒绝，因此可能玄学家在这里不会太有市场，民众的思维更重实用而非虚荣。人们经常做的对比是，东北人非常讲究体面，穿貂就是这种体面文化的重要体现；但广东人在穿着上却极端低调，路上穿着拖鞋大裤衩的大叔可能就是个亿万富豪。商业文化的发达也体现在服务精神上，八十年代最早穿梭于南北做生意或旅行的人对此有非常鲜明的印象，商业文化发达的广州，商场酒店等服务行业从业者的服务态度和意识是北方城市所无法相比的。商业文化也带来更强的契约精神，及对口腹之乐穷尽可能的追求。因此，生活在广州会非常舒服，一个以商业逻辑来运作的城市，并不像人们想象的那样冰冷，它事实上充满了热气腾腾的人间性和日常性，它的思维更接近于常识，不会因为价值、立场、性别、区域等因素而排斥外来者。

王威廉：广州在中国近代史上占据重要位置，涌现出了一批经典的革命文学作品，比如欧阳山的《三家巷》、陈残云《香飘四季》等，便是这方面的代表性作品。改革开放之后，广州成为中国经济快速发展的急先锋，文学被商业大潮所裹挟。在全国产生重大影响的作品反而不算多。刘斯奋《白门柳》是广东唯一荣获茅盾文学奖的长篇小说，尽管《白门柳》是写明末，但刘斯奋说，虽然《白门柳》是历史小说，写的也是江南地区的事情，和岭南一地似乎扯不上太大关系，但创作精神和岭南文化是一脉相承的。小说摆脱了多年来历史小说的写法，在题材上也有很大的不同，以前都是写的农民起义、帝王将相，但从来没有人写过高级知识分子。刘斯奋说，自己写《白门柳》，显示出岭南人不信邪、有胆量，具有独立创造的精神，从这些方面来理解，就是岭南文化的影响。刘斯奋七岁就来到广州，在广州有完整的教育与成长经历，是地道的广州人。他对于古风的热爱，一方面出自家学渊源，一方面不无广州古典气质的熏陶。还记得我上大学的第一堂语文课，老教授用广州粤语朗诵李白的诗歌，那诗歌忽然变成了一种婉转的歌唱，令人惊异。广州人对于古代生活方式的热爱与实践，绝对是其他地方的人难以企及的。用中草药制成的凉茶，是日常的饮品，就连汤里边也会放上很多中药材。

陈培浩：就着你提到的广州作家历史叙事问题再谈一谈。在广州这种浓厚的商业文化氛围中，人们通常会认为广州的文学叙事必然重日常性而轻形而上，重此在而轻历史。但事实并非完全如此，注重历史叙事，具有历史意识的广州作家也并不少见。欧阳山、刘斯奋之外，比如张培忠所写的《先知与文妖：张竞生传》便通过详细的史料考辨而完成了对一生充满争议的“一代文妖”张竞生的历史还原，陈平原称张竞生为二十世纪中国的堂吉诃德，认为“他超迈千古，特立独行，与自我作战，与风车作战，燃烧着激情，满怀着悲壮”。在历史的烟尘中挽留这样一颗特立独行的灵魂，并使其显影，令其魂魄为世人所见，这也是这类历史叙事的重要价值。此外，像熊育群前两年颇受关注的作品《己卯年雨雪》，回到抗日时代，去钩沉一段在民族战争之间的悲情往事，呈现一种超越于民族主义的战争叙事，也是广州作家历史叙事的一种。年轻一代的比如你，比如《绊脚石》《水女人》《鲨在黑暗中》这样的作品，虽然写的是当代人当代事，却有着十分鲜明的历史意识。它关怀和追问的是，当代如何从历史的河流中一路顺流而下的问题。同样，同辈人中的陈崇正的《碧河往事》关注的也是这个历史如何雕刻当代的问题。颇受关注的网络作家阿菩的作品主要也是历史题材，他的《山海经密码》还要筹拍电影。这是历史题材在网络传播和消费主义阅读语境中的新形态，也值得关注。

王威廉：微信塑造了我们，尤其塑造了当下的中国文化、当下的中国人。可是，这个改变了十几亿人的小小程序，是在哪里诞生的呢？似乎少有人追问。人们大多会猜测北京或深圳这两座城市。不过神奇的是，微信的诞生偏偏不在那两个高科技中心。当我得知微信诞生在我所居住的广州时，有过瞬间惊讶，然后是惊喜，仿佛自己作为这座城市的一员也分享了它的荣光。在仔细思量之后，我感到的是理解，是必然。作为国内互联网产业的起点之一，广州从未缺席过互联网的任何一波浪潮，从网易、21CN 的门户时代，到如今以微信、UC 为代表的移动互联网时代，低调的广州一直是互联网企业的一片沃土。今天的微信不仅是一款移动互联网的即时通信软件，更是成了连接一切、沟通一切的端口。张小龙说得好："这么多年了，我还在做通信工具，这让我相信一个宿命，每一个不善沟通的孩子都有强大的帮助别人沟通的内在力量。"在广州写作，应该思考微信所蕴含的时代新奥秘。因为有价值的写作不得不跟一个宏大的总体性发生或现或隐的紧密关系，而微信当中有着这个时代向未来跃迁的秘密。

陈培浩：关于微信和张小龙，有一个流传甚广的故事。在腾讯将 Foxmail 和张小龙团队收归麾下之后，马化腾给了张小龙相当的特权，即张小龙团队继续留在广州。张小龙不爱社交，连开会，很多时候都会找借口说自己起不来床，不去。马化腾就让自己的秘书叫他起床。张小龙提出，怕路上太堵，会赶不上会议。马化腾就干脆每星期都派车来接张小龙，接他去开会。显然，张小龙是腾讯中的例外，张小龙不是典型的理工男，他的天才创造力需要无拘无束的土壤才能得以呵护。因此，某个角度上说，是广州这种低调包容的文化催生了微信。腾讯也因为包容了某种大公司文化中的异质性而得到了回报。

大湾区城市文学地理

——关于广州文学的对话

张　欣　唐诗人

唐诗人：张欣老师您好，首先感谢您接受我的采访。这次访谈的主题是“大湾区城市文学地理”。广州是“大湾区”的主要城市之一，广州的城市文学也可以算是大湾区城市文学的关键力量所在。要谈广州的城市文学，肯定绕不过张老师您，所以能采访到您是一件很难得也很有意义的事。感激的话不多说，我们进入主题吧。首先我特别想请张老师从自己的创作经历，尤其是二十世纪八九十年代那时候的创作，谈谈自己为何走向了都市文学写作？那个时候的城市文学是怎么一种状况？我个人没有经历过，我知道的都是书本上的知识介绍，想听听张老师的经验之谈。

张　欣：城市文学的起源确实是一个值得研究的课题，尤其对于今天的城市文学研究热而言。但对于我这样的一路走过来的人而言，似乎没有那么强烈的感觉。我不是学者，没有对这些背景性的东西做专业的分析。我个人的感受是，二十世纪七十年代后期人们对文学的热爱是一个历史时机。我们遇上了那个时机。那时候还没完全改革开放，刚打倒“四人帮”。那时候的氛围，跟今天这种文学这么边缘、这么少人关注的情况比较起来的话，最重要的差异其实是读者问题。很多人喜欢回忆八十年代，但我对那个年代没什么特殊的感情，也没在任何场合谈过那个时代。我觉得那个时代的所谓文学热文化热，不仅仅是作家的热情，更主要的还是读者，是八十年代的读者赋予了那个时代以特别的文学土壤和文化节奏。那个时候看书的人特别多，刚结束“文革”，大家都很贫乏，都对知识充满了热情和向往。我感觉很少人从读者层面去谈八十年代，基本都是谈那时候的作家多么厉害，说作家应者如云什么的。我觉得这是两方面，作家是一面，读者是更关键的一面。那时候大家都谈文学，你若不懂文学，别人会觉得你很奇怪，会觉得你什么都不懂。

在八十年代，我们这种都市文学写作，给人的感觉是一种很飘的东西。尤其跟乡村文学比较起来，肯定没有那么厚重。我们的文学观念里，历来都看重历史厚重感，如果没有深厚的底子，容易显得特别轻。那时候我们写都市文学，总是被人认为“写的什么鬼东西”。但我觉得，任何东西一开始都是轻的，都需要开始，然后经历一个持续积累的过程，慢慢变得厚重。当然，另外一个问题是，很长时间以来，我们都不缺写城市的作家，但其实根本没有什么城市文学，全是农村的。他们虽然生活在城市，甚至一直生活在农村，偶尔去城市一趟，然后就写城市，场景虽然变了，但观念、视野什么的还是农村的，这样写出来的东西，肯定不是我们理想中的城市文学。

说回八十年代写都市文学感觉“轻”的问题。那时候我们写都市，根本没有什么可借鉴的资源。但相对而言，生活在广州的其实会更好一点，因为离港澳近，容易受到港澳台文化的影响。八十年代，台湾和香港已经有了真正的城市文学。从地理上来讲，广州虽然没有北京上海那样的文化中心或者繁华状况，没有特别清晰的文化历史特征，但我们这样比较广州北京上海这些城市，所依据的、参照的指标是否合理？这本身也需要我们去反思。比如放弃那种历史厚重感的东西，从现代都市的观念层面来理解的话，广州这座城市的现代观念还是很突出的。我觉得都市文学的核心就是观念问题。从观念来看，广州其实是有优势的。我们很多时候拍广州，一拍就是城中村什么的，非常潮湿，永远在下雨，你去拍高楼大厦什么的，就感觉很奇怪，它不是一个以繁华而引人注目的城市。但是从观念上来看，广州有得天独厚的优势。广州离香港近，它很容易被香港那种文化所感染。八九十年代，广州的电视收音机什么的，可以接收港澳地区的信号，比如收听到邓丽君的歌曲、看到香港的凤凰卫视等电视节目。通过这些渠道，一些很城市很现代的文化元素进入到我们的日常生活。那年头信息少，人们对新鲜事物充满好奇心，电视上的那些东西很容易被我们接受。那时候生活在广州，比起内地其他城市而言，其实很容易找到城市的感觉的。因为这种地理上的便利性，来自港澳台城市的、现代的流行文化、都市生活元素，对于塑造广州人的城市感觉、城市观念而言，起着很重要的作用。

唐诗人：张老师您说的广州离港澳近，这是地理层面最直接的关联性。地理上的靠近，对于今天而言可能不再是一个问题，因为互联网、地球村什么的，包括交通技术的发展，都把“地理距离”消解了。但是对于二十世纪八九十年代而言，地理上的相近所能带来的影响是很大的。之前我跟陈崇正、陈培浩他们聊天，也提到过这种影响。他们小时候的记忆都是看凤凰台、听港台歌曲，看很多都市题材的电视剧等等。这些文化元素对于我们这种内地小县城的人而言是不太可能的。从这方面来看，我们确实把这个因素理解成促成广州城市文学发生和发展的重要因素。您刚才说到城市文学的观念问题，可以再谈谈到底是什么样的观念吗？

张　欣：港台这种城市文化、流行文化对我们的影响特别大，它不一定是直接的改变，更多时候是慢慢渗透你。有一次我们做一个读书活动，有一个小年轻给我们的留言里写了一句话，我挺感慨的，她说的是："我喜欢这个功利的世界，因为它会肯定每一个人的努力。"我觉得这种商业社会的逻辑，很早就灌输给了广州的市民。想一想八十年代末香港的电影《富贵逼人》《富贵再逼人》《富贵再三逼人》，三部电影，非常直接，直接就是要富贵要发达。电影不断地强调富贵、发达，它这种直接地对利益、对钱财的看重，很直白。这种文化对于那年代的我们而言，是一种直接的冲击。很长一段时间，我们是"捡了金子也不笑"的，人家那是直接表达、毫无忌讳。在这种新的关于生活、关于财富的看法的对比之下，你就会对人性、对我们曾经信仰的价值观会有一种反观。这种东西跟当年王朔那种直接的"反崇高"是完全不一样的。王朔是一个绕不过去的人，他是直接把我们信仰的东西打碎给你看。我们一直以来是太喜欢那种崇高化的、歌颂式的、正面的东西，当接收到那种港台过来的世俗文化、商业文化的时候，这是一种直接在日常生活层面就会感受到的价值观颠覆，不同于王朔那种知识分子意义上的解构。

城市这种功利化、商业化的情况，其实也可以是一种很可贵的环境。这种对利益对世俗生活的认同，是都市文学创作的基本处境。商业、功利是都市文学观念的基本面，它承认利益，承认我们爱钱，承认我们有欲望，这是一个基础。如果我们还继续假、继续装，而现实生活又需要钱，那可能就导致严重的虚伪写作了。所以，我觉得城市文学可贵的一面就是要去面对人的赤裸裸的欲望，要去面对人在欲望面前所暴露出来的各种各样的人性问题。我觉得这才是都市文学的本质，不是什么海鲜、别墅、大沙发、酒吧什么的，这些乡下暴发户也可以有。所以对于都市文学，最重要的还是观念上的突破。以前很多人不觉得有钱意味着什么，老是觉得用钱来解决问题是不好的，是俗的。但是其实用钱买东西、解决问题是最清白的，有钱获得服务也是最正常的。相反，那种通过权力来获得利益才是最奇怪的。我们的文化里，普遍崇拜权力，权力可以解决很多问题，很多人也从不觉得这种权力逻辑有什么问题。商业社会就是把很多传统的观念给打破了，现代意义上的城市文学自然要去揭开这些神秘的面纱，包括把包裹在都市身上的那些温柔面纱给揭开，直接去面对都市社会的欲望问题。

唐诗人：确实如此，所谓都市社会，很大程度上就是欲望社会。尤其对于现代城市而言，它就是人的欲望不断膨胀的产物。现代城市就像一个人一样。人的欲望是无法得到彻底满足的，一个欲望会产生另一个欲望。城市也是，有一种不可停滞的发展欲望。现代化、城市化，其实是不间断地发展，不断地从其他地方吸纳更多的、各种各样的资源进来，满足它的运转。而现代人之所以憧憬城市生活，当然也是个体生活欲望的选择，只不过这些欲望有很多种表现方式而已。所以相对于乡土社会那种追求自给自足、向往超稳定的生活秩序而言，城市是代表着欲望，意味着变化和发展的。如此而言，所谓城市文学，如果回避"欲望"这个根本性问题，还继续以往的那种简单的道德宣教式写作，把"欲望"简单化、标签化，那就必然是一种虚伪的写作。"虚伪"是文学创作最忌讳的问题，它从精神根基上就走向了文学的反面。您的小说，可以说都是在直面都市人的欲望，写都市各行各业的人如何面对自己的欲望。尤其在二十世纪八九十年代改革开放、市场经济之初，都市人的欲望更多地表现为对物质财富的欲望。对于生活欲望，广州这座城市表现出来的状况似乎也有它的独特性，在我们的印象中，广州是务实的。很多人对务实的理解，似乎就是指向物质生活层面的务实，不太谈精神，只求日常生活层面的实在感、愉悦感。您写广州这么多年了，您怎么理解这种"务实"？或者说从文学视角来看，您怎么理解广州这座城市的文化精神？

张　欣：广州这个地方不会因为你是作家就把你看得多崇高，不会高看你，可能还会嘀咕说"诶……穷人呗"。这不像其他很多地方，把作家看得那么高高在上。当然广州人也不会直接怎么贬损你，也会给你留点面子。这种城市市民的态度，给作家创作提供的语境其实是很正常，甚至很理想的。这就造成了作家必须持续去写，而且不能灌水，让你意识到自己就是一个很普通的人，跟大家一样的人。这种环境塑造的作家看待世界、看待生活的视角是很好的，不至于说形成一种俯视他人的视角，不会在生活中对他人随意评判，不会提供各种"应该如何"。广州人这种价值观，其实是一种生活哲学，它可以消解很多东西，包括消解生活中的困难。广州人对于生活中遇到的很多问题，都会觉得很正常，没什么困难和意外是不可接受的。像广州人做生意，广州人做生意的最多了，他们可以把做生意的起伏波动看得很开，觉得投资失败成功都很正常，没什么是必然的、应该的。你怎么能说你做生意成功就是必然、就是应该的？这不可能的嘛。我就觉得这种处理生活困难的心态特别感动我。包括这种视角问题，每个行业的人看待他人的生活都是平视的，是跟大家一样的，谁也没资格看不起别人，你能看不起一个卖肉的吗？人家戴的金戒指比你的更大更贵呢。我觉得这是广州这座城市让我感到写作会比较轻松的一个理由。我去构思写作的时候，不会去想什么要写一个百科全书式的，如何解构什么什么的，我从来没有这样想过，我觉得小说就是解闷、就是讲故事啊。当然这说起来很不好听，我们也有很多小说是宏大叙事、是写主流事件的。我的意思是我们可以写很多主题、题材，但我们写作的姿态不能端着，不能因为自己写什么就把自己当做什么，不能因为自己写宏大主题就把自己崇高化了。你越把自己当回事往往越写不好，越没有人看。

唐诗人：您谈到这种“消解”的文化和写作的姿态问题，我觉得这非常准确地概括了广州人、广州这座城市的文化特征，当然这是从文学视角来理解的。消解的文化，这其实就是广州人的日常生活的一部分。作为都市人，作为以做生意来维持生活、来完成富贵发达的生活理想的广州人来说，失败是很正常的一件事。他们见惯了失败和成功，所以广州人对失败者也没有什么特别的歧视，同时对于商业成功人士也不会有多么崇拜。失败和发达，在这里是人人都有可能，是无处不在的普遍现象。这似乎也某种程度上影响了广州人的世界观。他不会对某个行业特别地推崇，不会说你是搞文学什么的就高看你，当然也不会贬低你。你生活在这座城市里，做好自己的事情就是最好的状态。这种文化也是我尤其喜欢广州的原因，就是生活在这里我可以找到属于自己的生活空间，我可以安安静静地做自己的事。我出去办事所遇到的人，多数也是在安分地做好他们自己的工作。但很多人也说，这种太务实的文化对于文学、对于作家而言其实是一种很不理想的氛围，因为文学还是一种比较精神层面的东西，需要读者来支持，需要民众的兴趣和热情。没有这种文化氛围，很多作家就很难写下去。我听过一些作家对广州的评价，就说广州这个城市是扼杀文学的，您好像从不会这么看待广州。您可以说说这个问题吗？

张　欣：我没有觉得广州不适合写作。可能很多人不习惯，是因为广州确实“文人气”比较低，没有什么文人气。我觉得有的文人还是有一种“端着”的状态，觉得自己是写作的、搞文学的，就跟别的职业不一样。但我前面也说，广州这种城市可以消解那么大的痛苦，可以消解那么多的失败，那它消解一个作家岂不是很容易的事吗？不管多么了不起的人到这边来，也就那么回事。就像当年广州人看刘晓庆，他们不会觉得看一下这个名人又会怎么样，不会疯了似的去骚扰你。当然也有很多作家来到广州确实没有找到感觉，因为毕竟迁移了，离开了自己的创作根据地。但我还是觉得，最重要的还是作家的身份感，要把自己的架子降下来，要把自己与生活、与这个城市的关系处理好，不要有“隔”，有“隔”的话你肯定就写不好。

文学这个东西，它的读者从最终意义上来说不是看作家名气才看其作品的。一个作家名气再大，读者看不下去也不会多看。我为什么对广州这种“务实”的文化很认同，可能有我自己的原因。我是一个比较务实的人，我十五岁就当兵了，在第一线工作很多年，都是实实在在地该干吗就干吗。有人说“广东人的优点是务实，缺点是太务实”。我就是那种太务实的。我就觉得，我们得对生活有好奇心，对世俗的日常生活有兴趣，这是作家的必备能力。比如说我们要对“吃”有研究，要懂得生活，但我们的作家都喜欢讲鸡汤或者讲什么人生大道理，或者是拿自己的生活经验不断翻炒，这样的作品肯定没人读。作为一个职业的小说家，我平时最感兴趣的就是日常生活。作家对日常生活感兴趣，才会沉入到生活里面去，写出来的作品才不至于浮在生活表面。就比如说写都市生活，要深入到都市的内部去，去了解各种各样的都市人，每个都市人都是不一样的。比如都是富豪，但很多富豪未必就是我们想象的那么财大气粗，底层人物也不一定没文化、没品位。

唐诗人：不能沉入真实生活里面去，这确实是当前很多作家无法写好城市的最大问题。我个人以为，很多作家一写乡村就很有感觉，这是因为自己的成长经验是乡土世界的，有深刻的记忆和感受。而对于城市，虽然可能也生活在城市很多年了，但内心估计永远都与城市有“隔阂”，总是觉得自己是个“异乡人”，是漂泊在城市的。这种“漂”的状态，导致很多人写出来的城市题材作品也是“漂”着的，就像您说的，有“隔”。如今城市文学很火，很多青年作家都热衷于写城市了，我也看过很多，但大多数作品都有您说的这样一种“隔阂感”，就是感觉他们笔下的城市生活，写来写去都是写自己的生活，即便是写很多不同的人物，那些人物本质上还是一个人，就是作家自己本人，因为不能深入到城市、不能进入到这个城市的其他人的生活中去，但他们又必须写下去，每个作品也必须有所差异。我们能看到很多作家可能写了很多，但都只是在文字上、在语言感觉和叙述技巧上有所突破，在人物的丰富程度，以及对生活、对城市的理解方面并没有什么变化。我认为其中很大的原因就是他们没能深入到自己所要书写的城市生活里面去，没有真正去观察、感知和研究自己要写的“他人的生活”。

城市不像乡村，乡村很多事情是集体完成的，人与人之间的关系相对简单。城市看似有很多人，生活很拥挤，城市也意味着变动不居，但如今科技如此发达，城市人不用接触其他人就可以生活下去。城市提供的便利永远是表面的，便利的生活背后，很多问题往往特别不容易。这“不容易”的一面就是需要我们作家去挖掘的，但我们的作家很容易就把这些“不容易”对接上西方现代文学所强调的那些孤独症之类的情绪，除此之外好像就没有别的东西了。所以我们看到的青年作家写的城市，无论是北京还是上海，或者广州、深圳，包括香港、澳门什么的，都大同小异。这些问题都是作家偷懒的结果，是作家不愿或不能深入到城市内部、深入到他人内心生活中去导致的。我系统地阅读了您这几十年来的作品之后，我就特别想向一些青年作家推荐您的作品，因为您写城市市民的生活，人物形象基本上都不同，但几乎都能把这些人物塑造得很丰满、很地道，这一定是下功夫了，有专门的研究之后才能写出来的。

还有一点您一直强调的读者问题，包括前面你谈及八十年代的文学氛围的时候，都很突出读者。我们今天很多作家都不重视读者，都强调是为自己的内心写作，不会把读者能不能理解当作一回事，但从您的作品到您的创作谈，包括前面您说的那些，您似乎特别在意读者能不能接受，读者在您心目中应该是很重要的，您可以谈读者问题吗？

张　欣：我是觉得写作者和读者是很平等的，我从来不觉得作者有什么高人一等。当然今天作家都会说我只为自己的内心写作，不为市场，不为读者，这几乎成了一个标准答案。但我很多时候其实并不这么认为。我没什么理论，也不会跟什么人辩论这个问题。但我觉得，你书也好，影视剧也好，你打了标价，那你首先就是商品，是商品你就必须考虑别人能不能、会不会接受。尤其在广州，这不是首都也不是魔都，这是商都，它是最早教会我们市场交换规律的。有很多未婚女性与我聊什么婚姻问题的时候，我都会说你想要对方拥有什么，那你得拿出一些品质来进行交换啊。文学创作也是，你必须考虑自己的作品好不好看，包括对于读者而言他能获得什么。你如果写得特别晦涩，自己都看不下去，还想别人看下去？我一直被别人说成是那种比较通俗的作家，就因为我的作品好读嘛。我们有一个观念就是觉得通俗的东西就肯定都放不上台面。后来我看到一个作家，好像是余华，他谈创作的时候说他一直不会心理描写，不知道什么是心理描写，但后来发现实际上并没有心理描写这回事。比如说写一个动作细节，并没有刻意进行心理描写，却可以把心理内容表现出来。最简单的例子，比如你在听我说话的时候，突然被杯子里的水烫了一下，这个动作就可以说明你全部精力都在听我讲话这个心理状况啊。所以说，根本就没有"心理描写"这个词，或者说，不需要这个词也不会影响我们写作。同样的道理，通俗与不通俗也是这个问题。你怎么知道"通俗"的东西就不好，就不深刻？通俗是什么意思？《金瓶梅》还不通俗吗？你能说人家不深刻吗？我们的作家自己就没想明白自己要干吗，一会儿别人说要写什么就写什么，一会儿人家说要那么写就那么写。我写作的时候就觉得，如果我自己是一个读者，好不好看很重要，如果我自己都感动不了我自己，我怎么感动别人？

还有一点就是，我自己比较欣赏的作家、学者，他们会觉得我的写作是比较从容的，写得比较克制。我觉得城市文学就是要克制，不能老是夸张化。从容和克制是城市文学创作很需要的品质，这种品质目前似乎只存在于那些体制外的作家身上。比如一些优秀的网络文学作家，很多就有着从容的叙事品质。真正的体制外作家，基本是靠读者真正的购买和阅读才存在着。这些作家会尊重读者，真正把故事讲好，让读者爱看，至于别的，不会考虑那么多。当然，现在的写作，很多很难读下去的作品，不一定是不好，也有可能很好，但是它跟读者难以形成一种黏合度。读者不真正阅读，就肯定跟你有隔阂。读者可能知道一个作家很有名，但若他看不下去，就不会对你有真正的感情，你的作品也不会真正对读者产生影响。作家写作，让读者会读下去是一个基本的品质要求，没有阅读，就没有文学。让读者愿意去看你写了什么这最为重要，别的那些语言、品位之类的，也很重要，但比起读者来说还是次要的。对于读者，我可以很负责任地说，我在我的写作生涯里，对读者是很尊重的。因为对读者尊重，作家才会对自己作品中的人物尊重。如果一个作家写的人物特别扁平，看上去特别傻，读者肯定会发现的。读者是最不能戏弄的，你的人物很假，读者就肯定能看出来，肯定就不会有什么共鸣。别把读者想得那么简单，他们不是傻子。

唐诗人：不能把读者简单化，这就像我们看电影、看电视剧，总是觉得很多导演把观众傻子化。有些导演不好好讲故事，生怕观众不能明白自己要说什么，总是要在作品中把什么都直接告诉你，什么都为你考虑清楚，连这个剧到底要讲什么也要找个地方直接告诉你。这种作品看得想骂人。我觉得小说也是这样，你把读者看成傻子，简单拼凑出一个故事，怎么可能感动人？人家一看就觉得是在瞎扯。还有就是你根本不考虑读者的阅读感受，就一个人在那里做梦一样毫无逻辑地讲述，这也是对读者的不尊重，如此读者肯定不会读。我觉得我们今天创作最大的问题恰恰就是出在这两个方面，一个是简单拼凑，一个是胡言乱语。简单化的故事一大堆，毫无逻辑故作高深的也是一大片，这两种写作已经把我们这个时代的读者给“惹恼”了。今天很多作家抱怨说没有读者，我觉得如果抱怨这个问题的作家自己好好检讨一下自己的写作，会发现读者不看是很正常的。我前面写过一个小文章，就谈到现在的小说不考虑读者接受是个严重的问题，我们最早的“说体”文，目的是很明确的，就是要接受者听进去，后来的话本什么的，也是要想尽办法把听众吸引住，古代的小说也是，让人读下去是个基本的品质，但是我们今天的小说创作根本就不考虑读者了。现在的作家很懂文艺理论，都会说自己是写给理想读者的，但这都是自我欺骗。很多作家所谓的理想读者，往往就是作者自己。自娱自乐，这是当下纯文学创作最可悲的状态。从这方面来看，也可以理解为什么很多作家来到广州之后难以写下去了，我觉得其中一个原因就是他们没办法在这个城市找到自己的读者。您有读者，读者对您有期待，您就肯定有持续写作的动力。但很多作家不重视读者，自然就找不到自己的读者，如此就慢慢失去了继续写下去的动力。我觉得，这肯定是广州城市文学，或者说广州作家从事文学创作所需要直面的问题。

另外一个问题是，您有很多读者，您自己也一直在做一些面向大众的文学阅读分享活动，您可以根据您的读者，包括您在读书活动上接触到的读者情况，来谈谈广州的读者情况吗？我觉得从大众层面、普通读者层面来看广州这座城市的文化气息或者文学氛围，倒是一个非常有意思的维度。

张　欣：我虽然做读书会，但我并不认为读书需要什么“会”。读书就是一个人在家的生活选择，但读书会可以是当代城市人的一个气阀。城市人都比较孤独，很多人需要有一个表达自我的空间，在这个空间里可以表达一些东西。读书会就可以是一个这样的平台，所以做读书会确实能看到很多普通读者的阅读状况。这么多年做下来，我觉得真的是经济越发达，人就越需要精神的东西。我们现在有各种机器，洗衣服什么的都不需要自己动手了，那你留下那么多时间干啥呢？有闲暇，才会有精神生活，有太多的闲暇，才会幻灭、会有虚无感，这时候就特别需要文学之类的东西来调剂、来填补。以前是拼命干活，要不然没饭吃，活不下去，当然就没有什么时间来谈精神生活。我记得我们当年在海南岛开会，大家讨论到底是贫穷还是富裕才需要文学。那时候政策是说让一部分人先富起来，我们就开玩笑说等着那些人富起来了之后，然后就会彷徨，会虚无，会觉得人生很无聊，然后我们这些作家就站出来，去拯救他们，解决他们的问题。今天看来，某种程度上也确实如此。很多家庭好像是发达了，现在的科技也很先进，但那些最基本的问题并没解决。比如人人都会有所思考的人生价值和精神情感问题，包括一些人性问题，这些都属于精神层面的内容。

就读者而言，广州的读者情况其实挺不理想的。我做读书会，很多时候其实是失望的。但是我觉得，只要有读者来，不管多少，都很难得。每个来参加读书会的都不容易，他们必须有这颗读书的心。在这么忙的生活里、这么短的时间里要挤出时间来参加活动，还要学习、要看书，这很不容易。我觉得广州真正的读者，他们的分辨能力还是很强的。我们做活动读的很多书都是经典，每次的读者都不少，而且他们都是冲着这些经典来的，是真的来学习的，这是一个让我们坚持继续做下去的很重要的理由。

另外还有一个方面我很想说一说，这不一定跟我们的主题相关。我觉得读书会更多的时候其实是搭一个平台给读者交朋友。曾经有一对女孩，给我印象很深刻，她们手拉着手，看上去非常要好。她们中的一个告诉我说她们就是在读书会上认识的，她很高兴自己终于有了能交心的朋友。这种最世俗的收获，往往最让我开心。一个城市有庞大的人群，但我们的读书会可以聚焦一批有共同兴趣的人。来参加读书会的人基本就是有共同兴趣的，他们有可能在这个平台上认识到一些志同道合的、潜在的好朋友。读书会有它的平台功能、服务功能，我们不要忽视这些东西，不要觉得这跟我们做读书会的目的背道而驰就不好。而且，我们找嘉宾来讲书，我是要求嘉宾能讲多深就讲多深。很多时候，我可以感知到那些读者、听众其实是很认真地在听，他们知道这是一个文化大餐，是很有价值的“课堂”。从这几个方面来看，我觉得广州还是有很好的文学读者的，尤其广州的年轻读者很值得期待，很需要我们的作家去开掘。

唐诗人：确实，我觉得读者肯定是有的，只是我们有没有耐心发掘和去等待。广州这么多人，喜欢读书的其实非常多，我看这些年的图书销售量排行，广州一直是排在前列的。有人说广州没有文学氛围，做文学分享活动往往没听众。我觉得这个现象不是那么简单，这跟前面我们谈到的广州人不崇拜什么名人有关系，但更大的原因还是我们做活动的方式有问题。就是我们面对读者的活动，不能高高在上，而是要有一种“服务”意识。像您说的，做读书活动，不要把这个活动的目的想得那么纯粹、单一，很多时候它就是一个平台、一个契机。这个平台让人可以表达自己，可以让人找到朋友，可以让人获得一些知识。这些很具体的“目的”，可能很不专业、很不上档次，但却是广州读者愿意参与、能够加入其中的最有诱惑力的原因。广州做文学活动，不能全讲虚的，还是要有一些“干货”。这种情况我觉得不是好还是不好的问题，而是生活在广州的文化人要去认知、去理解的问题，在这个基础上调整我们的活动方式、活动内容。我们做活动，是在服务，更明确说是文化服务，而不是高高在上的“宣教”。

就如何吸引读者来讲，我知道您的作品有通俗化的特征，更明确来讲，是叙事上采用了很多类型叙事的东西，像侦探叙事结构，包括主题上的商战、官场、爱情等等，这些都是很容易俘获读者的元素。就征用类型叙事这层面来说，这些年也特别流行一种科幻类型的叙事，好像也确实能够聚焦很多读者的目光。您对现在的科技叙事、科幻写作有什么想法吗？

张　欣：侦探叙事、爱情故事这些都是很古老的技艺和主题，我不觉得这跟我们所谓的纯文学有什么不搭的。至于科幻、科技，这确实是我们今天的生活现实。我们所接触的很多东西都离不开科技，所以科幻写作什么的都很值得去探索。但有时候我又倒过来想，其实文学最根本的东西还是寻找差异性问题。文学是一个古老的技艺，它是一个手工业性质的技艺。我一直是比较写实的，对于文学流派什么的，会保持一点距离。就像我们当年流行什么意识流、魔幻现实、黑色幽默之类的，好像写作就是排队一样要排上去。后来我就觉得文学流派都不重要，文学是一个万变不离其宗的东西。文学最根本的还是心灵的碰撞。我现在还在看汪曾祺，每次看都觉得特别厉害，那真是好东西。这么多年过去了，作品这么经看，人物跃然纸上。文学这个东西，有一些古老的技艺、经典的东西是不能扔弃的。今天科技这么发达，但计算机还是没办法解决人的情感问题。所以我认为，不管什么流派，或者什么叙事类型，归根结底还是回归到常识、回归到原始的文本经验。

回过头来看，我觉得今天写作，一个方面是要超越传统的那种老套的、陈腐的叙事方式，比如说那种直白的教育、教化别人的写作。我们必须知道这个时代已经变成怎么样了，得明白现在年轻人走到哪个地步了，必须用一种现代人愿意接受的方式去书写，这是与时俱进的一面。但反过来，另一方面是我们也需要相信写作的本质还是不会变的，文学要注重人的灵魂，要书写人的心灵和情感问题。我们之所以还会去看几百年前的东西，还会觉得他们写得那么好，这就说明那些作品经过了时代的考验，也说明文学当中有一些东西是永远不变的，这些也是科技改变不了的。今天的写作，可能科技含量很高了，但文学终究还是侧重于写那些玩科技的“人”。高科技对文学的影响，我觉得很有限。广州有机器人送餐，这些其实都很容易达到，但人的情感问题、现代科技下人的心灵问题，才是文学要去挖掘的。

唐诗人：文学还是人心的学问，离开人就不会有文学。最后我们聊一个比较麻烦的问题，也是谈广州城市文学都必然会触及的问题。我们看中国当代城市文学，北京、上海、香港什么的，他们的城市文学特征还是很明确的，去找这些城市的文学代表作和经典形象都很容易找到。但是对于广州而言，好像总是难以拿出一个形象出来说这是广州这座城市的文学典型。甚至我们找广州城市文学代表性作家的时候，很多人都不太明确，不像上海那样一说就可以想到王安忆、金宇澄等等。当然我们很明确，您肯定是一个最重要的代表。但我系统地读完您的小说之后，有一个印象就是，您确实一直在写广州，写广州的市民，人物形象特别丰富，写了各行各业的广州故事。从总体上来看，您是当之无愧的广州城市文学代表性作家，但就是没办法找到一个代表性的人物形象来说明这是广州这种城市的文学典型。这就导致了外界对广州城市文学的模糊认知。您怎么理解这个问题？

张　欣：塑造代表性形象，其实无非就是写大时代中的小人物，或者就是小人物身上反映一个时代一个城市。我觉得我们对广州人物形象需要有新的认知。我记得有一次开会，大家说到广州音乐问题，陈小奇就觉得我们不能老是拿出农耕时代的作品来代表广东音乐，需要有一些新的作品、新的标准。我们现在对城市文学的认知，往往也是拿《三家巷》《虾球传》《外来媳妇本地郎》之类作品来作为标准，其实这很表象，现在再这样写，肯定不会有什么反响。很多作家也写东山少爷、西关小姐什么的，包括十三行，有无数的人在写，但是好像都不很理想。我就觉得，文学这个东西，不是所有问题都能解决的，不是想完成就能完成的。我这段时间也在做一些准备，想写一个更广州的作品。但是写广州、广东的东西真的很有难度。广州的东西，你接触起来，表面上看起来感觉很有深挖下去的潜力，但是你要深入进去的时候往往就是没有了，你根本没法深入进去。我写广东的时候，往往要参考香港的东西。我就觉得挺难的，上海、北京他们写城市拥有的参照系是比较多的，但广州好像很难找到一些可参照的资源。那些能够参照着变成文化的、变成文学艺术的东西比较少。我看很多资料，都找不到感觉。我也想写一些有历史感的、有点难度的，因为写当下对我而言没有难度了。浮光掠影地写广州是容易的，但是要深入进去就特别难。你没有做文学准备的时候，你看不到这种难度。但你进入到那些材料当中，走进过去的那些历史档案里，会突然发现特别有难度。广州的东西普遍都特别散，而且没有现成的文学资源可以参照。这个难题怎么解决，当然是需要更多的作家去努力完成，而不能简单地归结于难度什么的。

唐诗人：对，我们不写小说的人，总会觉得广州有那么多的家族故事、历史变故，应该很好写。但肯定不是那么容易，外行觉得容易的事情，作家们肯定也曾去尝试过。之所以至今没写出来，应该就是您说的这种难度。我很期待张老师您刚说的有在做这种准备，去写一个更广州、更历史的故事，塑造出一个属于广州这座城市的独特形象。我们这次讨论就先这样吧，谈了很多很有意思的问题，对我有很多启发，也解了我很多疑惑，谢谢张老师！

深圳

深圳：高科技之城和新城市诗学

王威廉　陈培浩

陈培浩：在谈论深圳之前，我们先从贝淡宁和艾维纳合著的《城市的精神——全球化时代，城市何以安顿我们》说起。这部书的书名已经表明了它独特的问题意识，它谈论的不是城市的规划、管理以及城市的社会学问题，而是城市由历史和现实所构成的文化精神；它关注的是全球化时代，城市如何安顿城市人这样的精神议题。它秉持着这样的出发点：充满科技感和未来感的后现代城市，并没有解决人的所有问题。更准确地说，全球化时代的后现代城市，在提供了前所未有的便捷城市空间的同时，也带来了种种城市病，这些城市病难题召唤着城市精神的出场。有人认为贝淡宁、艾维纳的这部书太主观，对城市的理解缺乏社会学调研的支撑。事实上，这种批评反映的是一种非人文的科学主义迷思。贝淡宁他们对每一座城市都有一种精神提炼，比如视耶路撒冷为宗教之城、蒙特利尔为语言之城、新加坡为建国之城、香港为回归之城、牛津为学术之城、柏林为宽容之城、巴黎为浪漫之城、纽约为抱负之城……任何提炼在强化某个层面的同时必然意味着对其他层面的某种忽略或过滤，但这并不意味着提炼不重要。外在提炼和自我提炼同样重要。外在提炼意味着外来者如何理解和想象一座城市；而自我提炼则关涉着一座城市希望建构和彰显何种精神气质和内涵。著名诗人达维希说："城市有属于它们自己的气味：莫斯科是冰块上的伏特加味。开罗是杧果和生姜味儿。贝鲁特弥漫着阳光、大海、烟雾和柠檬的气味。在巴黎到处都能闻到现烤面包、奶酪和各种各样迷人之物的香气。大马士革有股茉莉和干果味。在突尼斯，你在晚上能闻到麝香和盐的味道。一个城市若没有独特的气味，绝对是不可靠的。"用味道来理解城市是诗性的，这种诗性由城市的精神气质所挥发。好了，回到深圳。我想问的是，深圳的城市精神是什么？对于深圳这个年轻且在不断变幻着的城市来说，什么是它的城市精神？要回答这个问题可能比其他有历史传统依托的城市困难。

王威廉：深圳体现了天时、地利、人和的完美结合。没有改革开放的历史契机，没有毗邻香港的地缘优势，没有各种人才的开拓经营，深圳不可能获得像今天这样举世瞩目的巨大成就。当年，谁也不会想到，这个放胆探索的试验田不仅成功了，而且成功发展成了如此惊人的规模。深圳是个奇迹。当我们这样说的时候，指的就是它短暂的历史。举凡世界上重要的城市，其形成绝非朝夕之间，都是在一次又一次的建造、重建乃至毁灭的循环中生成的。但深圳就这样成了，只有短短几十年，成为中国改革开放的一个缩影。因此，我愿意说，深圳是一座典型的中国梦想之城。在深圳的发展过程中，梦想绝不是虚幻的，而是紧贴着地面的繁殖。无数的人们涌进了这座提供了无数机会的城市，那个时候，这个所谓的城市，只是一个概念，一个空壳，但是它所蕴含的梦想的力量，已经散发出了强大的能量。二十一世纪初的时候，仅在深圳华强北附近就聚集了3000家左右的小型手机公司，有的专门设计电路，有的专做主板设计，有的做外观设计，还有的专做元器件，分工紧密。可别小瞧这些小型手机公司，其创始人很可能是以前国内著名品牌的技术人员，脱离了大公司的束缚，直接在市场里竞争，反而更如鱼得水。由于产业链完整、创业氛围浓厚，当年在深圳只花500万就可以开办一家手机公司。没有这样完整而廉价的产业链，后边的技术升级是不可能的。那其中，有急功近利的欲望，有非道德的模仿，也有真心做事的理想。深圳的这种发展，堪称全球城市史上的难忘一节。它的野蛮与疯狂，它的光荣与梦想，给当代中国人重新认识自我与世界的关系，提供了重要的参照。

陈培浩：短短四十年间，深圳从一个海边小渔村发展成国际闻名的巨型都会，深圳的城市形象也在发生着变化。从强调“时间就是金钱”的“深圳速度”到因汇集了最多中国高科技公司而被称为“中国硅谷”，深圳是中国改革开放四十多年这座大厦上最璀璨的明珠，甚至可以说，深圳是中国过去四十多年腾飞的最典型缩影，同时也将是中国未来的见证。不仅放在中国，就是放在整个亚洲，深圳恐怕都是当之无愧的“科技之城”。深圳拥有大量堪称“独角兽”的科技公司，除了几乎全民皆知的华为和腾讯之外，像大疆无人机已是全球知名无人机品牌，是好莱坞电影摄制时指定使用的无人机品牌，像主攻柔性显示屏的柔宇科技、专注人工智能和智能机器人的优必选科技、专注生命大数据的碳云科技等都是潜力巨大的科技公司。饶有趣味的是，我们会发现华为和腾讯有着非常不同的公司文化，也有着并不相同的发展策略。某种意义上说，腾讯产品是近二十年来国民使用率最高的，而华为产品则是近十年来国民支持率最高的。华为承载着科技创新的国家使命，华为的5G技术有可能使中国在第三次科技革命浪潮中抢占先机。因此，当前华为所面临的堪称酷烈的国际围剿，不单纯是公司技术上的竞争，而是大国科技在历史风口面前的较量。华为的命运因此牵动着无数中国人的心，这是一个后发现代化国家在崛起过程中所面临的严峻挑战。相比之下，腾讯一直不是靠创新赢得机遇，腾讯在 QQ、微信两大强大的社交流量神器的掩护下，一直后发制人，“山寨”打败“原创”，这是腾讯一直遭受的诟病。我们毫无否定腾讯在国民生活中的参与度和贡献之意，此处谈论的是两种不同发展路径的不同危机。或者应该这样说，作为“科技之城”的深圳，承载着中国科技突围的国家期待，但每一条不同的科技道路，也隐藏着自身的潜能和限度。深圳将“科技”视为这个城市的关键词时，对不同道路的潜能和限度两方面的关注是同样重要的。

王威廉：深圳的高科技发展跟信息技术革命的应用正好对应上了，这是深圳的核心奥秘。如果在世界范围内，没有兴起这股信息革命的浪潮，那么深圳极有可能是另外的一个样子。因此，在这个意义上来说，深圳是幸运的——不仅占据了中国的历史契机，也占据了世界的技术契机。这些契机，不是努力就可以的，是需要去遇的。我们目睹了这场恢宏的遭遇。在这里，随便举个例子。代江华，是深圳国贸旋转餐厅的楼面经理，他的工作平平凡凡，他从没想过自己的工作会和某个“中国第一”发生联系。2018 年 8 月 10 日，他跟往常一样给客人开发票，但他这次开出的发票不同寻常：他开出了中国首张区块链电子发票。深圳由此成为全国区块链电子发票首个试点城市。9 月 4 日，由央行数字货币研究院与央行深圳市中心支行共同推动，深圳金融科技研究院联合多家主流商业银行封闭开发的“粤港澳大湾区贸易金融区块链平台”在深圳正式上线试运行；9 月 5 日，中国人民银行数字货币研究所在深圳成立“深圳金融科技有限公司”。这些都是区块链经济，在国内划时代的举措。我举这个例子更深层的意思是，在深圳的创新，很快就能用得上。我们很清楚，不是哪座城市都有这样的魄力与承载力。有太多的地方瞻前顾后，凝滞缓慢，终于让珍贵的创新失去了动能。因此，在腾讯和华为看似差异性很大的背后，是殊途同归的。它们得益于这种残酷的商业竞争，必须要有一件致命的“杀伤性武器”才能存活下来。腾讯的使用规模，华为的高科技创新，就属于这样的科技企业的基石。它们都是深圳这座城市所造就的，体现了深圳这座新兴之城的包容与活力。谈论深圳，还是不免感慨，中国需要更多像深圳这样的城市。

陈培浩：对于文学来说，如何书写城市，特别是深圳这种新城市，需要一种新的方法。在我看来，从湖北移居深圳的作家邓一光就提供了一种可称为“新城市诗学”的方法。在邓一光这里，“新城市文学”首先是一种人学。人学意义上的“新城市文学”首先是反思性的。邓一光有一部短篇小说集叫《深圳蓝》，这一命名是不无意味的。“蓝”作为一种色彩投射了人们对现代海洋文明的想象，在环境危机日益严重的背景下，也凝结了全民美好的期盼。从色彩心理学角度看，“深蓝”其实凝结着相当乐观的城市现代性想象，“深蓝”以其纯粹、宁静的色彩暗示而获得了某种精神超越性。应该说，深圳这座城市很早就努力将“深蓝”这一色彩镶嵌进其空间文化想象之中，这从其著名的“深蓝大道”的命名可见一斑。可是，邓一光的“深圳蓝”出示的是截然不同于“深蓝”的文化立场。“深蓝”象征着大型科技公司、高效的技术控制、技术文明对日常生活空间的渗透所创造的乐观城市想象，作为小说的“深圳蓝”却有不一样的任务，那便是捕捉深蓝世界背后的灰色物质。科技日新月异，可是“人的问题”并未解决。邓一光在《深圳蓝》后记写道：“任何现代性城市，它们在推广互联网经济、轨道交通、金融市场和现代物流业方面，个个挥金如土，唯恐落后，可谓大手笔，但很少有城市愿意动用税库中的银子去研究居高不下的抑郁症和不孕症、建立星星儿童康复中心和流浪猫狗收容站、拯救日益萎缩的红树林和行将灭绝的黑脸琵鹭，这个现实不是什么秘密，人人都看见了，但没有人投之以关注。”邓一光在深蓝世界孜孜不倦地勘探的灰物质正是这种在高速运转中被忽略的城市心事。他始终对华丽的城市投以犹疑的一瞥，并通过形形色色城市男女的“心病”去追踪城市的精神症候。在我看来，基于人学的新城市诗学才是更接近文学伦理的。

王威廉：是的，我曾在《无法游牧的悲伤——邓一光深圳小说的诗学》中也阐述了这样的观念。邓一光初来深圳，便立志要写十部关于深圳的小说，短短几年时间就出版了好几本关于深圳的小说集，他早已完成了这个夙愿。至于为什么会有这样的夙愿，他的理由如下：“卡尔维诺说过，城市是荒诞怪异的，对于城市这个大的概念，我进入不了。我只能试图用小说进入我的生活。”原来，他书写深圳的初衷，只是为了找到自己的生活。这个单纯的目的，让我非常欣赏，因为这是一个作家与城市、与时代以及与自己最好的对话方式。在我看来，邓一光从未放弃对深圳“城市内在生机的探寻”，他的小说细节饱满，充斥着深圳的勃勃生机。深圳是中国最年轻的世界级大都市，它鱼龙混杂，它活力非凡，它是无根之地，它是自由之地，邓一光牢牢捕捉到了这些可以命名为“深圳精神”的东西。我一直坚信，写出城市的精神，考验的是作家的洞察力与准确度。像卡夫卡之于布拉格，保罗·奥斯特之于纽约，村上春树之于东京，库切之于开普敦，他们和这些城市的关系不再像福克纳或莫言与其笔下所书写的广阔乡野之间的关系，他们表现出来的文学气质更加独立，更加个人化，也更加具备普遍性，这其实正是城市文学的特征。不妨说，一种题材论意义上的“城市小说”必将消亡，而作家的写作在城市高速发展的逼迫下，只能不断回归人的内在性，文学将愈加成为一种尖锐的人学。换句话说，现代城市会让人从各种附加的事物当中剥离出来，变成一个赤裸裸的个人，个人必须在城市中重新建立起自己的生活，自己的生活不仅仅是生存，还有与生存相关联的一切事物，包括精神价值。说到这里，我不由想到深圳就像是中国的纽约，这样说的意思是，它的国际化程度自然不及纽约，但它却足够中国化。深圳的人口，大多是由中国不同地方的移民构成的，在这里，人们终于摆脱了中国的地方性文化传统的束缚，可以努力成为一个独立的个人，至少是一个独立的当代中国人。

深圳孕育着最富现代性的城市文学形态

——关于深圳文学及青年写作的对话

陈劲松　蔡　东

一、个人创作及阅读：以写作捍卫一个更好世界

陈劲松：蔡东老师你好！前些时候，青年作家王威廉来信告知，他和青年批评家陈培浩今年在《特区文学》共同主持“湾区文学地理”专栏，欲邀请我和深圳作家做一个对谈。得知访谈对象是你后，我欣然接受了邀约。一则，有幸认识并关注你的写作十多年了，尽管我们曾经在不同场合也有过各种交流，但像今天这样郑重其事的访谈还是第一次，我们正好可以借此机会就彼此感兴趣的话题再深入聊一聊。二则，我从研究生时期即开始阅读深圳作家作品，并持续跟进其创作态势，粤港澳大湾区概念提出后，我又将关注视野延伸至香港、澳门及珠三角其他城市的文学创作及发展，在此过程中，我对深圳文学乃至粤港澳大湾区文学产生了诸多思考，亦伴随着不少困惑，我愿就此和你进行分享和探讨。我想，我们的对谈大致可以围绕你的个人创作与阅读、深圳文学及城市写作、粤港澳大湾区文学现状和未来等话题展开，当然也不局限于此，可以尽量轻松活泼一些。你看如何？

蔡　东：说真的，一听说要做访谈，抵触、担忧、害怕一起涌上来。很多话题翻来覆去说，难有新意。另外，作家重要的永远都是作品，访谈做得多，心慌意乱，小说写出来，心里才踏实。

纠结是有的。但正如劲松兄所言，相识多年还是第一次做对谈，机缘到了。看到你发来的几个对谈话题，花了很多心思，这些问题也很有展开谈的必要。

陈劲松：我至今记得最早邂逅你作品时的情形。14年前的那个春季，我尚念研究生，某天去学校图书馆翻阅文学期刊时，偶然读到了你发表于《人民文学》2006年第3期“新浪潮”栏目的《嘿，天堂》，一部以深圳为故事背景的中篇小说（虽然作品没有出现深圳字眼，但从其中的场景不难辨识）。彼时，在导师的影响下，我正有意鼓捣一篇类似的小说，所以特别留意相关作品。可是，当我读完这篇精彩小说，尤其看到文末的作者简介，发现你居然也只是和我同龄的在读研究生，而非想象中的成熟作家，我内心的沮丧莫可名状，随之放弃了这个念头（让你为我仍然写不出小说背锅，是不是有点冤）。说实话，那个年纪的你，在这篇小说中表现出来的从容与娴熟，让我刮目相看。因此，我们的对谈不妨从回顾你这篇小说开始。还能想起当时的创作背景吗？

蔡　东：没想到你14年前读过《嘿，天堂》，还是在学校阅览室里读的。这个场景很亲切。读书时代，我也经常去阅览室找文学杂志读。那时一坐就是一下午，头也不晕腰也不疼。遇见一篇好小说会特别欣喜、特别满足，下楼的时候步子轻快，也忍不住想给别人分享这小说有多好。挺纯粹的一段时光。

《嘿，天堂》应该写于2005年，读研时期。2003年研究生入学的时候，我有了一台电脑。父母知道我喜欢写东西，经常在学校外面的网吧待到很晚，他们就给我买了一台。我家是普通工薪家庭，谈不上富裕，尤其母亲生活挺节俭，现在想来，买电脑是一笔意外且不小的开支，但家里为我想得周到，鼓励我发展自己的兴趣。家庭氛围也宽松，很多事情是我自己做决定，没有感受过管束和逼迫。我以为同龄人的成长经历是类似的，工作后接触到更多人，同事，学生，了解到更多样的家庭关系。脑子里有了这根弦后，跟以前的同学也开始聊这些话题，了解到家庭内部人际关系的势利和残忍，长辈怎么逼子女，有条件的爱，精神虐待，挣脱，逃离甚至切割，感觉挺震撼，震撼下写出了小说《来访者》。

那会儿宿舍里有电脑，写小说就不用出去了。写《嘿，天堂》时，用一条床单做帘子围住书桌，写得天昏地暗，是忘我的境界。这种写作状态很少有。写作的缘起是去深圳游历了一趟，受到很大冲击。此前的人生经历很简单，就是一直上学，没操心过生活，从山东的校园到深圳，打个比方就像家养动物进了丛林，回学校后就写了这篇小说。

陈劲松：很普通的成长经历，被你讲得生动有趣，到底是小说家啊。在你的《嘿，天堂》之前，我读过《天堂向左，深圳向右》，一部同样以深圳为故事背景的长篇小说。较而言之，《嘿，天堂》和《天堂向左，深圳向右》均以“寻找”为主题，且有着异曲同工的创作归旨：两者都写出了一代青年在深圳这座现代化城市（天堂）追求理想和爱情，却最终都化为泡影后的迷惘和虚无。不过我以为，和《天堂向左，深圳向右》的粗犷喧嚣相比，你的《嘿，天堂》由于采取的是女性化视角，故而显得更加细腻温和。你自己如何评价《嘿，天堂》对于个人早期创作的价值和意义？

蔡　东：《嘿，天堂》是很早的作品，当然有很多问题。但我喜欢这篇小说的叙述，有生活质感，丰润不干枯。《人民文学》的宁小龄老师读了初稿，给出修改建议，定稿后只等了几个月小说就发表了。那时还在读书，小说在喜欢的刊物上发出来，是莫大鼓励，一下子有了信心。

陈劲松：嗯，我理解你那种高山流水遇知音的感觉。提到作家的个人创作史，“创作动机”往往是一个绕不开同时非常有趣的话题。譬如，作家莫言多次忆起自己写作的最初的原动力，“就是为了改善自己的命运，为了改善自己的社会地位，说得更俗，就是为了天天能吃饺子”。对于莫言那一代作家来说，这样的创作动机显然带有深深的时代印痕，虽现实却无奈。后来，在你的创作手记《写作：天空之上的另一个天空》中，我读到了这样的句子：“我写作的隐秘动力，来自灵魂深处的矛盾”“写作成为一种调和，或者说，是一个自救的办法”“写小说是一次美妙的误入歧途，且很难迷途知返”。具体说来，你是如何踏上文学之路的？其中又有哪些难忘经历？

蔡　东：我是生活型的人，愿意沉下心来过日子，也能在家庭生活中找到乐趣。人活在世上，既有愉悦和享受的时刻，也必然要承受生活的压力。对我来说，没有比读小说更好的解压方式了。拿起一本小说，读进去，人就去了另一个地方，这是最好的休息。人到中年，特别能体会弗罗斯特诗歌《雪夜林边小驻》的滋味，“睡前还有很多路要赶”，读本小说，就像是赶路途中在雪夜林边的暂时停驻。

我算不上表达欲很强烈的人，一篇小说要酝酿很久。读书的时候喜欢看小说，也尝试着写一写。写作初期找不到感觉，不是很快受到关注的作者，写了很多年，渐渐有心得，也渐渐有人注意到我的小说。

陈劲松：大学时上文学理论课，讲过英国浪漫主义诗人华兹华斯，我至今记得他的一句话：“适合自己的生活才是美好而诗意的。”或许这也可以用来对应你的生活和写作，恰如他的另一句话——“朴素生活，高尚思考”。听了你刚才的讲述，我充分体会到作家创作背后的种种艰辛，也完全理解作家针对批评家过于吹毛求疵乃至刻意贬损其作品时，发出“站着说话不腰疼”的嘲讽。事实上，自文学批评诞生以来，作家和批评家之间的处境始终非常微妙，不少人还专门撰文讨论两者之间的关系。譬如茅盾，就在《作家和批评家》一文中谈道：“作家们抱怨批评家们‘不负责任’，只会唱高调，可是总说不出个所以然来叫作家佩服。”而与此同时，“批评家也是同样的抱怨着。”对此，茅盾认为“互相抱怨是无聊的，要互相帮助”。这种彼此相互成全的境界固然值得向往，不过现实或许没有那么令人乐观。我比较好奇的是，身为作家的你，如何看待作家和批评家之间的关系？交往过程中，是否遇见叫你佩服的批评家？他们的文字对你的创作有无真正影响或启发？

蔡　东：有启发，会在有些评论家的评述里发现自己未曾觉察的东西，变得更自觉。小说写出来，当然希望收获赞美，而中肯的批评就像难喝的良药，只能表情痛苦地往下咽，咽下去了就有好处。其实评论家蛮温和的，看到毛病，点到为止，后来我自己更深地参悟到了，心领神会，也明白这是一份善意。

陈劲松：你的心领神会何尝不是一种相互理解的善意！某种意义上，好的批评家和好的作家一样，可遇不可求。鲁迅曾说：“批评家兼能创作的人，向来是很少的。”但在阅读你作品的过程中，我发现除了创作小说，你还写了不少创作谈和评论文章，譬如你对作家邓一光和迟子建的论述，就非常令人赏心悦目。细读之后，我感觉你的评论文章灵气斐然，迥异于某些专业批评家尤其是学院派批评家的聱牙诘屈。你如何看待自己这种“创而优则评”的双重身份？你心目中理想的批评家是什么样子？

蔡　东：谢谢劲松兄夸赞。这些年写的评论很有限，不算学术文章，“感受派”的写法，称作艺术随笔更贴切。理想的批评家是什么样子？前段时间读到岳雯的一篇文章，太喜欢了，有真气，有性情。岳雯说：“我们视批评为写作。这是另外一种形式的抵抗。尽管我们中的大部分人出身学院，或就职于学院，但我们不满足于论文式的写作方式。”说到理想的批评家，大概就是爱惜自己的文字，不在乎多一篇少一篇，拒绝样式陈旧的“论文”——这类论文跟机器写的一样，感受不到作者的灵性，不慎读到是浪费时间，而炮制者大概就是在浪费生命了。

陈劲松：岳雯的这篇文章，我也读到了，对其观点，深表认同。我们再聊聊虚构和非虚构的话题吧，作为近年来较为流行的文学写作的两种不同手法，尽管两者并无高下之分，但还是在作家之间尤其是学术界引起了一些争议，争议的焦点，在于实际写作中两者究竟应该泾渭分明，还是应该互为一体。我以为，虚构也好，非虚构也罢，回应的其实都是文学和现实（世界）的关系问题。譬如，法国作家菲利普·福雷斯特认为，小说就是回应现实。他强调，真正的文学应该是基于个人经历的一种“真实”，这种真实只能通过文学的再现而存在。作家梁鸿则将写作与世界比喻成魔术师与真相的关系，在她看来，“文学世界是一个既不同于现实世界，但又一定诞生于现实世界的世界，它与现实世界之间是你中有我、我中有你的关系，是看似一个面相，但其实却是由无数面相组成的关系”。你在写作过程中如何处理文学和现实的关系？或者说，你怎样理解虚构和非虚构的关系？

蔡　东：非虚构我了解不多，读过一些，写法很讲究，叙事上有艺术价值。虚构和非虚构看起来手法迥异，其实都是洞察世界和世相、人和人性，都必然是带着主观色彩的对现实的再创造。对非虚构来说，再创造不是扭曲捏造，也不是作者需要什么就留下什么，而是以真实为前提的艺术表达。说到底，虚构也好，非虚构也好，不管什么姿态，终极目的不都是为了抵达真实，抵达更深刻及被遮蔽的真实吗？虚构和非虚构也面临着同样的挑战——如何抵抗时间。这方面，非虚构可能风险更高，写作不可能回避现实，非虚构尤其长于拥抱“热点”，时过境迁，易于过时，这就对写作的艺术和思想的穿透力提出更高的要求。

陈劲松：你说的没错，较之虚构，非虚构关注更多的可能是“此时的事物”。能否经得起时间长河的淘洗，作家们对此应有所考量。一般而言，作家创作经验的获取不外乎两条途径：阅历和阅读。其中，阅读的作用尤为重要。因阅读其他作家作品而在自身创作时深受影响的例子不胜枚举，譬如契诃夫之于鲁迅，劳伦斯之于张爱玲，奥威尔之于王小波，马尔克斯之于莫言，川端康成之于余华，博尔赫斯之于格非，卡佛之于苏童，昆德拉之于韩少功，卡夫卡之于残雪……影响的结果，大多体现在作家的创作观上。你也说过，“一个小说作者的文学观，隐含在写作里，也体现在阅读上”。那么，你有着怎样的阅读旨趣？古今中外哪些作家作品给你的创作带来了不可磨灭的影响？

蔡　东：我在阅读方面是杂食者，读经典，也读新书，读笨重型的作家，也读轻盈型的作家。但不喜欢故弄玄虚的小说，把写作变成杂耍和游戏，还自以为有创意、很实验。举个例子，读《几乎没有记忆》这样的小说，既感受不到作者的诚恳，也感受不到作者的才华。

陈劲松：莉迪亚·戴维斯的《几乎没有记忆》吗？我没有读过，无法评价。但我想，每一个真正有抱负的作家，都应努力成为读者和批评家心中的好作家。然而，究竟什么样的作家才算好作家？在批评家谢有顺看来，“如果一个作家缺乏深刻的愤怒和敏锐的同情，那他的写作就很容易为工具理性所劫持，缺失那种足以看清罪恶、唤醒美善的忠直力量。在此之外，他还要有对叙事探索的不懈热情，对艺术语言的不断打磨，对个体命运的持续关注，对内心世界、生存困惑的执着追问，唯其如此，写作才能根植现实而超越现实，并在学习经典的同时也创造出自己的艺术世界，进而为写作加冕。”这实际体现的是一个作家对于真善美的追求。作家龙应台更是从三个不同层次将作家分成三种：坏的作家暴露自己的愚昧；好的作家使你看见愚昧；伟大的作家使你看见愚昧的同时，认出自己的原型，而涌出最深刻的悲悯。读了陀思妥耶夫斯基、巴尔扎克、卡夫卡、曹雪芹、鲁迅等伟大作家的作品后，我对这个观点感同身受。当然，关于坏作家、好作家和伟大作家的评判标准或许还有很多，正所谓“一千个读者就有一千部《哈姆雷特》”。那么，你认同龙应台关于作家的三分法吗？对于她心中三个层次的作家，分别有何相近或不同理解？

蔡　东：三分法主要从认知“愚昧”的角度来谈，有特定的语境。我认同谢老师“唤醒美善”的说法，我心目中的好作家，勇敢又一派天真，不惮于书写人间的苦厄、丑陋、残酷，同时又有勇气建构，以写作捍卫一个更好世界的可能性。

陈劲松：的确，在书写黑暗和苦难的同时，不忘光明与救赎，这诚然是一个好作家的固有情怀。在我有限的阅读视野中，发现存在这样一种现象：不少作家写到一定时候，有意无意陷入了自我重复的怪圈，包括写作风格、人物形象、故事情节等，我总会在他们后面的作品中找到前期作品的影子，这似乎也可视为作家的“中年危机”之一。对此，你怎么看？你目前的写作是否有遇到上述窘况？一个优秀乃至伟大作家，如何才能突破此类瓶颈，超越自我，创作出经典作品？

蔡　东：写作历程中有自我重复，也有对重复的突破。几乎每个写作阶段都有瓶颈，这伴随着写作本身，我觉得一直写，不断自省，就会慢慢提升和改变。没有一劳永逸，万事万物都在变化，写作也是如此。

二、深圳文学及城市写作：天才的发现和表达从来都是稀有的

陈劲松：《特区文学》将我们对谈的这个栏目命名为“大湾区文学地理”，比较前

瞻，富有远见。从你个人的创作和阅读中，我们也不难看到深圳这座城市对你的影响。接下来，我们不妨将话题转到深圳文学及城市写作这个方向吧。2020年是深圳经济特区成立40周年。从40年前的边陲小镇到今天的国际化大都市，深圳的发展成就有目共睹。“来了就是深圳人”，这是深圳近年广为流传的开放宣言。你南下深圳并生活于此快15年了，按理说早应与这座城市融为一体，但你在2016年接受中国作家网采访时提到，“来深圳的前几年，感觉自己和这个地方互为异物”，“在小说里，深圳是一个让我们的内心风声鹤唳的地方”。你感觉是什么原因导致“自己和这个地方互为异物”？这种“风声鹤唳”的感觉至今有什么变化吗？

蔡　东：定居南方后，我并不适应这里的气候和生活节奏，经常想家，也一度回避书写当下经验，仍以家乡的人事情感记忆为写作之源。近年间我意识到，不管内心是否抗拒，情感是否疏离，毕竟已进入到全新的生活中。门在某一刻开启了，深圳孕育着最富现代性的城市文学形态，它可以成为情感和想象的载体。我既是生活者也是写作者，无论生活还是写作，都需要投入地感受、体验正在发生的一切。我尝试书写与居住地有关的小说，一些具有南方气息的作品。

陈劲松：可能北上广深的不少作家都有着和你一样的心路历程吧。伴随着改革开放40年的宏阔历程，深圳文学也取得长足发展，先后诞生了“移民文学”“打工文学”“新都市文学”“青春文学”“新城市文学”等多种文学思潮，代表性作家作品更是相继涌现。对此，批评家李敬泽曾指出，“放在全国范围去看，深圳这个群体的实力相当突出……‘深圳青年作家群’确实改变了我们的文学地图”。批评家谢有顺亦认为，深圳青年作家群的写作实绩“即便放在全国的视野里来观察和定位，也是有竞争力和影响力的”。两位批评家对深圳文学的看法不谋而合。你平时关注其他深圳作家的创作吗？你眼中的深圳文学是何种样貌？当前处于怎样的发展态势？

蔡　东：问题有点大。说说我的观察，十几年前刚来深圳时认识或知道的作者，大部分人仍在写，工作之余写，生活的间隙写，作品红不红都在写。在一个充满世俗焦虑的大城市里，还有一小撮人为写作焦虑，这里面孕育着文学的可能。

陈劲松：“还有一小撮人为写作焦虑”，用时下流行的话说，这才是真爱啊！不知你有没有注意到，深圳近年来一直在倾力打造“文学之城”。谈到一座城市的文学，我们常常会从文学生态、文学思潮、文学精神等方面予以观察。我以为，真正重视文学的城市，除了营造良好的文学生态，为作家提供更好的创作环境，同时要形成颇有创造性和生命力的文学思潮，还要塑造和城市相得益彰的文学精神。丰富的文学生态、引领时代的文学思潮、令人耳目一新的文学精神，无疑更能体现一座城市的文学格局。三者之间，文学精神尤具标杆性价值，盖因文学精神乃文学之灵魂。那么，深圳的文学精神是什么？有人说敢为天下先，也有人说兼收并蓄，你认为呢？

蔡　东：“敢为天下先”是深圳城市发展历程中重要的精神价值，说到文学精神，似乎还需要沉淀和成形，或者可以说，年轻、不稳定、难以概括也是深圳文学精神的棱面。最棒的是，大家生活在深圳，但大家写的小说都不一样。

陈劲松：呵呵，就如那首歌所唱么，“我们不一样，每个人都有不同的境遇”。当然，由于观察视角有别，咱俩关注的层面稍微有些差异，但有一点可能所见略同，那就是，看到深圳文学这些年取得一定成就的同时，我们还必须正视其可能存在的某些缺失。譬如，和北京、上海、广州、西安、武汉、南京（中国首个世界“文学之都”）等文学传统深厚的城市相比，深圳文学根基尚浅，整体较弱，尤其在全国视域下匮乏有影响力的大家名品。有论者甚至指出，深圳文学成就和这座城市的经济发展成就严重不匹配，至今没有产生反映改革开放波澜壮阔景象的史诗性作品，更遑论具有文学史意义的传世之作……不一而足。对于上述问题，我也有过一些粗疏的思考和建议（详见拙文《在传承中寻求嬗变——新都市文学的历史、现状与前瞻》《深圳文学的当下处境与前景》《当我们谈论新城市文学时我们在谈论什么？》等），综而观之，深圳文学的羽翼确实还不够丰满，但也不必妄自菲薄，若真是大鹏，终有一日同风起，扶摇直上九万里。不知你如何看待这些问题？随着深圳城市化的进一步发展，你觉得深圳文学将会面临哪些新的问题？身处其中的作家们又该如何应对？

蔡　东：不好一概论之。其实邓一光已经提供了一系列城市小说文本，跟《都柏林人》放在一起，毫不逊色。不能一说经典就崇古和媚外，经典为什么不能诞生在此时此地呢？

目前面临的问题，仍然是写作者感觉的钝化，对真实生活的麻木，面对复杂的现实和快速的变化，茫然迷惑，丧失了察觉能力，符号化的写作居多。这也正常，天才的发现和表达从来都是稀有的。

陈劲松：是的，对此我们要有耐心。从早期的《嘿，天堂》到后来的《净尘山》

《通天桥》《出入》，再到近期的《来访者》《照夜白》《朋霍费尔从五楼纵身一跃》，你的小说创作多以深圳为故事背景，且深受好评，譬如，作家鲁敏就认为你是深圳城市文学的代表性作家。就你这么多年的创作实践来看，你如何看待作家与城市之间的关系？或者说，你怎样评价自己关于深圳的小说创作？

蔡　东：深圳是居住地，是工作和生活的地方。这么多年了，居住地总会对写作有所触发。《净尘山》《通天桥》《出入》《照夜白》等小说写出了深圳的某种特质，或者说，“深圳”也相当于小说里的一个重要人物，抽掉这个人物，小说可能就不存在了。在另外一些作品里，深圳虽然出现了，但只是一个单纯的地名，换成其他城市名字也未尝不可。

陈劲松：这也许是你慢慢融入这座城市后的一种收获吧。纵观古今，一时代有一时代之青年，一时代有一时代之文学。2020 年 5 月底，中国作家协会青年工作委员会联合《南方文坛》，以“新时代青年写作的可能性”为主题召开青年作家批评家研讨会。我比较喜欢这种“一切皆有可能”的敞开性话题，这个时代的青年（时髦的称呼谓之“后浪”）及其写作，和前辈们的写作早已有着天壤之别，因为“一切坚固的东西都烟消云散了，一切神圣的东西都被亵渎了，人们终于不得不冷静地直面他们生活的真实状况和他们的相互关系”。（马克思、恩格斯：《共产党宣言》）现代性不仅深刻影响了“后浪”们的生活和相互关系，而且极大改变了当下文学的生产和传播途径，以及“后浪”们对于文学传统的认知、接纳与承继方式。不过，在青年批评家李壮看来，“相比于中国现当代文学历史上曾有的时代，今天的青年写作者，似乎处在一种较为罕见的、与时代现状充分融洽的相处状态里”。作为青年写作者中的一员，你如何理解李壮的这一判断？进而言之，我们如何理性、客观地思考青年写作尤其是深圳青年作家的困境与未来？

蔡　东：传播和接受方式当然不一样了，可以说发生了深层次的改变。但对我来说，困境仍然是文学本身的，也很具体，那就是怎么把一篇篇小说写出来，把触动自己的东西传达好，找到有意味的表现形式，尽可能让小说的生命力长久一些。

三、粤港澳大湾区文学现状和未来：海洋气息与开放性

陈劲松：从个人到深圳再到大湾区，这不仅意味着观察视角的变化，更意味着思考

的深入和升华。随着粤港澳大湾区以国家战略的高度提出来，“粤港澳大湾区文学”作为一个整体概念开始浮出历史地表。2017年12月21日，第一届粤港澳大湾区文学发展峰会在深圳举行，首次提出“粤港澳大湾区文学”这一概念，并从粤港历史、港澳经验、深港个案等角度对粤港澳大湾区文学的历史与现状、共性与个性深入论述。你在创作之余是否关注“粤港澳大湾区文学”？和深圳之外的其他湾区城市作家有过交流或互动吗？就当下粤港澳文学发展现状来看，你认为这一提法是否存在概念先行的问题？能否成立？如果成立，依据是什么？是否可视为新时代出现的中国当代文学的一个新品种？和过去的移民文学、特区文学有何异同？

蔡　东：对文化战略和文艺批评来说，概念先行不是问题。对小说创作来说，概念不重要，概念既不是写作的障碍，也不是写作的灵丹妙药。

陈劲松：你的回答言简意赅中透着一种哲思啊。事实上，“粤港澳大湾区文学”这一概念提出三年来，粤港澳三地纷纷举办各类文学活动，以期从实质上推动大湾区文学融合发展，譬如，召开“粤港澳大湾区文学发展峰会”“粤港澳大湾区文学笔会”，启动“粤港澳大湾区文学工作坊”“粤港澳大湾区文学周”，成立“粤港澳大湾区文学联盟”，出版“粤港澳大湾区文学丛书”等，一定程度上促进了人们对于大湾区文学的关注和讨论。但不可否认的是，“粤港澳大湾区文学”这一概念从内涵到外延至今尚未形成共识。通行的观点有两种：有些人认为，唯有粤港澳地区作者书写的作品，才能纳入“粤港澳大湾区文学”范畴；另一些人则认为，只要是描写粤港澳大湾区人和事的作品，都应视作“粤港澳大湾区文学”。你认为“粤港澳大湾区文学”最核心的特质和要素是什么？如果可以，你能否结合自身经验对其进行界定或下一个相对确切的定义？

蔡　东：我倾向于认为，描写粤港澳大湾区人事的作品，可视作“粤港澳大湾区文学”。我喜欢的美剧《亿万》，片头是湾区的场景，很现代的美，高度的城市化，湾区大概是人类城市建设最杰出的样本和形态了。《亿万》是金融题材的剧集，最初因为戴米恩·路易斯才追这部剧，后来被剧情的节奏和张力所吸引。而湾区文学的特质，也许就是海洋气息和开放性吧，人们在此聚集离散，自然也延伸了文学书写的空间。

陈劲松：延伸书写空间这一点很重要，也很有意思。2018年举行的“第二届粤港澳大湾区文学发展峰会”，一致通过了《粤港澳大湾区文学合作发展倡议书》，除了倡导建立粤港澳三地十一市文学合作长效机制、加强文学交流互动、共建城市文学活动载体、互通文学作品发表渠道、完善文学交流平台、推进文学联动、构建粤港澳三地文学界交流合作新格局，倡议书还特别提出要“培育清新刚健、多元蓬勃的大湾区文学生态，形成粤港澳大湾区文学共同体，使之成为华语文学走向世界、走向未来的重要枢纽”。从“粤港澳大湾区文学”到“粤港澳大湾区文学共同体”，这或许是粤港澳大湾区建设人文湾区的重要途径之一。你认为是否存在这种“文学共同体”？或者说，你认为建设这样一种“文学共同体”是否可行？如果可行，你能否从一个作家角度提出相关建议？

蔡　东：写作说到底是个性化和创造性的劳动，但命名和交流自有其意义。

陈劲松：说的是，作家和批评家考虑的毕竟各有侧重。在批评家谢有顺看来，“粤港澳大湾区文学”概念的提出，提供了一个前瞻性的视角去思考“现在”和“未来”。而从文学的角度来说，大湾区开创了艺术、审美和想象的空间，将会提供更多书写主题。记得你在创作手记《写作：天空之上的另一个天空》中提到，你的故事大都关乎女性，在关于《我想要的一天》创作手记《在全世界找到一张桌子》中进一步指出，“我关注的，不是一时一地的具体的困境，而是日常生活的悖论和近乎无解的精神格局”。“粤港澳大湾区文学”视域下，你未来的写作有何规划？是否考虑过其他主题？变与不变之间，你内心是否有一种始终坚守的小说精神？

蔡　东：考虑过其他主题，比如多走出去看一看，多了解更年轻的人是怎么活着的，希望能驾驭更多样的题材。说到坚守的小说精神，似乎有悲壮感，其实也就是自己对写小说的态度吧，不粗制滥造，每一篇都细细打磨，品质好一点吧。

访谈的尾声，我想谢谢劲松兄，你为访谈下了大功夫。聊的过程中一些问题想得更清楚了，很受益。

陈劲松：也谢谢你接受我的访谈，和你交流非常愉快，也让我深受启发。期待你写出更多好作品。

珠海

珠海：从探海取珠到沿珠觅海的文学隐喻

王威廉　陈培浩

陈培浩：在《特区文学》开设这个“大湾区文学地理”栏目，希望能借助对大湾区文学的梳理，回溯历史，开启新知。在正式进入对某个城市的讨论之前，我们不妨来看看“大湾区文学”这个概念。我一直这样认为：“大湾区文学”是一个“待完成”的概念，它还不是一种文学实体，因此存在着一个将大湾区社会经验转变成一种审美的过程，这就是它的待完成性。今天我们该怎么理解“大湾区文学”这个概念呢？可能会有两个思路，一个是存量的思路，一个是增量的思路。存量的思路问“有什么”，而增量的思路问“应该有什么”。就“大湾区文学”来讲，我觉得这个概念更适合增量思维，而不是存量思维。为什么？因为“大湾区文学”，从表面上看，它可能是指向于“9+2”，这 11 个城市的文学内涵，但如果我们这样理解，就辜负了这个概念所应有的可能性和生产性。当我们提出“大湾区文学”这样一个概念的时候，我们是希望由这个概念激发出一些有创造性的东西，一些匹配于大湾区特殊经验的东西。今天我们提“大湾区文学”，就是要发掘这个区域独特的经验并将其发展成一种新的文学经验。

王威廉：概念首先是视角，向左、向右，或是向上、向下，重新看待世界。因此，在“大湾区文学”这个概念下，原本我们熟悉的那些城市的文学，被迫要让我们左左右右、上上下下地重新打量和审视一番。我的直觉告诉我，这个概念是意味深长的，部分的相加要大于整体，这十一座城市在经济上保持密切的互动性，但是文学最为关心的城市的文化与精神是如何保持互动的？“大湾区文学”这个概念可以提供一种思考的向度。概念，尤其是好的概念，更是发明和创造。比如文学中的“灵魂”这个概念，它已经不再和宗教有关，它是一种对人的内在性的假定。“大湾区文学”这个概念眼下来说只是一种政策性的衍生概念，但文学有可能在这个概念中推陈出新，创造出新的文化精神。

因此，我非常认同你说的，“增量”比“存量”重要，不过同时借此机会，梳理一下“存量”也是必要的，我们从“存量”的基础上来思考如何创造某种“增量”。

陈培浩：让我们来探讨一下作为大湾区文学重要版块的珠海文学，我们先从作家聊起吧。珠海作家，小说方面为外界熟知的有陈继明、曾维浩等，诗歌方面则有卢卫平、唐不遇、谢小灵等。你对他们的写作有什么观察？

王威廉：就我个人而言，阅读过陈继明、曾维浩的小说，还有卢卫平和唐不遇的诗歌，我跟他们也是很好的朋友。陈继明原来是宁夏人，来到了珠海，跟我的迁徙路线接近，也是从西北到华南，我觉得他的作品有种非常个人化的幻想气质，这种幻想当然不是奇幻，而是一种个体沉思时刻的氛围。曾维浩是湖南人，有着极为浓烈的先锋风格。卢卫平的诗歌有种日常感，似乎诗歌是不经意间写出的，却又令人想到了另外的事物。唐不遇跟我年岁相仿，我们私下交流也更多，他是一个纯粹的人，一个天生的诗人，他像贾岛那样改诗，注重诗歌的形式感。

陈培浩：说起来很有意思，现在珠海有名的作家基本不是珠海本土作家。全球化大迁徙时代谈论某个区域的写作已经不再有绝对的本土了，不过这倒合乎湾区文学的海洋特质。人口的流动、人才的流动总是从相对闭塞落后的地区向更开放发达的地区流动，就中国而言，可能是四面八方向以北上广深为代表的大城市流动。其中，大湾区的城市恐怕是中国最有吸引力的城市群。所以，湾区的文化不仅是一种岭南文化，而是一种海纳百川的文化。上面提到的几位，陈继明是宁夏人，卢卫平是湖北人，曾维浩是湖南人，唐不遇是广东揭西人。有趣的是，你会发现，他们的文学给珠海带来了不同的文化印记，但他们自身又变得不再具有他们出生地文化的特征。比如陈继明，他固然依然有大西北的那种粗犷和韧性，但也有了更多非典型“西北”的细致，我不知道这是性格使然还是南方生活经验对他的改造。再如卢卫平，他也不是一个典型的“湖北佬”，湖北的革命气质在他身上转变成一种对革命清谈的热烈爱好。他是一个非常有趣的家伙，很少见到湖北人像他这样有趣。这不是贬低湖北人，而是说典型的湖北人有更硬更疏远于日常的东西，但他却是柔软而日常的，这很可能跟珠海这座属海的城市带给他的改变有关。我知道你本科有两年时间是在珠海度过的，谈一谈你对珠海这座城市特别的感情和观察如何？

王威廉：2000年，中山大学创办了珠海校区，每一个入学的新生要先在珠海读两年书。我是首届学生。第一次来珠海的时候，我被它的干净整洁惊呆了，我看到道路是如此干净，觉得人躺在上边衣服都不会脏。在此之前，我没见过这样的城市。因为仅仅在那数小时前，我路过广州火车站的时候，可怕的密集人流以及遍地的垃圾才是当年中国城市的本色。如今再去珠海，那样的感受几乎没有了，中国的城市都越来越整洁了。当然，还有大海，没有大海，珠海就会失去百分之六十的魅力。珠海还有一部分魅力来自澳门，当年的澳门环岛游是珠海旅游的保留项目，我环岛游过两次，在这边揣测着澳门。这种揣测比进入澳门更重要。也请你谈谈你对珠海以及珠海文学的印象。

陈培浩：我先从珠海这座城市说起，珠海在历史上原本属于中山，在文化上跟中山乃至整个珠三角城市都是同根同源。珠海地理位置很好，毗邻香港、澳门，港珠澳大桥建成后，这种地理优势更加明显。但珠海从人口上看实在只能算是一个小型城市，这造成了珠海的宜居，它没有其他沿海城市那么拥挤——除了最热闹的拱北口岸这些地方，珠海甚至可以称之为地大人稀。在我看来，“珠海”这个名字其实隐藏着某种隐喻，珠海——海珠，相比之下，“珠海”这个词比“海珠”要更大，“珠海”的落脚点在海，而“海珠”的落脚点在“珠”。所以，“海珠”是要探海取珠，而“珠海”则是沿珠觅海，它要拥抱的终究是看得见的“珠”后面的海，以及“珠”背后看不见的包容和自由精神。这是珠海这座城市给予人一种莫名的精神启示，我想西北汉子陈继明、湖北汉子卢卫平、湖南先锋曾维浩和揭西苦吟青年唐不遇共同选择在珠海安居，这背后可能确实和珠海这座城市的精神气质有很大的关系。

在海滨寻找摩西

——关于珠海文学的对话

曾维浩　杨丹丹

杨丹丹：曾老师好，很高兴跟你进行这次关于珠海文学的对话。您是当代珠海文学的亲历者，当代珠海文学发生的重要文学事件都有您的身影和声音。所以，我们的对话围绕当代珠海文学的整体历史发展，及其在此过程中牵扯出来的系列问题展开，将当代珠海文学的宏观图景和局部细节呈现出来。首先想问的是，如果以 1949 年新中国的建立为时间起点，当代珠海文学经历了 70 年的发展历程，您是否可以宏观性、整体性、系统性地描述从新中国到新时代这一长时段跨度中当代珠海文学的整体面貌和样态？具体而言，当代珠海文学在不同的历史阶段，在文学制度、文学队伍、文学刊物、文学创作、文学批评等方面发生了哪些嬗变？

曾维浩：经中华人民共和国政务院批准，珠海县于 1953 年 4 月 7 日成立，主要是划出中山和东莞最靠近珠江西岸出海口的部分和 100 多个海岛设县，便于海防。1959 年 3 月，珠海县撤销并入中山县。1961 年 4 月，珠海县建制恢复。1979 年 3 月 5 日，珠海县改为珠海市。1980 年 8 月，全国人大常务委员会第十五次会议批准在珠海市区内设经济特区。陈述比较复杂的建制沿革，主要想说，系统地梳理二十世纪五十年代和六十年代的珠海文学，会显得相当单薄。七十年代之前没有留下可供查阅的作品。县域内应该有些创作，但没有作品或作者进入任何文学史或者文学研究者的视野。我在八十年代接触到的前辈作家谢金雄、杨创基，是五十年代珠海的文学青年。谢金雄与唐亢双合作，于七十年代出版长篇小说《闹海记》，在广东省内有一定反响。那时出个长篇小说很不容易。足见这两位作家在省内有些分量。这部书没有再版，我只闻其名。改革开放后，珠海文学从队伍到作品，呈现爆炸式的增长。珠海市文联成立于八十年代中期，起点较高，有画院、文学创作室、杂志社，核定编制达20余人。创作室向全国招聘青年作家，有湖南来的徐晓鹤和我，贵州的杨雪萍，本地成长起来的梁潜。在广西初显锋芒的小说家李逊调入珠海市侨办，负责编辑侨刊《珠海乡音》。在江西崭露头角的王海玲调入珠海特区报社。徐晓鹤著有《院长和他的疯子们》，李逊发表过《坐在门槛上的女巫》。他们的小说其实是先锋写作，“先锋”不是指追潮流，而是骨子里的认知和叙述方式，可惜未被充分关注。文联主席曹何1945年参加革命，曾任粤中纵队基层干部、土改干部，八十年代后期开始写作，著有长篇小说《野草魂》《紫薇湖》等。在“文革”前就发表过作品的陈伯坚先生主持《珠海特区报》文艺副刊，也创作了一批小说、散文。《珠海》杂志是在小报的基础上发展起来的，向全国征稿，主要刊发通俗小说。整个文学气氛突然就活跃起来了。珠海在很短的时间内从一个边陲小县变成了一个设有特区的地级市，珠海文学随之发展。与内地任何一个地级市不同的是：不只本地作者的创作复苏，还有外地作者的流入，带来勃勃生气，队伍不断壮大。全国各地作家也不断到珠海来走动。八十年代，珠海并没有产生在全国有影响的文学作品，但几位在全国开始产生影响的青年作家调入了珠海。这样说可能比较准确。

二十世纪九十年代，《珠海》杂志改版为纯文学双月刊，刊发了大量的名家新作。莫言、徐小斌、刘醒龙、王蒙、刘心武、王安忆、邓一光都是《珠海》杂志的作者。有了这个平台，本地作者的作品就比较好展示了。那时我办了一个叫“珠海作家实力展”的栏目，就是通过这个可贵的平台向文学界和读者集中展示珠海的创作实力。以《干杯，女兵们》成名的主编成平，是解放军艺术学院毕业的，眼界比较开阔，组稿资源相对丰富，也支持各种尝试。卢卫平、胡的清、丘树宏的诗歌，王海玲、梁潜的小说，邝金鼻的儿童文学，都在九十年代初期推出。刊物借助“一国两制”交汇点的地利，办了个“海外华文大家”的栏目，很受关注。美国华文作家（诗人）非马的诗歌，喻丽清、刘荒田的散文都在该栏目发表。刊物还关注了珠海斗门籍美国华文作家黄运基先生的创作。90年代的《珠海》一度办得有声有色，但很短暂。1993年，珠海拥有了出版社，走小社精品的路线，也出版了一批珠海本土作家的作品。这期间里我和王海玲的小说，卢卫平、胡的清的诗歌都产生了全国性的影响。在斗门成长起来的邝金鼻潜心儿童文学创作，写出了不少有影响的童话、寓言。

新世纪后，卢卫平的诗歌创作呈现井喷现象，《在水果街碰见一群苹果》成为广泛传诵的“新经典”。韦驰、唯阿的小说，陈维的儿童文学，唐不遇、谢小灵、周野、唐晓虹的诗都有一定影响。唐不遇成为有全国影响的80后诗人，最早被网站肯定。谢小灵的诗不断引起关注。宁夏的陈继明十三年前调入北京师范大学珠海分校，一直保持旺盛的创作力，2019年长篇小说《七步镇》获多个奖项。山东的耿立2013年调入珠海，其散文创作高产且优质，也是获奖大户。罗春柏先生从市领导岗位上退休后，加入诗歌创作的队伍。成功企业家高志东先生一直业余时间写作诗歌。两人作品数量不多，质量不低。钟建平、盛学文、杜志峰、林葵花在企业，仍坚持写作。近年，来自东北黑土地的盛祥兰在沉寂多年后，突然发力诗歌创作，收获颇丰。来自广西的曾平标因公务员的身份，虽然写过不少报告文学，但一直很低调。2019 年，其十年磨一剑的长篇报告文学《中国桥》相继斩获“中国好书”“全国五个一工程特别奖”，频频接受媒体采访，再也低调不起来了。紧接着，他推出了写横琴新区的《初心》。散文诗界颇有影响的蔡旭从海南退休后长居珠海，继续坚持写作。八十年代之前，珠海没有文学批评。八十年代后，来自湖北的李更做文学批评，继承了“直言批评”的传统。他一直比较独特，说点事儿，与文学相关，与作家相关，与文学事件相关，有点道理但绝不像学院派那样去追求学理逻辑。他认为五四以来的文学批评，这类的不少。各派的相互批评可能成全了对方。他出版第一部个人作品集时，我们策划他为“文坛冷枪手”，他很乐意地接受了。九十年代后，有来自湖南的李一安写书评。此外，在珠海的高校教师，也有做文学批评，但目前这个似乎不在珠海的统计和研究之内，不好界定。

珠海作家协会于 1992 年注册成立。我去民政局取的登记证，自己掏钱买挂鞭炮在办公室楼下放了。自八十年代起，珠海的文学队伍慢慢从量变到质变，到二十世纪末，按地域人口量比对，已相当不错。珠海的中国作家协会会员已达 35 人，可能是比例最高的地区。近三十年来，珠海文学创作总体呈现增量、庞杂、复杂、多样性。现在，珠海在小说、诗歌、散文、报告文学、儿童文学等各个门类都有了全国性影响的作品和作家。跟经济社会建设一样，珠海文学从一个边陲渔村的简单叙事走向丰饶、繁复。至于宏观性、整体性、系统性的描述，北京师范大学珠海分校副教授郭海军曾写过一部《边缘的前卫——珠海特区文学创作散论》进行探讨。

杨丹丹：您刚刚谈了当代珠海文学的整体发展和流变。如果我们把这种总体性划分为一个个横截面，中国当代文学经历了“十七年”期间的政治化写作、二十世纪八十年代的文化写作、二十世纪九十年代的商业化写作、新世纪初期的世俗化写作四个大的阶段。当代珠海文学发生了哪些典型的文学事件、文学现象、文学论争和文学作品与此相迎合和对抗，您如何认知和评价相关内容？

曾维浩：在谢金雄后来写成的《孤岛情缘》中，我们能看到较重的政治化写作遗痕。但这部书九十年代出版时，谢金雄先生已年过六旬，是一位长者了。作品内部体现的还是人间的爱与温暖。早期，新移民面对一片热土，主要是捕捉一些现象，反映生活观念的改变、社会的变革。来自全国各地的作家虽还来不及深入了解珠海，但带来了各个不同地域的文化基因。王海玲的小说《东扑西扑》《热屋顶上的猫》，杨雪萍的《一天中的四季》较早涉足“特区题材”。我也写过《都市雕塑》《强台风明天登陆》，刊物都很喜欢，但我觉得不够深入，没再多写。

二十世纪九十年代，我在《珠海》杂志开办了个“特区梦寻”栏目，以口述实录的方式，记录闯特区的人的事迹和心路历程，主要是深圳、珠海、海南的故事，影响较好。来自宁夏的女作家白梦成为这个专栏的主力作者。1991 年，由《特区文学》发起，联合《珠海》《天涯》《厦门文学》《潮声》一起举办深圳、珠海、海南、厦门、汕头“五特区文学笔会”，轮流做东。第一届在深圳办，第二届在珠海办，最后一届在海南。早期的笔会探讨了“打工文学”，把“特区梦寻”也归并到“打工文学”的范畴。这个话题，深圳讨论得比较深入。它的背景是中国的先锋写作式微，新写实主义流行的时候，关注改革的作品常领风骚。如果参加过这些笔会，你会发现很有意思。特区写作者的发言基本上远离权威话语，各说各的，一片嘈杂，五特区的写作者已经不关注那些宏大叙事。所以珠海没有“新写实主义”作家或作品，其他特区好像也没有。内陆地区出现一批写改革艰难的作品，珠海没人写，因为没题材。珠海没有多少困难的老企业，新兴的许多企业每年都在积极招工，似乎没有就业难的现象，只有你愿意干什么的选择。商业化写作对珠海没有太大的影响。本土成长起来的作家梁潜写过两部走市场的书。孙雄的长篇小说原名《黑海红流》，反腐败的，在职场小说流行时，被书商改为《公务员升职记》，市场反应不错。来自甘肃的唐达天写的长篇小说《一把手》，在官场小说流行期间，取得不俗的发行成绩。

珠海的文学创作室于八十年代末期撤销。写作者不像内陆地区作者，不太有以写作安身立命的想法。珠海整个的文学创作与内陆地区的主流文学话语既谈不上迎合也谈不上对抗，在我看来，是疏离。在内陆地区作家关注企业改革时，特区写作者认为那应该是企业家讨论的事情，写作应该关注新生事物、关注心灵。二十一世纪以来，这种疏离减弱了。因为内陆地区走过了国企改革的阵痛，社会经济建设与特区也越来越相近了。这也符合当年办特区的预期。

杨丹丹：当代珠海文学与中国当代文学保持发展一致性的同时，在某种程度上忽略了自我的差异性和独特性。近期，“粤港澳大湾区文学”的提出和倡导为当代珠海文学提供了新的契机，成为新的文学创作增长点和延伸空间，您认为这一概念提出的历史合法性和现实合理性在哪里？这种区域性和地方性文学的特殊性和普遍性意义是什么？如何为其划定边界？当代珠海文学作为“粤港澳大湾区文学”的一部分，在文学主题、文学人物、文学题材、文学叙述等方面形成了哪些独特的文学经验？

曾维浩：我在《花城》杂志的笔会上说，希望“粤港澳大湾区文学”什么都是又什么都不是。如果用一些力量、资源去推动，确实可以找到文学的增长点。大湾区首先是一个地理概念，然后是一个经济概念，到现在是一个国家战略。我不太清楚您提的“历史合法性”是指什么，是指到这么一个时间节点，应该有这个概念提出来吗？文学创作可能是不讲历史合法性的。现实合理性应该是有的，就是大湾区这样的一个城市群，这样的一个经济总量，在“一国两制”的交汇处，观念、生活形态、地域文化以及四十年来多种文化碰撞交融形成的一些东西，应该会在文学中呈现出来。比如我们提到巴黎塞纳河的左岸，会意味着什么。中山大学哲学系教授钱捷先生三年前与我交谈，就提出过类似的看法：珠江口西岸文化，有什么样的特质？珠江口东西岸有什么样的异同？很值得研究。我觉得现在不确定它的边界最好。比如民国时期的上海，既有鲁迅的“且介亭”杂文写作，也有布尔乔亚作家穆时英的《上海的狐步舞》，左联作家茅盾的《子夜》，鸳鸯蝴蝶派作家在那里办《礼拜六》。特殊时期，张爱玲又是另一种写作。但正像我们所看到的那样，上海出了很多作品很多文学名家，但并没形成什么“上海文学”。反而是意识形态统一后根植于特定地域的“荷花淀派”“山药蛋派”，在风格上可以拿出来说事。可是我们无法否定上海当年的丰富性、包容性、创新性。珠海与全国各地一样，现在关注的主要是生产总值，是经济社会建设，并不关心文学。

在文学主题上，我选择关注人类文明的尴尬，王海玲关注特区的生活现实，卢卫平关注底层个体生命的生存感受，胡的清关注个人内心感受，陈继明探索诗性叙事，耿立选择对历史与现实进行追问，正努力写作的韦驰天马行空地在建立自己庞大的叙事体系，唐不遇选择精致而隽永的诗意。个体地看，我们的创作很不同，但放到一个更宽广的视域下，还是都与珠海这块土地有关，与在大湾区生活有关。走进澳门，一下子所有“腐朽的资本主义”可以全方位展现在你面前。

文学主题、文学人物、文学题材、文学叙述等方面，应该没有什么独特的文学经验。如果有，也只是个体的，而不是地域整体的。绝大多数作家，在当下可能都遇到相似的问题：文学边缘化。进入体制，你就不再是一个什么作家，而是单位的科员或科长、主任或处级副处级干部；不进入体制，当自由撰稿人生存更困难。写作者自以为心灵强大，但生活得十分卑微。以韦驰的写作体量，似乎他应该在更利于写作的地方，可他只是报社的专职校对。唯阿是公安局的资深科员。珠海不但在人均地区生产总值上可以与发达国家比，在对待本土作家的态度上也可以与发达国家比。在文学平台建设上，珠海没有经验，只有教训。文学刊物从无到有，再到无……出版社建立起来，经营18年就出事被吊销了。一言难尽。至今，我认为珠海并没有自己独特的文学。

杨丹丹：您所说的这种独立性能否在新生代作家写作中实现突破？因此，进入二十一世纪以来，80后、90后作家成为中国当代文坛的鲜活力量，展现出强劲的冲击力，广东省的王威廉、陈崇正、蔡东、陈再见等青年作家已经得到当代文坛的高度认同。您能够介绍一下珠海青年作家的整体创作情况，以及未来具有更大发展空间的代表性作家和写作方向。

曾维浩：较早关注到王威廉、陈崇正、郑小琼等人的创作。相对来说，珠海陆域面积1732平方公里，人口基数有限，2018年的统计是189万人。80后诗人，目前产生全国性影响的，是出生于1980年的唐不遇（也已过不惑之年了），他对自己的诗作质量要求近乎苛刻，精心琢磨每一字句。1987年出生的万琼兰的诗歌感觉很好，呈现出良好的发展态势。珠海近年来的主要创作力量是诗人，诗歌活动比较多。1996年出生的王弘毅（笔名托尼）早慧，2013年在花城出版社出版30万字的长篇小说《代号黑寡妇》，2016年出版长篇小说《银字塔》，现攻读"创意写作"硕士。出生于山东菏泽的90后作家石岱去年来到珠海，增强了青年作家的力量。毕业于珠海职业技术学院的李楠属90后，也写了些不错的散文。

至于未来的发展空间，我不敢妄加猜测，只能说拭目以待。像王威廉创作的高度、宽度、密度、深度，是很多人难以企及的。郑小琼的诗歌创作也是少有的个案。要达到王威廉、郑小琼、陈崇正、蔡东、陈希的影响力，他们还得努力！我和同龄人写着写着也成前辈了，很希望珠海有90后的作家崛起，甚至到处打探有没有更基层的优秀写作者被埋灭，但是有些失望。在文化建设上，珠海这些年来更倾向于硬件，即公共文化设施的建设，也许这是个大趋势。每一个市民文化活动中心都建得很漂亮，也确实为社区文化活动提供了高大上的场所。但没有本土刊物和创作室，这就给珠海想要当作家的年轻人提出更高的要求：要么你靠稿费能活得很滋润，要么你已经达到了财务自由。想发表作品，得投到大刊名刊去。珠海有陈开祥主编的《金土地》季刊、钟建平主编的《大湾》文学双月刊，都未获国内统一刊号。刊物办得很努力，但影响很有限。珠海年轻作者的空间其实是越来越逼仄。我也只能祝福！

杨丹丹：您作为当代珠海作家的领军人物和优秀代表，您能否结合您的创作历程和创作经验，为珠海文学独特性和创新性提供一种可能，为珠海青年作家提供一种参照和借鉴。

曾维浩：这是个坑。我可不跳！中国人讲文无第一，武无第二，所以写作者不存在什么领军人物。莫言获了诺贝尔文学奖，他是不是中国作家的领军人物？我看不是！虽然他贵为中国作家协会副主席，恐怕很少人会认为他带着一支队伍在写作。我当然不敢算珠海作家的领军人物、优秀代表。在珠海，早期还有些文学理想，后来刊物改企业，又合并，打卡上班，我基本上为谋生活疲于奔命。当然，我不否认自己是珠海较早写出有全国性影响作品的写作者。1998 年在《花城》发表的长篇小说《弑父》，被列入全国文学年度排行榜。这个榜单全国各地的报纸都刊登过，多位有影响的评论家撰文评介过这部作品，这也是过往的事儿了。据说曾国藩的奏折里称“臣屡战屡败”，一位师爷给他改成“臣屡败屡战”。我连屡败屡战都谈不上。后来写了部长篇小说《离骚》，在《花城》发表后被《中华文学选刊》选载过。我做过出版，知道这种图书发行量不大，经济效益也谈不上。我写得不多，一是生活所迫，写作不是我的职业，是业余，编辑才是职业；二是我不太将就，只按自己的意图写东西。当然也是创作力有限。人到中年后，就没有左冲右突的锐气了。近期在《花城》发表的非虚构《一个中国人在中国》，写了六年，一直想写的一个东西。在珠海这片土地上活着，近年不断地回乡，蓦然回首，发现从湘西山村走到今天，个人生存细节也可见证国家社会发展。《花城》只选载了很少的一部分，居然被列入《收获》年度排行榜，有些意外。我每写点东西，虽然不获什么大奖，但总还能受到鼓励。算起来，基本上十年冒个泡。我的经验是：写吧，不写，泡都冒不出一个来。

珠海这一百多年来，有很多值得写的东西，是题材的富矿。澳门有四百多年中西交汇的历史。珠海处于“一国两制”交汇点。把相关的东西挖掘一下，可能文学独特性、创新性也随之显现。文学越来越边缘化，形成影响越来越难。写作者可能不要有太高的期望。当然，我和我的同龄写作者一直愿意尽绵薄之力支持年轻作者写作，并希望珠海人的作品产生全国性影响，走向经典，走进经典。希望，但不敢奢望。

佛山

佛山：粤味的根系与柔软的佛系

王威廉　陈培浩

陈培浩：我先谈谈对佛山的印象。佛山是一个非常低调的城市，这座城市在2019年已经成为中国第三个生产总值超万亿的地级市，佛山在经济体量上一直是广东第三大城市。但这座以佛为名的城市似乎也比较“佛系”，比较低调。就城市形象来说，佛山可能不如东莞具有标签效应。佛山地理上很大的优势就是毗邻广州，广佛同城大概是从十年前就开始的城市发展战略。广州地铁直通佛山，从佛山南海区到广州的距离其实并不比花都、从化到广州中心城区更远，广州的房地产发展也自然溢价到佛山。跟广州地理上的接近，既给佛山带来便利，可能也使佛山在城市形象上处在广州的阴影之下。就城市内部发展来说，佛山不是那种以一极为中心、等级秩序分明的前现代城市。佛山内部有多个中心，佛山的中心城区禅城自然是很有底蕴的一个中心；毗邻广州的南海区也是一个中心，南海的金融高新区和千灯湖地区是高科技企业集聚又十分宜居的区域；佛山更为人所熟知的地区可能还是顺德，粤菜的起源就在顺德。现在佛山又在靠近广州南站的区域打造新一极——佛山新城。因此，从均衡性上说，佛山非常符合一座融合高科技和人文性的多中心未来之城的标准。

庞大的城市往往是资源的聚集地，也是标准的制订者，但它对平民、青年、底层等弱势人群的不友好性往往更加突出。反而是佛山这类兼得了现代性、科技性和人文性的城市可能会成为未来理想城市的样板。

王威廉：佛山文化在广东来说，是非常富厚的，是粤剧的发源地，有著名的舞狮传统，还有南国陶都的赞誉，等等。佛山自古以来不仅经济发达，商业繁荣，而且文教也很鼎盛，据统计，自唐代至清光绪三十年（1905年废除科举），佛山有文进士786人，武进士98人，举人近4000人。其中文状元有5人之多。因此可以说，佛山一直是岭南文化的核心区域，正是从这个意义上来理解“广佛同城”，才能体会出这种“同城”所意味着的重要性。岭南文化如果要在今天的文化体系中焕发出新的特质，佛山是不容忽视的重要存在。今天我们谈论大湾区，那么佛山跟广州一道，提供的是一种文化的创造，从而构建一种文化的地方品格。如果没有这点，湾区便不能产生深刻的文化认同，也不会产生更加有机的、整体的活力。就珠三角来说，佛山作为历史文化名城的知名度应该是仅次于广州的，因为影视作品中的佛山形象特别多，甚至可以说，大众对佛山的一般性印象大多都来自香港的功夫电影，比如黄飞鸿、叶问系列电影。这股浪潮的源头自然可以追溯到祖籍是佛山顺德的李小龙。佛山形象带动了佛山旅游，但是，这种影视塑造的形象也会变成某种符号，遮蔽城市的多元性。这是契机也是阻碍。

陈培浩：佛山文化有三个让我印象深刻的点：一是顺德菜所代表的粤菜文化；二是黄飞鸿、叶问所代表的武术文化；三是康有为所代表的近代改良思想文化。很多人知道“食在广州，厨出凤城”，这里的“凤城”就是顺德，也就是说，广州美食是佛山顺德的厨师烹饪出来的。很多人对粤菜的特点无法说出个所以然来，但对广州早茶所代表的那种市民文化的悠闲特征印象深刻。广州早茶并不仅仅就是喝茶，它的茶还连着各式精美的小吃餐点，从早餐吃到午餐。所以粤式早茶的概念其实大于茶，也大于餐，它是一种商业文化和市民文化相融合之后的日常生活方式。为什么广州作为一座特大型城市依然给人一种亲民的气息，跟这座城市融进骨髓里的市民生活观是有关系的，而这种生活观其实来自佛山。我对这种生活观有一个概括，叫作“味大于神”。顺德师傅穷尽舌尖美味的那种想象力和探索精神，正是这种日常生活观在支撑着。所以，不管是广州还是佛山，其城市文化气息是市民的、世俗的、及物的、欢乐的，这里对高蹈的形而上思索相对淡然。这种城市文化性格从明清以降就是如此了，近代以来国际文化格局大变，广州是最早通关的城市之一，毗邻广州的佛山也产生了晚清政治改良思想的代表人物康有为。

王威廉：你说的我很认同，前两点我在前面也提到了，粤菜便是生活文化，而武术在我这里则是放置在影视形象的框架内，武术不是一种生活文化，不是生活的必需，又不能完全作为表演文化，因此，武术作为一个传统文化元素，要落实到现实层面，今天有它的困境。反而是影视文化能够继续解放武术的潜能。在这里，我想重点谈谈康有为。我觉得我们对康有为的研究是不够的，或者说角度是不够的，我期待着那种能够还原历史语境的研究。我们都知道戊戌变法，以及康有为所提倡的“君主立宪”，但他论述的细节我们未必深入思考过。比如他说：“民之立君者，以为己之保卫者也。盖又如两人有相交之事，而另觅一人以作中保也。故凡民皆臣，而一命之士以上，皆可统称为君。”这种阐述令人耳目一新，君也并非传统的无上皇权，而人与人之间是一种被某种象征性权力见证的契约关系。他还极为重视教育，创办万木草堂，以“激励气节，发扬精神，广求智慧”为教育宗旨。他在书法上的造诣也是不能忽视的，他提出了书法“十美”：“一曰魄力雄强，二曰气象浑穆，三曰笔法跳越，四曰点画峻厚，五曰意态奇逸，六曰精神飞动，七曰兴趣酣足，八曰骨法洞达，九曰结构天成，十曰血肉丰美。”当然，他还有着岭南文化中对于商业的敏感，有人戏称他是一个真正的炒房高手，在经济上做到绝对自立。他和孙中山尽管是死对头，一个保皇，一个革命，但在各自的立场上，他们都有自己的不容忽视的音色，代表了广东这片地域对于中国近代历史的重要贡献。如今，我们把他们放置在同一个大背景一起思考的时候，就更能跨越历史的局限性，找到其中鲜活而深刻的东西。

陈培浩： 诚然，理解一座城市，不能只看到它的现在，它的此时此刻；还要理解它的历史，它如何从历史之河中顺流而下；也要理解它内在的深度和宽度。康有为对于佛山文化来说，便不是浮在水面，不是典型的，而更像是一个变体。传统佛山文化本身是产生不了康有为思想里的“乌托邦”元素的。只有在近代民族危机和思想革命的浪潮中，才会孕育出康梁，但康有为改良思想的底部，我隐约觉得跟岭南文化特别是佛山文化也有关系。从一个文化代表身上去辨认近代文化的裂变和新生，这是很有意思的话题。

我们不妨把目光放到当下，谈谈当代以至当下的佛山文学。九十年代佛山有一张文学名片，那就是《佛山文艺》，当年在面向打工群体推广通俗文学方面做出的成绩相当令人瞩目。这是当年文学纸媒市场化的一个成功范例，《佛山文艺》的调性跟佛山的务实气质也是非常相近的。但后来纸媒衰落，《佛山文艺》的市场之路遇到了一些困难，再后来《佛山文艺》也转型做纯文学，于是和所有地方纯文学杂志遭逢着共同的难题。

佛山作家近些年比较活跃的包括写小说的盛慧、彤子，写诗的张况、安石榴，写儿童文学的洪永争、亚明，这些作家的影响力已经不同程度冲出了广东。盛慧来自江苏，小说在《人民文学》《花城》《十月》《上海文学》《山花》等重要刊物都发过，短篇小说还曾入围华语文学传媒大奖。盛慧早年的作品带有很浓的江苏才子味，短篇小说《水缸里的月亮》写一个母亲在生存与死亡之间的绝望挣扎，显然受到先锋小说很大的影响，语言很有想象力，也有诗性特征。近年盛慧颇有声势的作品《闯广东》

是一部务实之作。务实非常符合佛山的城市性格，小说处理的也是一个非常具有现实性、热火朝天的重大现实题材，语言和叙事也是现实化的。这也是盛慧融入佛山的文学体现。从江南融入佛山，它在文学上产生的复杂效应需要更全面的评估。

在我看来，佛山作家作为个体当然有很多相当优秀的代表，但作为一个城市，其文学活动所形成的辨析度似乎跟这座城市的经济体量还不匹配。近年来当然也有华语传媒文学奖永久落户顺德这样的大事，一年一度的华语文学文学周和佛山自主创办的佛山文学周，还有广东省有为文学奖等多个奖项也都由佛山的不同区镇承办，这都是佛山为广东文学作出的贡献。佛山经济体量庞大，又有独特而悠久的民间文化，其经济文化在粤港澳大湾区中当然享有一席之地，但在大湾区文学视野下看佛山，可能要思考的依然是其自身的定位和辨析度问题。佛山不仅是一座对味觉有极致追求的城市，它还是一座有"佛"之城。佛山文学，如果挖掘出这个象征意义上的"佛"，可能会有新的气象。

王威廉：你提到的这些作家都很优秀，他们的作品已经很有个人的辨识度。但如你所说，能否将个人与佛山这座城市融合起来，焕发出一种更大的气象，是他们接下来要思考的。把佛山的文化转化成文学上的优势资源，并不容易，可一旦有能力去融合并创新，那一定会是惊人的闪电。其实还有一位重要的作家不得不提，那就是吴趼人。他虽出生在北京，却在佛山度过青少年时代，自称"我佛山人"，并以此为笔名，写了大量的小说、寓言和杂文，被文学史称为近代"谴责小说"的代表作家。他的《二十年目睹之怪现状》在中国几乎无人不知，无人不晓。"我佛山人"这个笔名中有着多么强烈的自豪感。《二十年目睹之怪现状》是一部描摹中国现实复杂性的经典，依然对今天的写作具有巨大的启发性。你说佛山文学要挖掘象征意义上的"佛"，确实很有意思。佛山原名"季华乡"，传说后来在唐贞观二年（628 年），人们发现一道山坡上夜晚有金光射出，挖掘后得到了三尊小铜佛，人们十分惊喜，便在山岗上修建佛寺，成为塔坡寺，"季华乡"也重新命名为"佛山"。现在多认为这佛像是南北朝时期的高僧昙摩耶舍带来的，昙摩耶舍是佛教自南海的海上丝绸之路跋涉来到中国的重要高僧。在这里，我又要提康有为了，提他的一部书——《大同书》。这是康有为的一部非常重要的书稿，1884 年开始写，成于 1901 至 1902 年，1913 年在《不忍杂志》上发表两卷，1935 年由中华书局出版十卷本。他利用今文经学的公羊三世说和《礼记·礼运》中的大同思想，又吸取了欧洲空想社会主义、资产阶级民主主义和达尔文进化论，指出当时的中国处于"据乱世"，必须向已进入"升平世"的欧美资本主义国家看齐，然后才能进入"太平世"，即"大同世界"。他非常具体地描写了"大同之世，天下为公，无有阶级，一切平等”的人类社会远景，主张用改良渐进的方法去实现这种社会理想，“去九界”以达人类“大同”。我的意思是，从昙摩耶舍到康有为，从佛教的普度众生到人类大同的高贵理想，佛山所孕育的文化气魄是极为博大的，是有着终极性追问的，这样的追问是文学作品的根本灵魂。

在岭南的乡愁中写出融合性与当代性

——关于佛山文学的对话

盛 慧 李伯瑞

李伯瑞：盛老师好，很高兴有机会和您谈谈佛山文学。这次的对话主要是关于佛山文学的过去，现在和未来。我们知道，了解过去才能更好地把握现在和展望未来，所以想先请你谈一下你对佛山文学过去发展的感受。

盛 慧：我不是做文学评论的，平时对这个问题其实没有太多深入的思考，谈一点在场者的直观的感受吧。我是2004年底来的佛山，先在《佛山文艺》任编辑，后来调入佛山市艺术创作院担任专业作家。来佛山之前，我对佛山文学的发展状况不是特别了解，来佛山后，才慢慢开始接触。2019年，佛山市文联出版了《春江水暖——佛山文艺40年作品选粹》，这套书对佛山文艺的成果进行了系统梳理，也让我有了相对深入的认识。

应该说，佛山文学老一辈作家阵容比较强，以佛山籍人士占绝大多数，直至改革开放后（尤其是二十一世纪以来），才有大量外地年轻人加入。其中创作业绩比较突出的（据不完全统计）有：任流、王影、安文江、郑启谦、韩英、邓文初、吴国霖、何百源、周铁株、郑时增、林振勇、谭世荣、彭乐田、陈春陆、陆镇康、植伟森、黄爱卿、冯植、陈雄昌、关苍元、孔宪雅、李剑魂等等。其中王影被誉为“大陆的金庸”，他以“戊戟”的笔名出版了长篇武侠小说三十多部，其影响及于华南地区及广东各地，其余的多以华南特色及乡土书写为主。而郑启谦、彭乐田、黄爱卿、李剑魂等则以诗歌创作为主，郑启谦、彭乐田等有“水乡诗人”之誉，是新时期珠三角“水乡诗歌”写作的重要代表。安文江以杂文著称，以其角度独特、观念超前、语言辛辣而产生广泛的社会影响，获得“文雄无软骨，江大有涛声”的赞誉。除了杂文之外，他的小说也可圈可点，特别注重人物的塑造，注重对现实的批判，是一位有胆识、有风骨的好作家。何百源被《中国林业》杂志称为“从大森林走出来的作家”。他的14篇作品被选入大小中学教材或编进教辅书籍，多篇作品被译介到美国、加拿大等国，更难能可贵的是他至今笔耕不辍，佳作连连。吴国霖不但专注于乡土题材的挖掘，并且大力提倡工业题材的创作，并且在这方面身体力行做出了表率。此外，陆镇康擅长书写改革开放进程中乡镇企业蓬勃发展的故事，那扑面而来的生活气息与时代气息，有一种特别的感染力。由于缺少文学评论人才，佛山对这一批老作家没有进行过系统地梳理，所以，我只能说一些个人的印象。

李伯瑞：说到戊戟，勾起了我小时候的记忆。记得我读小学的时候，邻居家有一个外出打工的同辈哥哥，比我大十几岁。他买了很多《佛山文艺》，我就经常去借来看。那时的《佛山文艺》封面都是一些时髦的美女，前面多数是与打工一族相关的小说，最后面就是戊戟的武侠小说连载。我就是在这些旧期刊上接触到了戊戟的武侠小说，断断续续看过《黑鹰传奇》《奇侠传奇》《神州传奇》等等。他还有一套完整的《武林传奇》，也被我借来看完了。那时候我还没看过金庸和古龙的小说，就觉得这个作家写的小说真是太吸引人了，里面的奇特想象和武功招式让我大开眼界。当时我想，这个人太厉害了，这么多的故事他是怎么想出来的呢？想不到，十几年后，我从大学毕业，竟然就进了戊戟退休前工作的单位——佛山市文艺创作研究室，成了他的同事，虽然他早已退休，我与他没有真正共事过。还有何百源老师，他是我认识的第一位佛山作家。我进入佛山市文艺创作研究室的时候，他也已经退休，但是被单位返聘回来，负责《佛山文化报》的编辑工作。我与他刚好在同一间办公室。他是一个工作非常认真的人，每件事都要做到尽善尽美，还写得一手漂亮的硬笔字，每张手稿都堪称书法作品。后来我读了他一些小说，才知道他是个作品这么丰富的作家。他一篇名为《人粥》的小小说给我的印象特别深刻。他从一件平常的小事写起，中间突然插入一个令人惊心动魄的故事，最后加上一个简短的结尾，余韵悠长。我相信任何一个人读过这篇小说之后都永远忘不了。这大概就是文学的魅力吧——从平常的生活中撷取动人的部分，通过艺术的处理给人心灵的震撼。我后来了解到，戊戟和何百源都曾是《佛山文艺》的编辑，戊戟是退休前一年才开始武侠小说创作，最开始就是在《佛山文艺》上连载，后来居然能取得这么大的成就，真是让人佩服。话说回来，《佛山文艺》在二十世纪九十年代真是风光无限啊，连我这个身在广西偏远小镇的小学生都有机会接触到，可见其热销的程度。

盛　慧：是啊，除了作家个人的创作之外，发表平台也是很重要的，《佛山文艺》就是这样一个重要的平台，杂志创刊于1972年，被评为“全国百佳重点期刊”的同时，亦被称为文学期刊界的“另类”；曾作为全国唯一一家文学期刊入选“2007年中国文化品牌”，并连续五届荣获广东省优秀期刊奖；最辉煌的时期，月发行量高达100万册。

文学的发展与媒介休戚相关，在二十世纪，文学的发表主要是靠纸媒，容量十分有限。进入二十一世纪以来，互联网的普及使文学的传播方式发生了质的变化，互联网无穷无尽的空间，成为文学成长的沃土，和其他城市一样，佛山的文学创作也呈现出繁荣的局面，不管是数量还是质量都有了长足的发展。

李伯瑞：我也有这样的感觉，在互联网普及以前，写作的人只能通过有限的几本期刊发表作品，如果不是写得特别好或名气大，普通人想要发表一个作品是很难的。现在只要你有才华，能坚持写下去，有很多渠道能把作品传播出去。比起以前，现在“怀才不遇”的概率小得多了。如果一个人经常把“怀才不遇”挂在嘴边，只能说他“怀”的并不是真正的“才”。有人说，现在是写作人最好的时代，我觉得有一定的道理。由于发表渠道的多样化，佛山这十几年的文学，应该说是朝着更多元、更包容、更开放的方向发展，涌现了一批非常活跃的创作力量。作为佛山文学创作的中坚力量之一，你对目前佛山文学的总体状况是怎么评价的？

盛　慧：在诗歌创作方面比较突出的有张况、陈陟云、包悦、曾馨兰、高世现、朱佳发、郭杰广、冷先桥、李桥航、李剑平、来去、汪海林等，小说创作方面比较突出的有盛慧、彤子、李东文、周崇贤、刘凤阳、茨平、西北狼、史鑫、陈映霞、朱超、朱文彬等，散文方面比较突出的赵芳芳、关宏、孔令建、王海军、陈照田、梁德荣、罗捷媚、文竹等，儿童文学方面比较突出的有廖雪林、洪永争、亚明、晓雷、曹晖等，文学评论方面比较突出的有陈宪年、巫小黎、姚朝文、朱郁文等，报告文学方面比较突出的有吴彪华、吕啸天、荀文彬等，戏剧方面比较突出的有尹洪波、廖维康、林靖、苏隽等。

张况是现任佛山市作家协会主席，他的中华史诗以体量巨大、气势磅礴享有盛誉，目前已经出版长诗《大秦帝国史诗》《大汉帝国史诗》《大隋帝国史诗》《三国史诗》《大晋帝国史诗》《大唐帝国史诗》。值得一提的是，史诗的创作为他积累了丰富的素材，近年来，他开始了长篇小说的创作，已经创作了《赵佗归汉》（三卷本），长达180万字。陈陟云的诗歌广阔、真诚、睿智、绚烂，继承了北大优秀的诗歌传统，充满了生命的哲思。包悦被称为“警察诗人”，近年来，创作呈喷涌之势。彤子是为数不多的佛山本土作家，她在小说与散文创作方面均有建树，她对这片土地的感情比其他作家天然更具浓度，地域特色鲜明。除了粤味浓郁的小说之外，她还有另一个创作富矿——建筑行业，她的《南方建筑词条》《建筑工地上的女工们》等作品就聚焦建筑工地上的底层工人，为无声者发声。李东文是一个低调的写作者，但他的写作非常扎实，擅长书写当下都市人的日常生活，有着浓郁的生活气息。周崇贤曾是打工文学的领军人物，近年来，笔耕不辍，几乎每年都能出版一部长篇小说。赵芳芳的散文文辞雅洁，韵味悠长，关宏的散文，绵密深沉、朴实有致，孔令建的散文文采斐然，对本土文化的发掘颇见功力……限于篇幅，我就不再一一列举了。

李伯瑞：听你这么一列举，我也感受到佛山文学确实是生机勃勃，百花齐放，不过我感觉，佛山似乎缺少有全国影响的文学作品和作家，也没有在商业上特别成功的畅销书。你觉得佛山的作家要想产生全国的影响力，应该往哪些方面努力呢？

盛　慧：总体来看，新中国成立以来，佛山的文学创作成果是丰硕的，佛山作家的队伍也比较齐整的，美中不足的是至今没有产生在全国具有影响力的现象级作品。我个人觉得，未来的创作应该在三个方面用力。第一方面是对题材的选择，目前来说，佛山作家创作题材的切入还比较小，几乎没有宏大题材，建议大家要有啃硬骨头的意识，敢于创作大作品。第二方面是对艺术性的追求，一定要在艺术性上下功夫，找准自己的定位，形成鲜明的个人风格。第三方面，加大文学交流，在交流的过程中不断更新文学的观念。

李伯瑞：是啊，现在虽然说给写作者提供的渠道多了，但是写作群体的数量也更庞大了，要在如此庞大的作者群中脱颖而出，确实也不是一件容易的事。这就相当于，在人少的地方，你大喊一声，很多人都会听到，但是在一个众声喧哗的地方，你的喊声就被淹没了，除非你发出的声音足够独特。你指出的这三个方面我非常认同。一个作家为了尽快写出作品，或者为了能尽快发表，很自然会倾向于写自己熟悉的，多数是自己身边的题材，而对需要花大功夫去做准备工作，要花几年甚至十几年时间去写作的题材不敢去碰。但是我觉得现在我们缺乏的就是像《白鹿原》这种有厚重的历史感，有宏大的社会背景，时间跨度大的“史诗级”作品。比如说，佛山身处中国改革开放前沿阵地，在40年的经济发展历程中，佛山的本土文化经历了怎样地嬗变？在这样的发展中人们失去了什么？又得到了什么？佛山美的、碧桂园这些影响巨大的集团企业异军突起，背后的秘密武器是什么？跟本土的传统文化有多大的联系？我特别希望有一部反映这段波澜壮阔历史的长篇小说。

文学的交流也是非常重要的，不与外面的文学界交流，作家很容易满足现状，或者不知道该往何处去。近几年由你主持的“佛山文学周”已经举办了三届了，这个活动应该主要也是出于加强佛山文学与外界交流的目的吧。说到佛山文学周，我想到上一届佛山文学周的主题是关于儿童文学的。目前佛山的儿童文学创作很活跃，有不少作品在全国获奖。你觉得出现这股创作热潮的背景和原因是什么？佛山儿童文学创作的前景如何？

盛　慧：儿童文学创作的异军崛起，确实是佛山文学近年来发展的一个重要亮点。其中，最引人瞩目的是洪永争凭借作品《摇啊摇，疍家船》获得“第二届青铜葵花儿童文学奖”最高奖。主办方颁奖词：“作者用质朴的白描手法描写疍家人没有色彩的生活，他们卑微、贫穷、历经磨难，但又善良、勤劳，充满人性光辉。作品力透纸背，深接地气，读来让人落泪，在看似‘其貌不扬’的外表下蕴含着朴实厚重的力量。这可能是第一部深刻周密地描写广东疍家渔民的小说，作者有着深厚的生活积淀与宏阔的美学视野。”我看完了这部小说，我觉得，这确实是一部优秀的作品，一部真诚的作品。一个写作者，要为自己的写作找到一个支点，洪永争找到了。洪永争的创作非常勤奋，在出版《摇啊摇，疍家船》之后，又创作了长篇小说《船儿归》《浮家》和长篇散文《水岸之间》，对疍家这一题材进行更加深入的开掘。

据我了解，新世纪以前，佛山从事儿童文学创作的作家并不多，廖雪林是一枝独秀。她的作品想象奇特，诗性飞扬，《面包仙子》获“新世纪优秀儿童文学征文奖”，长篇童话《一只翅膀的多罗多》获“广东省第六届优秀儿童文学奖”，《调皮的天蓝蜻蜓》获广东省首届优秀青年文学奖。其中，《面包仙子》还被改编成音乐剧搬上了舞台。

除了廖雪林和洪永争外，亚明的中篇小说《羊儿在云朵里跑》获得首届“接力杯曹文轩儿童小说奖”铜奖，晓雷一直从事寓言创作，他的《千里牛》获得了第十一届“乾有杯”金江寓言文学大奖赛冠军，曹晖也出版了多部儿童文学作品。

佛山之所以能涌起儿童文学创作的热潮，一方面是儿童图书市场的兴起，需要大量原创的儿童文学作品，另一方面是作家找准了自己的创作定位。我相信，未来，佛山还会有更多优秀的儿童文学作品涌现出来。

李伯瑞：洪永争的《摇啊摇，疍家船》能获得“第二届青铜葵花儿童文学奖”最高奖确实是一个惊喜。据我所知，洪永争的正式职业是小学老师，写作只是业余行为，却能创作那么多的好作品，确实难能可贵。我觉得儿童文学的兴盛是跟图书市场的需求联系在一起的。毕竟现在还能捧着一本文学作品认真阅读的成年人越来越少了，而还没有成长为“低头一族”的儿童，是文学最大的受众。他们也需要有不断产生的，优秀的文学作品来“喂养”。童年读的文学作品将塑造他们一生的文学品位。作为两个孩子的父亲，我也很期望佛山能涌现更多优秀的儿童文学作家和作品。

接下来，聊一下你自己的创作吧。你的长篇小说《闯广东》获得了很大的成功，被认为是近几年广东文学的重要收获。根据该小说改编的同名广播剧还获得了广东省的“五个一工程”奖，目前正在拍摄同名电视连续剧。反映改革开放的文学作品很多，你认为《闯广东》主要靠什么脱颖而出？它跟之前的打工文学有什么联系和不同之处？

盛　慧：每一个作品都有自己的命运，作家本人其实是难以掌控的。说实话，《闯广东》的成功，其实是出乎我的意料的。我已经创作了近五百万字的作品，其中，《闯广东》获得的关注是最多的，有人说，这是我的代表作，我想，这个话说得早了一点，我相信自己还能写出更好的作品。

《闯广东》为什么可以脱颖而出呢？我也一直在琢磨这个问题，我觉得，最主要的一点是，时代精神与艺术表达。

法国著名学者佩雷菲特有过一个著名的论断：“精神创造经济奇迹。”他认为，一种充满活力和创新的精神，在创造经济奇迹方面，比资本、劳动、技术、制度所有这些因素，都起着更为本质的作用。如果具备这种精神，在各种条件下都可以创造经济奇迹，否则，哪怕其他的要素都具备，也只能是一个欠发达的社会。《闯广东》主人公谢闯身上的那种精神，正是推动中国不断发展的时代精神。因此，《十月》杂志在刊发这部作品时写道：“作品以主人公谢闯的奋斗和跌宕起伏的生活磨砺为线索，在个人沉浮中，折射出重大转型时期国家和民族的一个侧影。”《人民日报》在推荐这部作品时指出：“谢闯的身上折射了一代奋斗者的热血、青春与梦想。”

当然，文学不是空洞的说教，小说家最重要的职责是创造形象，雕刻心灵。小说家要善于发现那些平凡而又高贵的心灵，让他们在绝境中淬火，爆发出令人震撼的火花。要想做到这一点，就需要小说家使出浑身的解数，对这种时代精神进行艺术化的表达。很多人读完小说，都说自己身上有谢闯的影子，我想，就是因为这个人物是时代精神的化身。

一个优秀的写作者，应该有两种目光，一种是从下而上的，一种是从上而下的，换句话说，一方面要看到个体身上的喜怒哀乐，另一方面，要从整个时代的高度来审视这些喜怒哀乐。《闯广东》与其他打工文学作品的不同之处，可能就在这里。关于这一点，谢有顺老师曾有过过精彩的表述，他说：“《闯广东》是个标志性的作品，对于打工文学有新的意义。我们碰到这个群体的时候，就觉得他们是很可怜的，很悲惨的，或者永远是被损害的，好像就没有他的梦想，或者没有他梦想实现的那种可能，我觉得盛慧至少展露了或写出了这样一种可能，而且他是江南人，有江南人的细腻，那种对语言处理的精细，包括那种非常纯正的文学经验，使得艺术上也相当可观。”

李伯瑞：嗯，我觉得《闯广东》的成功是你厚积薄发的结果。你在创作这部小说之前，曾经在多个地方工作，担任过多种职位，认识了形形色色的人，这些经历都成了你写作的财富，而且你是一个特别擅长思考的人，擅于“创造性转化”，所以在《闯广东》里面，除了有个人的喜怒哀乐，也反映了一个时代的风云变幻，显得非常厚重。而像谢有顺老师说的那样，你的文笔非常细腻，同样一件事，别人写出来可能很乏味，但是你写出来就妙趣横生。这种细腻的风格在你的新散文集《外婆家》里也充分显示出来。这本书最近由人民文学出版社出版，有很多文学名家热情推荐，给予了高度评价，对这部作品的创作，你有什么样的体悟？

盛　慧：我其实是一个文体的流浪汉，诗歌、散文、小说，乃至评论均有涉猎，但对我来说，散文的写作仍是最愉悦的事情。

都说文无定法，但在“法”之外，还有一样更重要的东西，那就是“气”。我特别认同两句话，一句是“文者气之所形”，另一句是“气盛则神出”。那么，气来自何处？气如何才能盛呢？我觉得归根到底还是情感，情感浓烈到一定程度，气自然就会变盛，写作的过程，就如同火传于薪，轻易而自然，一发而不可收。

在写作的初期，靠的是才华，但时间一久，才华就不再是最重要的东西了。随着年岁的增长，近年来，我的散文写作也发生了一些变化，我以往追求的是浓烈的效果，如国画中的积墨法，沉郁斑驳，而如今，我追求的是分寸感，追求的是清雅，类似于空灵的水墨画。但不管怎样转变，诗性的语言和丰饶的细节始终是我不变的追求。我把写作当成句子的手艺，在写作的过程中，聆听着语言撞击的清脆美妙声音，我会反复修改，像揉面一样，将语言揉出劲道。细节是散文中的气孔，它是会呼吸的，独特的、有意味的细节，永远具有直抵人心的力量。

《外婆家》是我的一本散文精选集，书虽然不厚，但创作的跨度有二十年之久，邱华栋、程永新、谢有顺、聂震宁四位老师高度评价了这部作品，这让我非常感动。其中，谢有顺老师在推荐这本书的时候表示：“盛慧对世界怀揣着巨大的善意，珍视生命中的微光，他的写作真诚、舒展、优美、文字细腻，情怀广大，他的写作，正在努力拓展散文的疆域，并对汉语的沉静与绚烂有着自己独特的体悟。”我觉得他说得非常到位，当然，并不是说我已经到达了这样的境界，而是正在往这个方向努力。

李伯瑞：你用揉面来比喻修改句子，使我一下子想到了现在人们经常提的“工匠精神”。其实写作和做面食一样，都是一种手艺，下的功夫越深就做得越好。你用这种千锤百炼的精神来对待每一个句子，难怪你的作品有如此动人的力量。

我还了解到，你最近在创作一部反映独居老人生存状况的长篇小说《风叩门环》。请你谈一下与你之前的作品相比，这部小说在思想性和手法上有哪些突破？

盛　慧：我之所以写这样一部作品，是因为大家对这个问题的关注不够，一方面，书写这类题材的数量比较少，另一个方面，很多作品还只是停留在社会学意义上，文学性严重不足。我希望自己能有所突破。在创作完《闯广东》之后，我就开始构思这个作品了。

奥兹曾说：“人类艺术的基本核心是一致的，就是孤独、爱、希望和欲望。”这也是我这部作品的主题。我试图以一个村庄为样本，以深情细腻的笔触，生动地展现老年人被遮蔽的生活，展现他们敏感而又丰富的内心。我希望这个作品能唤醒大家对渐行渐远的故乡和亲人的深情追忆。

当然，这对我来说并不是一件容易的事，因为老年人的内心其实是很难把握的，如果把握得不准确，作品就会失真，艺术品质就会大打折扣。这对我是个挑战。为此，我阅读了大量的书籍，看了大量的电影，做了大量的笔记。这样的准备，让我们的写作进展得非常顺畅，我在人物身上发现了许多许多的独一无二的特质，这种独特性，将使人物更有辨识度，使作品更有陌生感。

小说的写作进行得很慢，我想尽量做到“真力弥满”，让每一个句子，都能够自由地呼吸。在小说写作的过程中，我主要追求两样东西，一样是轻逸，一样是丰饶。因为这个题材本身是比较沉重的，我决定反其道而行，在人物的设置、事件的选择上尽量采取一种比较轻盈的方式，而不是堆砌苦难。至于丰饶，主要是在语言和细节的处理上，语言的苍白、语言的平庸已经成为我们这个时代最突出的问题，一个有追求的作家，要尽力反抗这样的语言。我很认同卡尔维诺的一句话，他说：“文学，也许只有文学，才能帮助人们产生防止语言瘟疫传播的抗体。”所以，在准确表达的同时，我尽可能地让语言丰饶、灵动，此外，还增加了吴语中特别生动的一些方言，尽我所能，让作品飞扬起来。

李伯瑞：看得出你对这部作品倾注了很多的心力，我非常期待。你选的这个题材也非常独特。现在多数作家都是把注意力集中在年轻人身上，关注老年人的作品确实太少了。而根据国家统计局 2019 年 8 月 22 日发布的新中国成立 70 周年经济社会发展成就系列报告，随着老年型年龄结构初步形成，中国开始步入老龄化社会。随着人口老龄化的加速，我相信老年人的生存状态和精神世界等问题会受到越来越多人的关注，你这部作品写得正当其时。

最后，想请教你一个我这几年一直关注和思考的问题。当前，地方政府很提倡本土题材的文艺创作。在文学方面，现在以本土题材创作的散文倒是有不少优秀作品，例如你写的《岭南的乡愁——佛山古村落》从历史、人文、自然等角度对佛山的古村落进行了全景式的描绘，就引起了很大的关注，关宏、彤子、赵芳芳等作家也一直都有从事本土题材散文的写作。但是，本土题材的长篇小说好像很少有人写，也还没有产生什么有影响力的作品。你觉得本土题材对文学创作来说是枷锁还是助力？本土题材的文学创作应该如何进行？

盛　慧：地方政府提倡本土题材的文艺创作当然是无可厚非的，但是，效果并没有预料得那么好。为什么呢？我觉得，对于本土题材的概念，可能要扩充一下。岭南文化的特质是包容，二十一世纪以来，大量的“移民”作家在广东工作生活，形成了当下广东文学多元化的独特风貌，因此，我认为，所谓的岭南特色，应该有狭义和广义之分，狭义的岭南特色是本土作家对岭南历史文化的开掘，广义的岭南特色，则应该包括“移民”作家异乡经验的书写，作家将自身携带的地域文化与岭南文化进行融合，这是岭南特色当代性的重要体现，也是岭南特色未来的发展路径。

写作不是简单的产品定制，对于写作者来说，写作是极其个人化的事情，要想写出优秀的作品，必须写最熟悉的题材，只有这样的作品，才有丰富的生命体验，才会产生强大的情感冲击力，才能引发读者的强烈共鸣。一个作家最好的作品，或许与童年的经验有着隐秘的联系，这种联系不可言说，带着迷人的神秘色彩，它会弥漫于你的字里行间，让你的作品充盈着生命的元气。

惠州

惠州：如何理解苏东坡、核电站和巽寮湾

王威廉　陈培浩

陈培浩：谈惠州，有一个人不能绕过，那就是苏东坡。苏东坡之重要，不仅在于他的诗词文章才华盖世，更在于，他在中国人的精神世界中也占据了一席之地。李泽厚说苏轼在“太平盛世”，却一直憧憬着一种任侠居山、弃冠出世的生活。苏轼的诗词总是携带着某种禅意玄思，充满着人生偶然的感喟和随遇而安、遇境而当的豁达与乐观。可是，像朱熹、王船山等人就不喜欢苏轼，他们都感受到苏轼这一套对当时社会秩序具有潜在的破坏性。但每个人的一生其实都可能遭遇挫折，某种意义上，苏轼为遭遇困顿的人们提供了一个理想的人格方案。像苏轼这样在中国文化史上特别重要的人，可以给一个城市带来很大的文化启示。苏轼居留惠州四年，留下了160首诗词和几十篇散文，他在惠州推广教育、兴办书院，这些都让惠州人感念。清代诗人江逢辰的那句“一自坡公谪南海，天下不敢小惠州”流传甚广；但苏轼的那句“日啖荔枝三百颗，不辞长作岭南人”流传更广。苏轼给惠州留下了宝贵的文化遗产，但这份遗产绝不仅是文史层面上的。对于地方文史工作者而言，他们工作的方向可能是精心地考证苏轼在惠州的佚文、掌故等史料。但对当代作家而言，可能更重要的是从苏轼的身上去获得某种精神启示。这意味着，不能只把苏轼当“古人”，而要把他当“活人”，把他的人生当成正在行进中正沸腾翻滚的人生，这样他的人生选择才会跟今人构成碰撞，产生启示。而且很重要的是，要对这样的文化名人的精神价值进行现代阐释。苏轼作为一种文化遗产如果不能在作家自身的体悟中获得现代性的转化，它就不能产生真正的意义，那么苏轼就只是属于古代中国的苏轼，而不能是大湾区时代的苏轼。这个转化，既是难题，也为当代惠州作家提供了攻克难关的契机。

王威廉：确实，去惠州行走，一定要去看看小西湖，一块与杭州西湖近乎同样的风

景，被苏东坡在惠州的土地上复制和创造出来了。这里边其实有着非常有趣的东西，我们一般认为，风景应当是一种发现，一种因地制宜的改造，而将另一个地方的风景复制到本地，这不仅意味着非常庞大的工程，还意味着一种无法化解的审美情结，比如乡愁。但是，苏东坡的祖籍是河北，从小在四川长大，只是在杭州当过官罢了。但杭州的西湖风景，他却如此放不下。看来这段在杭州当官的经历非同小可。这便不只是地理的乡愁，而是文化的乡愁，是人的最为根本的精神依托。苏东坡刚到杭州便写了诗："我本无家更安往？故乡无此好湖山。"这让人不免想起他来岭南前写的诗："试问岭南应不好？却道，此心安处是吾乡。"诗句当中的心情对比是非常明显的，杭州有比故乡好的好湖山，有比故乡繁华的街市，这些都可以安慰那颗离开京城政治中心的失落的心。但是，岭南，惠州，分明是不好的，只是要让自己的心安，不再以外在的环境来影响自己，以心为家，一个移动的家，一个抽象的家。这时，再来读"日啖荔枝三百颗，不辞长作岭南人"，便别有一番风味，一个抽象的家，遭遇了甘甜的水果，让这个家园也不再抽象，变成身体内在的一部分。对苏东坡有了这样的理解，我们再来走走小西湖，小西湖便不仅仅是小西湖，不是眼前所见，而是心中所念。借助这个浩大的工程，他完成了一次巨大的精神过渡。这次过渡太重要了，等他再次被流放，到了中国大陆最南端的海南岛之际，他写下了："他年谁作舆地志，海南万里真吾乡。"也就是说，即便到了天涯海角，这个精神家园也能保持完整，而不再受到影响。我常常想，没有苏东坡，中国古典文化便失去三分之一的魅力，要是苏东坡没来岭南，那么，我想，苏东坡也不会是我们现在所仰慕的苏东坡。一直在杭州，他的生命是过于满足的，若是直接就到天涯海角，他的生命也许就此摧毁，是在岭南的停顿和驻足，让他的心灵得到了真正地飞跃式强健。我们从岭南的视角回望苏东坡的旅程，从中得到的启示，对今天的湾区文学地理一样有效。

陈培浩：谈惠州，也不能绕过大亚湾。从地理上说，大亚湾作为中国南海的重要海湾，位于广东省东部红海湾与大鹏湾之间，总面积有 650 平方公里。主要港湾有烟囱湾、巽寮港、范和港、澳头港、小桂湾、大鹏澳。湾中岛屿众多，西北部和中部有港口列岛、中央列岛，湾口有辣甲列岛和沱泞列岛。大亚湾是广东省沿海最优良的海湾之一，其中湾内以大鹏澳的自然条件最好，水深不淤，水产丰富，为中国水产资源繁殖保护区。同时，大亚湾也成为一个行政区域，1993 年 5 月国务院批准成立大亚湾经济技术开发区，是国家级经济技术开发区，面积为 9.98 平方公里，2006 年 3 月经国务院批准又扩充至 23.6 平方公里。我们知道地理对一个地区的文化影响巨大，古希腊的文化之所以繁荣，跟其地理环境关系很大。古希腊位于亚非欧接壤地带的西北部，包括希腊半岛、爱琴海诸岛屿、克里特岛以及小亚细亚西部沿海一带，东、南、西三面环海，海岸线很长，内陆离海最远只有 50 公里。作为亚非欧接壤区域，古希腊成了三大洲贸易和文化碰撞、交融的地区。当然，地理要对文化发挥作用还受到其他因素的影响。比如，这个地理区域在更大的范围内从属于怎样的文化制度和文明类型。按照一种相对粗放的划分，欧洲文明属于海洋文明，中华文明则属于陆地文明。换言之，海洋文明与欧洲近代以来的拓殖文化是互为表里的；而由于从属于曾经强大无比的黄土地文明，二十世纪以前中国广大的海岸线并没有为中华文明的走向提供太多的影响。但进入二十世纪，特别是进入二十世纪八十年代以后，海洋文明在中国全面现代化进程中发挥了远比土地文明更为巨大的影响。

王威廉：2014 年初冬，我有幸去过大亚湾，被眼前看到的一幕幕景色震撼。大亚湾核电站真可谓是“面朝大海，春暖花开”。电站的前边是蔚蓝色的大海，苍茫如幕，后边被山峦怀抱，山上树木郁郁葱葱，青翠欲滴。在路途上，我们还看到白色的大鸟隐身在树林中，有人认出来了，喊道：“那是白鹭！”杜甫的诗歌马上浮上心头：“两个黄鹂鸣翠柳，一行白鹭上青天。窗含西岭千秋雪，门泊东吴万里船。”虽然岭南炎热，四季无雪，但一栋栋白色的厂房就像是有积雪落在上边，因此，此诗意境与眼前景象完全吻合，仿佛大诗人专门来此而作。随行的电站工作人员小刘告诉我们，整个大亚湾核电站就像一座大园林，在这里，总可以看到一群一群的白鹭。白鹭是一种美丽的鸟类，其对自然环境是极其敏感和挑剔的，堪称生态环境的晴雨表。大亚湾核电站原址有一片草地，栖息着许多白鹭，核电站建成后，白鹭依然在那里繁衍生息。我从各种媒体、各种渠道皆得知核能是一种清洁干净的新能源，但如果不是置身此地，我无法想象它的清洁干净会到这样的程度：你完全感受不到它的存在。在核电使用方面，广东一直走在全国的最前列。目前，除了大亚湾核电站，还有岭澳、阳江、台山、陆丰以及规划中的揭阳、韶关、肇庆核电站。广东的核电比重达到全省总发电量的五分之一，超过世界平均水平，率先建成核电大省。我国的核电从无到有，从探索到成熟，走出了自己的发展道路。在这条道路上，大亚湾核电站由于率先使用外资以及国外的先进技术，并经过消化之后全部成为我国的自主技术，故而居于一个承上启下的十分重要的位置。而且大亚湾核电站成立之初的管理和运营都是打破当时计划经济常规的，为以后的核电站建设积累了经验。我想，这个时代的文学，不能对这样巨大的变化视而不见。在日本作家大江健三郎那里，“核”是他写作的一个重要主题，我们至少也得正视这个主题，思考它与我们这个时代的深度关联。

陈培浩：今天我们其实不是就惠州文学而谈惠州文学，而是置身于“湾区文学”的视野下谈惠州文学及其可能性。我们要谈论“湾区经济”的特征比较容易，比如所谓海洋特征、创新特征、聚集特征等等。那么当我们说“湾区文学”的特征时，它指什么？我想很重要的一点，它指向一种站在陆地向往大海，又从大海拥抱陆地的交融精神。湾区文学不是海洋文学，也不是乡土文学，而是梦想融合与自由的文学。某种意义上讲，世界的近现代史，就是一部大海的旅行史，一部将大海的自由和辽阔带到每一个人心中的历史。南方人向往北国的雪，西北人向往南方的海。威廉，我知道你作为一个西北人，对海有着非常特别的感情。这既跟你大学时代曾在珠海生活过两年有关，也跟大海这个符号在现代阐释中的意义相关。古代文人也咏叹过海，著名的如曹操的《观沧海》。在古人对海的认识水平下，他们通常将海想象成一个辽阔的终点，所谓“天涯海角”，所谓“四海之内”，都暗示着海是一个终点和边界。海是帝国边疆的沿线，是不可延伸的地方。古人可以想象的是“海内”，“海外”就很模糊了。通常会将“海上”与天上联系起来，海成为仙人居住的地方，所谓“忽闻海上有仙山，山在虚无缥缈间”。曹操对“海”的想象非常超拔，所谓“日月之行，若出其中；星汉灿烂，若出其里”，海成了时间和天地循环的一个起止点。这种想象归根结底是跟古人的地理知识相关联。海不能关联到地上的远方，就只能关联到星汉和日月。我们看到，在普希金的《致大海》中，大海成了自由的象征。这种想象可能跟背后的国际政治想象有关。诗中普希金写道：“在你的荒凉中，只有一件东西/也许还激动我的心灵。/一面峭壁，一座光荣的坟墓……/那里，种种伟大的回忆，已在寒冷的梦里沉没，/啊，是拿破仑熄灭在那里。”当普希金歌咏大海时，一种近代的国际版图已在脑海中。大海不再是终点，大海辽阔也好，惊险也罢，大海是联结外部世界的起点。说了海洋的想象，我们要说到“海湾”。海湾不是海洋，海湾是陆地向大海出发，大海向陆地回归的中间地带。“海湾”或者说“湾区”作为一个经济或文化概念成立，必然是以全球化作为一种潜在的价值。只有在全球化价值坐标中，“湾区”才是重要的联结，而不是某种终结或边缘。所以，我想“湾区文化”特征便应是多种文明的碰撞交融。可能有人又会说，这些跟惠州写作又有什么关系呢？在我看来，一个区域的写作者不仅要从地方的历史文化中获取写作资源，还应该从地方的地理中不断寻求某种概念性的启示。惠州的作家，如果能从“海湾”地理中获得启示，以更大的勇气和格局去书写文明的碰撞和融合，应该成果可期。如果一直站在陆地上进行“乡土”写作，就错过了这种新概念的召唤了。

王威廉：我出生在青海的海晏县，那里是金银滩草原，王洛宾的名歌《在那遥远的地方》就是在那里写成的。当我从那个“遥远的地方”来到海边的时候，我觉得特别亲切，因为大海和草原其实看上去是一样的性质：都是一个色调不断延展，无边无际，直至充溢你的视野。我去过惠州的旅游胜地巽寮湾两次，非常喜欢那里的三角洲岛。那是一个非常精微的小岛，但非常美，尤其是黄昏的时候，夕阳会照在蓝色的大海和金黄的沙滩上。登岛需要乘坐快艇，当快艇在海浪上快速启动的时候，你突然发现海水一点儿也不柔软，像是土地一般坚硬。若是风浪稍大，上岸之后，就会发现屁股都被颠痛了。理解了大海之后，便会发现，大海是极为神奇的，而湾区，则无疑可以将大海的神奇进行最大化地使用。在数学上来理解湾区的弧度，那便是一种充分接纳的状态。我们知道，两点之间，直线最短，我们在陆地上，不免寻求这样的最短距离。但是，在海与岸之间，我们追求的不是最短距离，而是最长的距离，因为最长的距离将不同的地域联系在了一起，反而变成了最短的距离。相对陆地来说，海是虚无，但我们航行其间，是在虚无上边任意连线。我们打开世界地图，可以看到，世界上最大的湾区其实就是地中海地区，亚欧非三个大陆都能在那漫长而弧形的海岸线上建构各种连线。而粤港澳大湾区，实际上是以珠江口为中心形成的弧度极大的海岸线。若不是深陷在大陆内部的珠江口，则这里的地理优势会受到极大的影响。无论如何，彻底地将多种文化融为一体，比如，如何在同一个艺术或文化的框架当中理解苏东坡、核电站和巽寮湾，是惠州给我们带来的思考。

“向内挖”与“往外走”

——关于惠州文学的对谈

徐 威 雪 弟

徐 威：雪弟老师您好，我们很久没有细致深入地聊聊惠州的文学了。今天刚好有这么个机会，也是挺难得的。2019年，《粤港澳大湾区发展规划纲要》印发。伴随着大湾区城市群建设，“大湾区文学”这一概念也随即应运而生。惠州作为大湾区的一员，在文学创作上呈现出什么样的特点，产生了哪些比较重要的作家作品，未来可能的突破路径在何处等都是我们今天需要着重探讨的问题。2009年初，您从江西东华理工大学调入到惠州学院工作，至今也有十余年了，而且，您和惠州的许多写作者都相当熟悉。据您这么些年的观察与思考，您觉得惠州文学的整体风貌如何？

雪 弟：如你所说，因各种机缘，我与惠州的很多写作者都比较熟悉。但说实话，这种熟悉多是印象式的，熟悉的广度和深度都不够。不过，由于十余年浸淫其中，我对惠州文学的整体风貌还算了解。如果用一句话来概括，那就是它具有浓郁的地域性特点。具体点说，就是惠州的地方元素非常突出，无论是惠州的自然环境还是人文环境，均在文学创作中被给予了充分的关注和表现。如陈雪以东征为主题的长篇历史小说创作，苗理洁、毛锦钦以惠州风物为主题的散文创作，王启鹏、周后运以惠州名人为主题的人物传记创作，李华生、白雪、刘明霞、邓仕勇以惠州改革开放为主题的报告文学创作等。若从文体上说，惠州文学成绩最大的，我认为是小小说、长篇小说和诗歌创作。小小说创作方面，涌现出了以申平为代表的小小说作家群，惠州还被授予“中国小小说创作基地”“中国小小说之乡”等称号；长篇小说创作方面，苏方桂的历史传奇小说，吴振尧的农村改革小说，张道华、肖荣凯、唐丽萍的刑侦小说，陈雪的革命历史小说，魏晓霞的家庭婚恋小说，曾志平的创业励志小说，钟逸仁、肖荣凯的官场小说等，均在国内或省内产生过一定的影响；诗歌创作方面，以阿樱、江湖海、仲诗文为代表的惠州诗歌群已声名鹊起，为人瞩目。

徐　威：惠州的小小说创作确实是惠州文学的一张闪亮名片。我刚到惠州求学时，也写过一段时间的小小说作品。从小小说入手进行文学练笔，是一个挺不错的方式；这与小小说的文体特点有很重要的关系。但小小说易写而难精，写的人很多，但写得好的少。在惠州的小小说创作中，申平一直扮演着领头羊的角色。数十年来，他创作了大量的小小说作品，取得了相当的成绩。2009年，他获得了小小说领域的最高奖——“金麻雀奖”。在您看来，他创作上最突出的特点是什么？

雪　弟：我在上面说，惠州的文学创作具有鲜明的地域化特征。但就申平来说，则是个例外。他创作上最大的特点，是对草原的书写，进一步说，是对草原上动物的书写，经由动物指向人和人类。如在《头羊》中，作品通过一只“忠于职守”“勇猛无比”的羊被瘸羊倌算计害死的故事，由羊及人，曲折表达了“头人”的悲剧性结局；又如在《恩仇记（三题）》中，作品通过武刚子与“花花”的两代恩怨情仇，对特殊年代背景下人类的荒唐行为——仇虎、杀虎进行了反思，进而传达出“人类必须与动物和谐相处，才能共生共荣”的生态和谐观，文章结尾“爷爷骑着大老虎回家”的想象，就是对未来这一生态和谐美好图景的描绘。

徐　威：其实，他也不算例外。地域对于写作者的影响是极其深远的。他是内蒙古人，源于记忆深处的草原肯定会伴随他一生。若从他老家的角度看，这也属于地域化写作嘛。刚才我说申平在惠州的小小说创作中一直扮演着“领头羊”的角色。他不仅自己写，还带领着一批小小说作家走出惠州，甚至在全国都产生了影响。这个名单可以列得很长，比如肖建国、海华、陈树龙、陈凤群、阿社、胡玲等。您如何看待这些人的创作？

雪　弟：应该说，他们的创作各有特色，都找到了适合自己的写作路径。如肖建国对单纯、明净的人物内心的书写和意境营造，海华显明或隐秘的机关叙事，陈树龙幽默和荒诞的现实描摹，陈凤群对底层小人物的关注，阿社的系列化写作，胡玲的女性写作等。恰当的路径，自然会产生好作品。肖建国的《那年大雪》、海华的《最佳人选》、陈树龙的《藏》、陈凤群的《找个地方完婚》、阿社的《晚包装时代》、胡玲的《大青衣》等，放在全国范围内，都丝毫不逊色。我想重点谈一下《那年大雪》。这篇作品以村里四个人杀一只羊为叙事脉络，通过四个人杀羊时迥异——海子、狗儿、山子的拙笨和梁子的老练——的动作和细节，层层铺垫，形象地展示了人性中的冷漠和残忍。当然，作品的深刻之处不在于它描叙出了人性中的冷漠和残忍，更重要的，是它写出了这种冷漠和残忍对人的影响。本来，海子娘、狗儿妈、“我”（山子）母亲希望梁子能把“我们”三人带出去，跟着他见见世面，但经过这次杀羊事件后，“梁子走了，是一个人”，也就是说，海子娘、狗儿妈、“我”（山子）母亲等人在面对人性中的冷漠和残忍时，她们没有向利益（见见世面）屈服，而是选择了抵制和对抗。这种抵制和对抗，回归于人性的本真和善良，让作品充具人性的光辉，直抵人的内心最深处。

徐　威：阿社的“疾病系列小小说”给我印象特别深，每一篇都讲述了一个人患“病”的故事，同时这“病”也是这个社会的病症之一；“包装时代系列小小说”也写得很有意思，它以夸张和反讽见长，在瞠目结舌中带来荒谬之感。确实如您所说，这些人的写作风格各不相同，但都具有相当的实力，共同生成了惠州小小说群体现象。这也是“中国小小说创作基地”“中国小小说之乡”等落户惠州的重要原因吧。

雪　弟：是的。当然，这也离不开惠州市“建设文化惠州”的大环境，以及企业（如广东百业投资集团）的大力支持。

徐　威：小小说因字数受限，很多波澜壮阔的时代场面难以细致刻画，那是长篇小说的优势。您刚才说，惠州的长篇小说创作也取得了不菲的成绩，并列举了多种小说类型。我突然想到了一个词：类型化。用这个词来概括惠州的长篇小说，您觉得是否恰当？而且我有一个很强烈的感受，惠州长篇小说创作上的类型化，是源于惠州作家偏爱在岭南本土文化中挖掘写作对象。正是由于岭南肥沃的文化土壤，才产生了老作家苏方桂的《罗浮侠女传》《五羊恩仇》《羊城丐王》等历史传奇小说，产生了陈雪的《东征！东征！》等革命历史小说，产生了吴振尧的《人日》《南风薰》等农村改革小说。

雪　弟：我很认同你的概括。你的感受也没错，惠州作家的确偏爱在岭南本土文化中挖掘写作对象，这就是一个作家与土地的关系。另外，惠州作家还特别擅长利用自己的职业优势来挖掘写作对象，这也是惠州长篇小说类型化的重要原因。如曾任职惠州市公安局副局长的张道华和现任职于惠州铁路公安处的唐丽萍分别写过《夜幕较量》《非常绑票》《资本谎言》《惊天隐情》《肝胆昆仑》和《暗香》《血罂粟》等多部刑侦题材长篇小说，曾做过地方官员的钟逸仁、肖荣凯分别写过《县委书记和他的秘书》和《一条大河波浪宽》等官场小说，企业家曾志平写过《六如轩》《六如台》《六如亭》创业励志三部曲。

徐　威：类型小说相对而言具有更强的可读性，也容易进行影视改编。惠州有挺多长篇小说被改编成电视剧、电影等。我记得1994年，苏方桂的《姊妹风尘记》被改编成电影《女人花》，袁立有参与演出；陈雪的《东征风云》被改编成电影《浴血东征》；魏晓霞的《婚姻保卫战》被拍成33集同名电视剧，由赵宝刚和王迎执导，佟大为、马伊琍、黄磊、袁立等主演，非常火爆。

雪　弟：从这个角度上讲，惠州的长篇小说创作是成功的。但我们也要注意到，惠州很少有作家的长篇小说发表在国家级文学大刊上，在全国尚未产生太大的影响。

徐　威：这确实是现实。不仅是长篇，在我的印象中，惠州的中短篇作品也很少出现在国家级的文学大刊上。在这一点上，惠州是比不上广州、深圳、东莞等地的。刚才所说的这几个城市，每年都有相当数量的作品刊发在《人民文学》《收获》《十月》《钟山》等大刊上。而且，这几年越来越多的青年作家，比如王威廉、陈崇正、陈再见、彤子、王哲珠等，也成长为中坚力量，在全国范围内都产生了较大的影响。而惠州的中短篇小说写作中，青年作家似乎也没有冒出头来。这挺令人遗憾和困惑的。

雪　弟：其实，惠州作家一直有写中短篇，老一辈如吴振尧、张道华、李勤、申平、苗理洁，年轻一代如肖建国、杨玉霜、林艺燕、张燕华、浏沄、陈凤群、胡玲、蒲建知、黄仁胜、阿社等，他们或多或少，都有一些中短篇问世。《作品》2009年3月号下半月刊，曾刊登了惠州六位作家的中短篇，均可圈可点。其中，杨玉霜的《苦藤咖啡的盲人钢琴师》和秦蓝的《鹭鸟齐下的村落》给我留下了很深的印象。没有复杂多变的情节，它们强调的多是对个人经验的书写和对“小我”世界的描绘。在表达上，往往回避线性的叙事方式，而是任由思绪随意流淌。在语言上，多呈现出唯美、诗性的一面。我觉得，这两个作者很有写中短篇的天赋，但可惜的是，后来很少看到她们的作品了。现在，真正能拿得出去的只有肖建国，他在省级刊物发过几十个中短篇，短篇小说《我本善良》被《小说月报》转载过。

徐　威：肖建国的写作有比较宽的面向，他一手写公文报告，一手写中短篇、小小说。我其实很期待有更多的人进行中短篇创作，期待更多的作家生成自己的独特文本，打出惠州的影响力来。

雪　弟：我一直认为，中短篇创作最考验作家的功力，它是一种有难度的写作。我能理解你的焦虑，但独特的中短篇文本绝不是一朝一夕能生成的。不过，在惠州中短篇创作的作者中，我倒是觉得，有几个人可能近几年会冒出来，如黄仁胜、胡玲、阿社和龚小花等。去年，我编过阿社的一个短篇，叫《张本的证件生涯》。这篇作品以张本制作假证为故事核心，展现了一个人的命运遭际。作品来源于现实，但同时又有些荒诞，初步显现了一个作家的功力。

徐　威：所以我们还是能够有所期待的。相比中短篇创作而言，惠州的诗歌创作成绩更显著一些。惠州的诗人作品我相对读得多一些，阿樱、江湖海等人持续创作了数十年，创作力茂盛且持久。尤其是江湖海，每月保持上百首的创作量，这是相当惊人的。缪佩轩、正午的猫、仲诗文、李小惠等人的作品也多次刊登在《诗刊》《中国诗歌》《诗歌月刊》《星星》等刊物上，在各类年选与选本上也常见他们的身影。游天杰、吴子璇、贺燕珍等青年诗人的出现也让惠州诗歌呈现出较好的传承性。

雪　弟：自2016年始，我也写点诗歌，这样就与惠州诗人有了更多的接触。我最直观的感受，是惠州诗人的整体创作水平较为整齐。除了你提到的诗人外，吴晓、肖红、南木、田铁流、程向阳、汪诚、邹雄彬、王宝娟、肖伟、那子溪、任旭东、王屹、雁鸣、木子红、陌上花、张兹旭、桑塔、茗芝等基本上都有作品发在国家级刊物上。惠州诗歌的繁荣，除了诗人自身的努力外，我觉得还与四个人有关，他们是江湖海、仲诗文、汪诚、吴晓。你刚才提到了江湖海惊人的创作量，他还有一个惊人的能力，那就是化缘办诗会。正是在他的热心组织，甚至慷慨解囊下，很多诗会得以在惠州举办。我认为，这对惠州的诗人非常重要。它打开了惠州诗人的视野和心胸，也为惠州诗人提供了一些平台。另外，仲诗文、汪诚和吴晓创办的“诗同仁”聚集了全国众多实力诗人，如西娃、张二棍、康雪、呆呆、宾歌、霜白、宋朝等，其中自然也包括惠州的一些诗人，他们谈诗、论诗、比诗，这无疑推动了惠州诗人的快速成长。

徐　威：平台确实很重要。一方面，平台给大家带来了交流、讨论的空间，另一方面，我觉得更重要的，是平台提供了一种诗歌的氛围。弥漫着浓郁文学气息的氛围，甚至可以潜移默化地影响着大家的创作。我还记得初到惠州的时候，2008年前后，李勤、南木、林金璇、陈树龙、陈树茂、阿社、柯默默等人依托“朴璞文学论坛”（最开始好像是叫惠州文学论坛）形成了一个小范围的文学团体。他们每日在论坛上发表自己的作品，并互相点评，有固定的线下聚会时间。这种氛围不仅使他们当中的年轻作家迅速成长，也吸引了一批文学爱好者加入其中。热烈而真挚的探讨，其实是十分有利于写作者的成长的。那种纯粹的文学氛围，同样能给人以鼓励和安慰。文学创作从本质上说是个人性的事业，相互抱团很是难得。“诗同仁”的面向则又更广一些，包含了全国各地的诗人。“诗同仁”也好，江湖海策划的各类诗歌活动也好，其实都开阔了惠州诗歌创作的视野。毕竟，闭门造车是不行的。说到这，想起一件挺有趣的事情，诗人似乎比小说家、散文家更爱凑在一起相互讨论。

雪　弟：小说家中的小小说家可能是个例外，他们也爱凑在一起相互讨论。就惠州来说，自2016年开始，“惠州小小说大课堂”每月一课，已开讲44课。或邀请作家、评论家、编辑授课，或外出采风，或就作品展开讨论，可以说取得了非常好的效果。现在回到诗歌上来，你刚才提到游天杰、吴子璇、贺燕珍等青年诗人，他们确实是惠州诗人的重要组成部分，也是惠州诗歌继续前行的重要力量。谈到青年诗人，请你聊一聊惠州学院的风辰诗社吧，那里可谓青年诗人的摇篮。

徐　威：我对风辰诗社是比较有感情的，2008年诗社成立，2009年我担任了诗社的第三任主编。十年之后，我再回到惠州学院，又成了诗社的指导教师。在这十余年中，诗社培养了一批青年诗人。像柯默默、郑块金、谢仕亮、黄国焕、钟艳榴、贺燕珍、董济东、黄佳玫、陈月山等人，都有走向全国的实力与可能。他们的身份从诗歌爱好者变成了诗歌写作者，他们的作品从《风辰诗刊》走向了《中国诗歌》《诗刊》。作为一个地方院校的兴趣社团，风辰诗社取得的成绩还是不错的。

雪　弟：作为惠州学院的老师，我是见证了你说的这些青年诗人的成长的。只不过，那时我不写诗，但惠州学院一直有写诗的老师。如你任主编时的南木老师、杨子怡老师，近几年调入惠州学院的代廷杰老师、章朋老师，现在你又回到了惠州学院。我相信，风辰诗社一定会培养更多的青年诗人。不过，这些青年诗人走向社会后，也面临着一个严峻的问题——如何保持长期的诗歌创作？

徐　威：这是一个具有普遍性的问题。我在《“诗意的诱惑”与“坚守的困境”——“〈中国诗歌〉·新发现”》（《中国诗歌》2018年第2期）中就着重探讨过这个问题。从对诗的欣赏，到对诗的浪漫想象，再到进行诗的创作，这是许多青年诗人共同走过的道路。在经历一段时间的创作之后，问题也随之而来：我究竟为什么写诗？诗于我而言，究竟意味着什么？以我看来，这是青年诗人普遍面临的第一个困境，同样也是一个具有转折点意义的困境——对这一问题的思索与回答，甚至直接地影响他们创作道路的继续与否。事实上，每年涌现出的青年诗人，其中不少都尚未真正思索过这一问题。他们写诗，凭借着的是丰富的想象、敏感的心灵、天生的语言才华以及对诗的“青年冲动”。不可否认，他们也写出了不少优秀的、极具个性的诗作。然而，问题的关键在于，这种“诗意诱惑”下的、短暂的创作冲动，难以支撑他们进行长久地诗歌创作。于是，我们看到，青年诗人一直在涌现，不少青年诗人在一两年内迅速地步入诗坛发出耀眼光芒，随即又迅速地“消失不见”。换而言之，这种诗歌创作，缺乏持久性，缺乏系统而深入的思索，它是“诗意冲动”，是“青年专属”。

于是乎，在大学期间，写诗的人较多，氛围也比较浓郁。但是，一旦毕业，一旦脱离了这个氛围，很多人就可能搁笔不前了。“江山代有才人出，各领风骚三两年”，这种情况，不仅仅是惠州独有，放眼全国都是普遍存在的现象。这里面，有现实的因素，比如工作，比如养家糊口，像是郑块金、谢仕亮、黄国焕在毕业之后，都到了深圳，写的更多的则是政府公文、报刊评论与新闻报道，诗歌的产量逐渐就减少了。我之前也写诗，现在也产量锐减，更多的精力放在了当代文学的评论与研究上。也可能有兴趣转换的因素，抑或者说，年轻的诗人在不断地前进中，发现了更适合自己的世界。这一点应该比较好理解，毕竟，现在很多知名的小说家、散文家，他们在年轻时候同样写下了不少的诗篇，到了后面，他们发现小说或者散文可能更适合他记录、表现这个世界；也有可能是他们在诗歌创作中，更清晰地认知到自己在创作这条路上没办法走得更远；更多的一种可能是他们对于诗歌的热爱，或者说对于创作的热爱在逐渐减少。在我看来，文学来源于内心的真正热爱，倘若没有了这种诚挚的热爱，那么，他的写作就难以长久持续。一时的激情与灵感迸发不能够保证一个诗人长久而稳定地创作；而对诗艺的持续钻研与打磨，则使之成为可能。

雪　弟：据我所知，近些年从惠州学院毕业后留在惠州工作且仍在写作的有黎桂良、曹杰、陈凤、游天杰、吴子璇、贺燕珍等。黎桂良、陈凤主要在写小小说，曹杰主要写古体诗、小小说和长篇小说，游天杰、吴子璇、贺燕珍主要写现代诗。应该说，他们均在各自的领域有所收获。如果非要分出一个高下的话，我愿意把票投给吴子璇。我觉得，吴子璇的诗日趋成熟，远远超出了她的年龄。吴子璇是你的师妹，你与她比较熟，请你谈谈她的诗歌吧。

徐　威：我确实很欣赏吴子璇的诗歌作品，也曾为她的作品写过短评。吴子璇近几年在惠州诗歌写作中比较显眼，成就也比较高。她在《诗潮》《延河》《天津诗人》《诗歌风赏》等刊物发表了相当数量的诗歌，作品入选了《2016中国诗歌年选》等选本，出版了诗集《玫瑰语法》，还获得了东荡子诗歌奖·广东高校奖。在吴子璇身上，青春、爱情、自我、秘密等带有个体隐秘性的因素最终化为了一句句情感饱满而又意味深长的诗行。正如她自己在诗歌中所写："我的身体是被一行行诗句搭建的。"情至深处，自溢为诗。吴子璇的许多诗歌，皆从生活的细微中来。对于敏感的诗人而言，生活中的万物皆有诗意。在有诗意的人眼中，凡此种种，都是新的发现——尤其是诗人将它们融入自身的情绪之中时。在那一刻，所有的柔软春风，所有的烈焰之情，均化为个人化的诗篇。这样的诗篇，是真诚的自我刻画，也是坦率甚至是无所顾忌的情欲言说。情之真、情之浓、心灵之敏锐、用词之新奇、言说之坦率，使得吴子璇在短暂的时间内创作了数量众多的诗歌作品，并受到了相当的好评。读吴子璇的诗歌作品，带给我这样的感觉——她具有如同天赐般的捕捉生活闪光点的能力，具有不同寻常的语言敏感力。简单说，她有令人羡慕的语言天赋。我始终相信，天赋对于写作有重要意义。我所理解的天赋，是对于生活的敏感，是对于文字的敏感。这种敏感度，使创作者自然地能够从别人眼中的平凡事物中发现不平凡；使创作者自然而然地觉得用这一个词语会比另一个词语更具有力量与情感感染力；使创作者自然而然地觉得这句话、这个词是多余或是不可或缺，放在此处更恰当还是他处更为合适。这几乎是一种与生俱来的直觉，而这种直觉对于文学创作而言，显得异常珍贵。当然，天赋是一方面，勤奋也是极其重要的。

抱歉，似乎对青年写作谈得比较多，这可能跟我近些年一直在关注"90后文学"有关系。要不，接下来咱们谈谈散文和报告文学？

雪　弟：稍等下，在谈散文和报告文学之前，我觉得还得再谈一个人。因为你刚才谈吴子璇时，这个人一直在我脑子里闪现。我觉得她们非常相似，都有写诗的天赋，也都非常勤奋，她就是茗芝。如果说吴子璇是惠州90后诗人的代表，茗芝则是惠州诗人00后的代表。茗芝出生于2007年，已在《中国诗歌》《诗歌月刊》《南方日报》《羊城晚报》等报刊发表诗歌300余首，出版诗集《茗芝童谣》《茗芝诗歌》。有人说，茗芝的诗歌是父亲江湖海改出来的，我不大相信。在我看来，茗芝的诗是妙然天成，大人是无法下笔改动的。这里关涉孩子对世界的理解，也关涉孩子对世界理解的角度。其实，人长大了，就无法回到过去，回到孩子的真正状态。所以，一旦大人去改动孩子的诗歌，很可能就会把诗破坏掉。我相信，江湖海是不会做这样的傻事的。当然，帮茗芝投稿发表，肯定是江湖海做的。这是一个父亲的责任嘛。

徐　威：茗芝的诗我也在江湖海的朋友圈里读过不少，确实有才华。不过有一点我需要再说明一下，茗芝作为00后诗人的代表，可不单单是惠州00后的代表，她已经走得更远了。至于这个“代笔”与“改动”，我的看法和你差不多。事实上，要成年人强行写童诗是很困难的。我在惠州学院讲《现代诗歌欣赏与写作》这门课时，在第一节课总喜欢拿出一些几岁小朋友的诗歌给这群大学生看，以激起他们对诗的更多感受。比如前两年一个小学生写的一首广泛传播的《秋游》：“天啊！/地啊！/同学和老师啊！/谁能告诉我，/何时秋游啊！/我准备的酸奶过期了！/我准备的薯片过期了！/而下一个即将过期的/恐怕就是我这善良的/心灵了呀！”这种诗歌我不认为是成年人能写出来的。另外，00后事实上也已经产生了一批优秀的作品，最令我印象深刻的是姜二嫚在七岁时候写的《灯》：“灯把黑夜/烫了一个洞”。短短两行，仅仅九字，语言简洁而有张力，想象力绝佳，画面感极强。后来，因为写诗，茗芝和姜二嫚也成为好朋友。这样的童年，真是令人羡慕。现在，咱们可以谈谈散文和报告文学了吧。

雪　弟：好像是一种普遍情况，一个地方的文学创作中，散文总是占有最大的比例。惠州也是这样，写过散文的应该有数百人，经常写散文的估计也有百余人。如此庞大的创作队伍，题材、风格自然是形态各异。不过，有一种题材，好像很多人都特别偏爱它，那就是对惠州风物和历史人物的书写。罗浮山、西湖、红花湖、东江、合江楼、望江楼、汤泉、木棉花、苏东坡、王朝云等，这些带有鲜明的惠州元素的风物和人物，成了惠州散文创作者取之不尽的资源。最有代表性的作家，我认为是苗理洁。苗理洁写散文，也写小说，包括中短篇和小小说，还出版过小小说集《旗袍》。但写得最好的，还是散文，散文中写得最好的，还是风物散文。苗理洁是惠州本土人，出身于书香门第，可以说她对惠州的风物极为熟悉，故而，她在写惠州风物时，既能抓住惠州风物的特点，又能深入到惠州风物的纹理，加之朴素、简洁的文字，就把惠州风物写得非常生动、具体和充分。目前，她已出版《水城故事》《逝水留痕》《水韵鹅城》三部散文集，其中，《水城故事》获得惠州市第四届“五个一工程”奖和惠州首届“六如轩”文学奖。

徐　威：我们之前谈到惠州文学的整体风貌之一就是作家善于立足惠州本土资源，不遗余力地“向内挖”。无数的文学作品都已经证明，挖掘自己熟悉的、具有特色的地域文化，是可行的。比如莫言笔下的“高密东北乡”、贾平凹笔下的商州、陈忠实和路遥笔下的黄土高坡、陈应松带有浓郁巫楚文化气息的神农架系列小说、迟子建的东北……问题的关键在于，如何去书写？又挖掘出何物？你刚才说到苗理洁的散文，在文风上我感觉偏向于细腻，这是书写方式之一种。记录惠州的种种日常风貌，我倒是想起了陈雪的散文。陈雪写小说，但写得更多的是散文。这两种体裁的写作，题材都集中在本土历史与文化上了。目前，陈雪散文在《人民日报》《散文选刊》等刊发，2014、2015、2016连续入选当年的《中国散文排行榜》，已经出版了多部散文集，其中《时光印格》还获得了第八届冰心散文奖。陈雪的散文，尤其是惠州本土文化散文，与苗理洁散文相比，又是另一种书写方式了，它时常穿梭于历史与现实，在古今对话与遐想中传递个体感悟。《走过苏轼生命历程的三位女人》《周庄与佗城》《文笔塔与丰湖书院》《陈炯明在香港的最后时日》《七女湖起义与象头山》等散文可谓是这一类型的代表。

雪　弟：苗理洁和陈雪可称得上惠州散文的代表。除他们两位外，散文创作成绩比较突出的还有牟国志、毛锦钦、王向荣、周小娅、秦蓝、曾平、杨彩霞、彭琼香、邓仕勇、王伟民和刘明霞等。周小娅在多家报纸开过专栏，其“小女人散文”曾在全国轰动一时；杨彩霞的散文，没有华丽的辞藻，没有宏大的叙事，无论是写人、记事，都如一股清泉在山间流淌，在人内心激起一阵阵涟漪；刘明霞的散文选材独特，多写得摇曳多姿，顾盼生情；王伟民的散文，多聚焦于日常生活中的琐事，但往往令人落泪。

徐　威：散文这一文体，谁都能写谁都能读，这既是好事，也不是好事。边界的模糊，使散文文体在现在的文坛格局中显得有些尴尬。您刚才谈到邓仕勇，我倒想起了他原先也写小说、散文，后来却主攻报告文学了。他和白雪合著的《触摸一座城市的温度》以惠城区的拆迁为中心，记录城市改造与拆迁的艰难博弈。书出版之后，在省作协开了研讨会，还荣获惠州“五个一工程”优秀作品。邓仕勇、白雪都写了不少的报告文学，这些作品同样可以归类于对惠州本土的记录之中——如果说苗理洁是惠州风物记录，陈雪是惠州古今书写，那么邓仕勇、白雪的报告文学则是现场记录。谈到这，我愈发地发现，惠州的作家是真爱惠州本土资源——无论是本土的作家，还是从外省到惠州的作家，都深深地被惠州这片土地所吸引。比如湖南常德的李华生，1993年到了惠州之后，写下了众多记录惠州时代变迁的报告文学作品：《开放的南国》《又见艳阳天》《纪实惠州》《罗浮山下国医魂》等等。

雪　弟：来自江苏的刘明霞也是如此。她的不少散文，如《我与下角》《用时尚解开水东街情结》，也是对惠州本土的记录与思考。她的长篇报告文学《乌禽嶂下的中国好人》以获得“广东好人”“中国好人”殊荣的乡村教师古槐基为对象，展示了一个乡村教师独守深山37年教书育人的事迹。著名作家邱华栋曾评价它“是一部具有强烈社会责任感、直面生活的优秀报告文学作品。……作品中奔涌的感情，时时撞击着读者的心扉，值得重视和关注”。这篇报告文学曾获得广东省“五个一工程”奖。

徐　威：所以，我此刻心情比较复杂。这么多人热爱惠州，应该感到高兴。但同时，我又感到焦虑——惠州的文学，在一个劲儿地“向内挖”的同时，也应当努力地“往外走”。这或许是惠州文学创作所面临的困境之一——满腔激情与热血，奈何无人知。从更宏大的愿望来说，我们也希望惠州能出现更具影响力与代表性的作家作品。如此，当我们说起惠州文学的时候，底气能够更加充足，能够更加骄傲与自豪。

雪　弟：为何“满腔激情与热血，奈何无人知”？我觉得，惠州的作家，尤其是以中短篇小说创作为主的作家，要好好地思考这个问题。据我的观察，惠州一些作家在创作上缺少韧劲，具体点说，就是吃不得苦，沉不下心，受日常事务影响较大。这样，如何能创作出厚实、精致的作品？2018 年，报告文学作家白雪的表现让我看到了希望。她的近五万字的《当你老了》刊发在《时代报告·中国报告文学》2018 年 4 月号上。这篇历时五年才完成，涤荡着“满腔激情与热血”的中篇报告文学，不仅不是“无人知”，而且在全国引起了较大反响，“往外走”了。中国报告文学学会常务副会长李炳银在《四十年报告文学：最先最自觉最热情地感知并汇入时代大潮》一文中，也肯定了这篇作品。我期待着惠州诞生更多这样的文学作品。

徐　威：文学向来是一个孤寂的事业，是一个人的战斗。马尔克斯说“写作就是孤军奋战”，我很是认同。支撑这场漫长战役的力量一定是来自内心的热爱与追求。但现在，能沉心阅读与创作，能守住冷板凳的人，并不多了。这是一个方面，是普遍性的一种状况。另一方面，我们看到惠州作家钟爱本土题材，努力“向内挖”，这是好事。问题在于，如何挖？挖出了什么？又如何呈现你所挖掘的东西？我想，这应当是惠州作家所应当思考的一个问题。当然，在我看来，路径绝不仅仅只有这么一条，我们也不必局囿于此。最后，在“向内挖”的同时，惠州的作家也更应该努力“往外走”——让自己的作品更多地出现在大刊、名刊上，引发更多的关注。这同样不是能够一蹴而就的，需要天分，需要热忱，甚至需要运气，但更需要苦功夫。

说到这，我们似乎已经简单地把惠州文学创作的方方面面都提及了一下。当然，因为我们的视野有限，文章篇幅也有限，还有很多作家我们无法一一提及。我想，我们这次对谈，作为一个简单的梳理，虽然无法面面俱到，却也还是有一定的意义的——比如说我们去年刚成立了“惠州市文艺评论家协会”，今年也打算做一些惠州文艺发展的梳理与批评。这一次对谈，似乎就可以起到一个抛砖引玉的作用。

东莞

东莞：中国转型经验的集装箱

王威廉 陈培浩

王威廉：东莞这座城市的名气是很大的，尤其是东莞的经济非常发达，已经列入了中国新一线城市。2018 年，华为把终端业务和数据中心从深圳搬迁到了东莞的松山湖开发区，这再一次让东莞被世界所关注。我去过几次松山湖，对那里的建筑印象深刻，完全现代化的理念与设计。当然，众所周知，东莞也有漫长的历史，出现了袁崇焕这样的历史人物，但探讨城市，尤其是考量一座城市的重要性时，肯定只能在当下来谈论。我在那里住宿的时候，想了很多，还写了篇散文《夜宿松山湖》。我首先觉得"松山湖其实是某种当代理想的化身。将自然生态和科技发展整合在一起，和谐并存。姑且不论它是否可以实现，但它确实存有这种乌托邦的精神气质"。因此，在一个这么优美又几乎没有人类历史的地方，新的历史开端总会显得轻而易举。但问题并没有这么简单，"一个地方是如何被人类从边缘改造成中心的？难道不是你在何处，何处就是中心吗？或者，像是那个来中国的传教士艾儒略说的：'无处非中。'哪里都是中心，因为地球是圆的。也许，这是我偷换了概念？无论如何，我知道历史的惯性力量在中心得到了最大的释放，当那力量到达边缘，已成微风。而边缘，却在生长着新的历史，尽管它脆弱，随时有夭折的风险，却总会带来希望与惊喜"。面对东莞的时候，我渴望看到那些当下正在生成的新鲜经验。在东莞，这种历史与当下、边缘与中心的思辨关系是非常集中的。你对东莞的经济和文化有什么样的了解？

陈培浩：你的观察很有意思，东莞这个"边缘"能否生长出相对于中国甚至世界中心的有效经验，这是很多人的追问。在广东这些城市中，广州、深圳作为经常跟北京、上海并提的中国四个超一线城市之二，当然是知名度最大的。从经济体量上看，佛山排第三，但从城市形象上，东莞却比佛山更有辨识度。东莞是珠三角中心城市之一、粤港澳大湾区城市之一，也是国务院批复确定的珠三角东岸中心城市。东莞地理环境优越，位于广东中南部、珠江口东岸，西北接广州，南接深圳，东北接惠州。东莞制造缔造了世界工厂的名声，也使其被称为“广东四小虎”之首，近年来的一些城市分级排名中，东莞已跻身新一线城市。东莞的制造业不仅在中国，就是在全世界也声名在外。以手机业为例，东莞手机厂商借助东莞完善的产业链优势、知识产权优势以及制造业的雄厚基础，在全球手机产业中占有重要的地位。华为、OPPO、vivo——国内智能手机市场出货量前三名，全部来自东莞。目前，全国五大手机品牌前三均聚集在东莞，据说全世界每六部手机就有一部在东莞生产。

说到东莞的历史文化，明末将领袁崇焕、晚清名臣林则徐都在历史上留下了重要的一笔。不过东莞真正成为中国最有辨析度的地级市之一，可能是改革开放四十年，特别是二十一世纪以来二十年的事。在改革开放四十年的城市发展史中，东莞向中国乃至世界绽放出夺目的光芒。特别是新世纪以后，东莞像一颗南中国的不规则珍珠，开始散发出一种巴洛克式的奇异之光，吸引着全国各地好奇、窥探的目光。快速地完成现代化转型，世界电子制造业的基地，财富、梦想、光鲜的现代化以及标准化的生产和服务是东莞发出的这束光中引入遐想的一缕。

王威廉：东莞涌现了一批有影响力的作家，如陈启文、塞壬、丁燕、陈玺，等等。还有许多活跃的青年作家，比如寒郁、周齐林、莫华杰，诗人有方舟、蓝紫、泽平，等等。此外，还有许多知名的作家、诗人和东莞这座城市息息相关。比如作家王十月也曾在东莞工作写作，而诗人郑小琼的许多代表性诗作，如我印象深刻的《麻黄岭》等诗都是跟东莞息息相关的，甚至说，没有东莞，便没有作为诗人的郑小琼。现已回到四川大凉山的青年女作家阿微木依萝也是在东莞成长起来的。他们的作品各有优点，但都与我们这个时代快速变迁的现实有着密切的关系。东莞与广州、佛山、中山等城市相比，没有太多过硬的“历史资本”，相比于深圳、珠海这样的城市，它也不是特区，它曾是“无名之地”，因而它将许多现实成分都表达到了极致。这就不难理解，为什么非虚构文学在东莞有着如此丰硕的收获。非虚构文学最能快速直接地观照东莞的经济发展现实，记录普通人在剧烈的城市化和工业化进程中的喜怒哀乐。

陈培浩：就文学来说，东莞文学深度参与了崛起于新世纪，在全国乃至世界产生影响的“打工文学”“底层文学”思潮。甚至可以说，“打工文学”“底层文学”这些概念在某种程度上就是以东莞为样本来建构的，当然，深圳也很重要。“打工文学”“底层文学”思潮的崛起，跟改革开放的现实有着密切关联，东莞既是改革时代人口大迁徙、机器大生产的前沿阵地，也是中国在高速现代化、城市化过程中光荣与梦想、血泪与阵痛的城市标本。“打工文学”“底层文学”的崛起，正是这种社会现实下的产物。进入二十一世纪，社会阶层贫富分化日益严重，社会问题日益突出，二十世纪九十年代对市场自由、现代化的乐观想象被复杂而矛盾的现代性焦虑所取代，底层问题在社会学、伦理学等领域开始被讨论，这迅速地改变了文学界的思想话语。请想想二十世纪九十年代末，还是美女作家横行市场，身体写作甚嚣尘上的时候。进入新世纪，一转眼间，所有的刊物都开始谈起底层文学，作品推介、理论探讨不遗余力。不得不说，一般读者的现实焦虑、知识分子的社会良知和主流意识形态的社会叙事在底层文学这里找到了绝佳的结合点。

东莞确实为新世纪文学提供了大批“打工文学”“底层文学”代表。王十月获得鲁迅文学奖的作品《国家订单》就是以东莞工厂为背景；郑小琼因为写东莞打工生活的诗歌而广为人知，在离开东莞以后，又出了《女工记》等打工题材诗集，再次引起广泛瞩目。郑小琼近年频频受邀参加国际诗歌活动，因为在国际友人的“世界文学”视野中，“打工文学”最能代表中国的文学经验，这是欧洲文学所不可能具有的文学经验。因为书写个人在南方漂泊体验而被归入“底层文学”的塞壬同样备受瞩目，塞壬的写作具有“非虚构”品格和难得的经验与思悟的同在性，永远那么粗粝而凶悍，呈现了一个追求精神完整性的个体在与如洪流裹挟的现代生活和现实秩序对抗中的疼痛、坚韧和思考。东莞还出了重要的“打工文学”评论家、理论家柳冬妩，他关于“打工文学”所进行的反命名的理论工作同样值得重视。在新世纪的“非虚构”潮流中广为人知的东莞作家还有陈启文和丁燕。陈启文既写小说和散文，也从事报告文学创作。在当代文学的概念谱系中，“报告文学”和“非虚构”的指向颇不相同。陈启文的报告文学具有宏大叙事的特征，其长篇报告文学《共和国粮食报告》《命脉》《大河上下》《袁隆平的世界》等都体现了这种特点。丁燕的《工厂女孩》《工厂男孩》则敏锐地将打工文学与非虚构结合起来，也广受瞩目。

王威廉：你梳理得很详细。中国改革开放之后，被称为“世界工厂”，而东莞，一度是这个世界工厂中密度最大的部分。所谓的“打工”，实际上是工厂里边的工作。尽管“打工”这个词的词义一度扩大，成为“工作”的同义词，但如今这个词随着现实的起伏，再一次回到了原来的意义幅度。我们说到工厂经验，会想起二十世纪五六十年代的国营大厂，许多当代文学史将反映国营大厂的文学称之为“工业文学”。如果那是中国第一代工业文学，那么东莞所爆发出来的“打工文学”实则是中国第二代工业文学，这期间的差别便是中国社会的巨大变化。这两年，又有了写东北铁西区工厂衰败的文学，这实际上是一种置身于差别当中的回望与挽歌。技术转型的速度太快了，东莞的工厂也在迅速转型，曾经的那种“打工经验”也逐渐被历史所湮没。我想，总有一天，以东莞为代表的打工经验也会出现在回望与审视的挽歌当中。这就是中国当下经验的复杂性。

陈培浩：关于东莞文学，我们还有必要打破一种刻板印象，即以为东莞只有打工文学或底层文学。事实上，打工文学不过是东莞文学的一个标签，其反映的还是中国城市化、现代化进程中独特的现代性体验，一种现代性的创伤体验。现代城市与人的关系是什么？城市一定会让生活更美好吗？情况可能复杂得多。如今摩天大楼、地铁、网络游戏对生活带来的复杂效应早已经让人们无法作单一的浪漫化理解了，因而也就难以被作为文学中具有意义的现代性表达。只要我们把目光投放在东莞这样的急速现代化城市中，那种关于城市的浪漫化想象就会苍白无力。支撑着城市的光鲜、效率的是成千上万人的离乡背井，是他们破碎的青春，他们难以提升的生活质量。就这个意义而言，城市是一头双面怪兽，吞灭了许多人的生命又吐出了一种供另一部分人与全球化接轨的生活。东莞是这类城市的典型，而东莞的工厂无疑正是异乡人与粗粝世界短兵相接之场域，它也就自然而然成为东莞诗歌表达现代性创伤体验的最有效选择了。事实上，东莞也不仅是有写打工、底层、非虚构的作家。东莞作家詹谷丰的散文很多是关涉知识分子叙事的，他的《书生的风骨》颇受瞩目；从东莞走向广州的作家陈崇正的写作由乡土出发，力图以历史寓言的形式对二十世纪的历史进程有所表现；现居东莞的诗人泽平，安静地书写着自身的爱和孤独，营构着一个现代忧郁诗人的孤独花园，他将孤独作为穿透时空的哲学体悟，忧郁诗人的孤独花园便成为具有诗学意义的探索。此外，薛依依、莫小闲等人的作品也在“打工”“底层”这些东莞文学的标签之外，增加了东莞文学的丰富性。

王威廉：在这里，我还想专门提一个东莞人，他就是蒋光鼐。他是驻守上海的第十九路军总指挥。1932 年 1 月 28 日夜 11 时，日军向闸北驻军发起了进攻，著名的淞沪抗战由此开始。蒋光鼐率领的中国军队在武器装备落后的情况下，组织敢死队与敌白刃肉搏数十次，给日军以沉重打击。他展现出的这种力量，跟他的同乡先辈袁崇焕如出一辙。袁崇焕的口头禅“顶硬上”一定也在蒋光鼐的舌头上出现过。他还是民革的卓越领导人和创始人，新中国纺织工业的主要领导人。由此，我还想专门提一个地方，就是东莞的虎门，蒋光鼐就是虎门人。而虎门销烟实则开启了中国民族主义觉醒的真正历史。以东莞为方法，中国文学可以追溯并理解传统历史与现代性世界的复杂互动进程，这个进程至今仍然在继续并且深入到了毛细血管的层面。

洼地上的文学观望

——关于东莞文学的对话

陈启文　莫华杰

莫华杰：陈老师，您好！作为您的入室弟子，文学早已是我们之间的日常话题，但如此正式地谈文学，并且是围绕东莞这一独特地域的文学展开，还是头一次。我还真是有些诚惶诚恐，生怕一不小心谈出什么偏见和谬论来。

陈启文：文学就是自由谈，文学创作就是从心所欲，一切从心灵出发又以生命为依归。心灵世界往往比现实世界更丰富、更复杂，也有更多的可能性和不确定性，这正是文学的可为空间。我倒很想听听你的偏见或谬论，说不定能打破我的习惯思维，在碰撞中又发现什么新的可能性。

莫华杰：那我就大胆地谈谈个人对东莞文学的一些印象。我 2004 年来东莞打工，如今已有十六年了。东莞是“打工文学”的重镇，我读得最多的就是“打工文学”作品，我们厂区门口就摆满了《佛山文艺》《江门文艺》之类的“打工文学”杂志，还有东莞本土的《东莞文艺》和《南飞燕》，这就是离我最近的文学，写的也是离我最近的生活。读得多了，我也跃跃欲试，想着我也可以把自己的生活写出来啊。我的“文学创作”就这样懵懵懂懂地起步了，但我觉得自己真正懂得什么是文学，已是 2008 年岁末。在东莞市的一次文学交流会上，东莞文学艺术院的曾明了老师把您的长篇小说《河床》极力推荐给我们在场的所有人。她是一位很有个性的优秀小说家，在我的印象中她的眼界是很高的。我读过她的中篇小说《黑嘎》，那匹“像一团燃烧着黑色火焰”的骏马，带着我在大漠戈壁上进行了一次精神上的游历。而她竟如此推崇您的《河床》，说这是中国当代小说史上写得最棒的小说之一。我立马就买了一本，那还是我第一次拜读您的作品，我震撼了。那是源自生命的震撼，那种力量源自对生命的最深刻的体验。我理解了，贺绍俊先生为什么要把《河床》推为“中国第一部生命小说”，“从杰克·伦敦的《热爱生命》，到海明威的《老人与海》，无不引导我们重视生命、思索生命，通过生命现象去追问永恒。其实，新时期文学以来，在深化人性方面的重要表现之一便是生命意识的觉悟。如莫言在《红高粱》中所表现的对生命的原始状态的崇拜，余华在《活着》中对生命的生存方式的追问，史铁生在《我与天坛》中对生命所作的哲理式的沉思，都给我们留下深刻的印象。但是尽管如此，这些作品更多的还是倚重于社会人生的内容，唯有《河床》让生命赤裸裸地呈现在我们的面前，让我们最直接地感受到生命的气息”。

陈启文：曾明了老师不仅是东莞的一位优秀小说家，也是东莞小说创作的一位开拓者，《黑嘎》堪称是她的代表作，她在新疆度过长达八年的“女知青”生活，这让她在大漠孤烟中有了属于自己的独特而深刻的生命体验。同样，《河床》也源自我最深刻的一段生命体验，在故乡那片孕育了我的河床上，我体验到了成长、死亡、屈辱、疼痛，还有那种人类在时空中的偶然、短暂、渺小和孤独感。这也是我迄今仍无法超越自己的一部小说，一个写作者要超越自己其实很难。

莫华杰：您和曾老师都是从外省引进东莞的作家，而在东莞本土成长起来的作家，大多是在东莞打工的外来工，有的甚至是流水线工人，如王十月、郑小琼，都是从东莞走出来的，贴上了“打工文学”或“打工作家”的标签。那时《东莞文学》和《南飞燕》每年都会举行“打工征文”或“打工文学擂台大赛”，我还得过一等奖，高兴了许久。现在回过头来看，我都感到脸红，实在太浅薄了，我都不好意思拿给您看。

陈启文：对于“打工文学”我从来没有看轻过，但最初的“打工文学”更多是从生活经验出发，甚至是在经验的表面上滑行。有一个事实是必须正视的，打工作家最初都是一些低学历的写作者和流水线工人，普遍存在文化积累单薄和阅读经验缺乏的困境，他们首先要保障自己的基本生存，因此难以集中精力阅读和写作。然而，随着王十月、郑小琼、塞壬等“打工作家”的出现，文学从生活经验逐渐转向了生命体验，他们都是从东莞走出来的。王十月的散文代表作之一的《总有微光照亮》，还是我在《文学界》当特约编辑时责编的，这也是我作为责编一直备感荣幸的。很多人都只关注他的小说，他的散文有可能被低估了但又是绝对不可低估的，如《寻亲记》《小民安家》《关卡》《声音》等，既源于扎扎实实的生活经验，又超越了生活经验，我在一篇文章中把他称为“中国的高尔基”。他以打工的方式上完了“我的大学”，而他现在的阅读量远远超过了许多科班出身的作家。把生活经验、生命体验转化为文学创作的精神资源，我一直觉得他有着超凡的灵性与悟性。

莫华杰：一个人一旦被贴上了“打工作家”标签，仿佛就成了终身胎记，仿佛天生低人一等。如今评论界也越来越不认同“打工文学”“打工作家”的叫法，觉得这是带有歧视的，现在又发明了一个新名词——“劳动者文学”，您觉得有必要吗？

陈启文：所谓文学标签，都带有时代烙印，如此前的伤痕文学、反思文学、寻根文学等等，其实都无法对文学进行准确定义，真正的文学是没有边界的，对那些外在的标签没有必要在乎。以郑小琼为例，她是中国最具代表性的“打工诗人”，有人称她是一个对“时间”非常有感觉的诗人，但她的“时间”不是经验上的时间，而是具有内在生命的。从《流水线》到《完整的黑暗》，这是她在不同时段抒写的两首代表作，也代表了她从生活、生命到精神的转化过程。她在《流水线》中呈现了一个世界工厂的现实世界：“在流动的人与流动的产品间穿行着/她们是鱼，不分昼夜地拉动着/订单，利润，GDP，青春，眺望，美梦/拉动着工业时代的繁荣……”而在《完整的黑暗》中她已经超越了现实：“三条鱼驮着黎明、诗歌、屈原奔跑/对称的雪沿着长安的酒融进了李白的骨头/列队前进的唐三彩、飞天、兵马俑/化着尘土的人手持红色的经幡演讲/达摩圆寂，天生四象，六合断臂/死亡是另一种醒来/时间的鸟只抖落了皇帝的羽毛……”如果撕下郑小琼这个标签，你感觉这还是一个打工诗人的手笔吗？著名评论家张清华对此发出了震叹：“这是何等境界和气势，整首诗一气呵成，气势贯通，绝无叠加拼凑的痕迹。称得上是对一个时代的整体俯瞰！”

莫华杰：除了王十月、郑小琼，东莞还有一些颇有代表性的作家，譬如说塞壬，多年来一直在南方打工，其散文也大多取材于打工生活，这让她也被贴上了“打工作家”的标签，但她对这一标签是不认可的。还有丁燕，她的报告文学《工厂男孩》和《工厂女孩》也被视为“打工文学”，这是否意味着，只要是写打工题材的文学作品，都可以纳入“打工文学”的范畴？

陈启文：不能说是范畴，在严谨的分类学中，范畴指种类的本质，而所谓“打工文学”原本就不具备这种严谨的界定，只能说是个大概的范围吧。塞壬是一位个性鲜明的散文家，如她的散文集《下落不明的生活》《匿名者》《奔跑者》等，其文学辨识度不在外在的标签，而在于其独特的精神姿态和有锋芒甚或有些偏激的文本，她也不只是写打工题材。丁燕则是一位擅长各种文体的写作者，诗歌、散文、报告文学、小说乃至评论无不涉猎，把她的《工厂男孩》和《工厂女孩》纳入“打工文学”也未尝不可，但把她定义为一位“打工作家”则过于狭隘了。

莫华杰：您到东莞来后也写了不少打工题材的作品，如系列散文“谁正与你擦肩而过”，中短篇小说《虚掩的门》《南方经验》《回南天》等，也被各种“打工文学”作品集纳入其中，很多评论家也将您的作品作为“打工文学”作品予以评论，有评论家称《南方经验》是近年来最好的一部“打工文学”作品，但也有评论家对此不以为然。我还记得，在东莞的一次“打工文学”作品研讨会上，郭小东先生直爽地说：“若把陈启文看成一个打工作家，把他的作品看作打工文学，简直是一个笑话！”

陈启文：我对给我贴上“打工文学”或“打工作家”的标签还真是挺高兴的，从更宽广的意义上讲，我没有在工厂打过工，但也在一些单位打过工，无论你在哪里工作，都是打工啊。而我来东莞十多年了，接触了形形色色的打工者，自然也会涉及这一类的题材。至于别人怎么看怎么评论，都是他者的视角和言说，一个写作者无论写什么，一切都只能从自己的生活经验出发，从自己的生命体验切入，这一切都必须转化为自己的精神资源。其实，一个真正的作家从来都不会为什么标签所绑架。

莫华杰：如此看来，将东莞视为一个“打工文学”重镇也是狭隘的。那么，若把东莞作为一个“地域文学”的概念进行整体观察，怎样才能比较准确地把握呢？

陈启文：首先我不否认，无论是从生活题材看，还是作者阵容看，东莞确实是一个“打工文学”重镇。但若要对东莞文学进行整体观察，我觉得按体裁分类则比按题材分类要较好把握。先梳理一下小说吧，东莞历经多年来的蕴积，已逐渐形成了一个由50后、60后、70后、80后组成的创作梯队。50后主要有曾明了、胡海洋、杨双奇、李泽光等小说家，他们依然笔耕不辍，充满了创作活力。60后主要有陈玺、汪晟、黄运生、黄应秋、邹萍、詹文格、吴向东、严泽等，陈玺近年来创作了《暮阳解套》《一抹沧桑》《塬上童年》等多部长篇小说，还在《十月》《中国作家》《北京文学》《作家》等刊发表了多篇小说，而他生长的渭北塬上既是他的生命底色，也是他的文学底色；吴向东则是我发现的一匹“黑马”，其文学创作起步较晚但起点很高，他的小说更多是从不确定性和可能性出发，这种探索让我充满了期待。70后、80后小说家主要有陶青林、寒郁、穆肃、皮佳佳、谢松良、陈月秋、杨信莲等，你也是80后小说家中的佼佼者。

除此之外，还有陆续调离东莞的王十月、陈崇正、阿微木依萝、吴纯、陈柳金等，他们均为东莞小说创作作出了不能磨灭的贡献，这是不能遗忘的。

莫华杰：东莞散文创作的队伍也很整齐，如您，塞壬，丁燕，还有老一辈散文家詹谷丰老师，都是活跃在一线的散文家。尤其是詹谷丰老师，他原本是一位小说家，在天命之年他放弃了小说创作，专攻民国系列散文，这对于他是一次非常重要的转型，近年来陆续推出了《义宁的源头》《书生的骨头》《骨头的姿势》等力作，有评论称他的散文以历史文化的双重叙事重塑了知识分子的灵魂。此外，还有詹文格、洪湖浪、周齐林、邝美艳、谢莲秀、侯山河等中青年散文家，也在全国各大刊、名刊发表了不少佳作。

陈启文：东莞各文学门类的作者阵容都比较整齐，尤其是诗歌方阵可谓是众星朗朗。早在二十世纪八十年代，东莞籍诗人筱敏就已在全国诗坛崭露头角，她也是我十分尊重的一位有良知而不流俗的散文家。而后，东莞涌现出了一批又一批的优秀诗人，除了已调离东莞的郑小琼，目前活跃在东莞诗坛乃至全国诗坛的还有方舟、丁燕、柳冬妩、百定安、黎启天、林汉筠、蓝紫、池沐树、易翔、老兵（孙海涛）、彭争武、侯平章、莫寒等，其中有好几位东莞诗人参加了《诗刊》“青春诗会”。

莫华杰：是啊，东莞在报告文学、儿童文学、文学评论、网络文学等各方面都有代表性作家，如以您和丁燕为代表的报告文学作家，以曾小春为代表的儿童文学作家，以柳冬妩、胡磊为代表的文学评论家，还有以穆肃、王虹虹为代表的影视作家，都产生了全国性的影响。

陈启文：无论是对一个人的文学创作进行评价，还是对一个地域的文学进行评价，从来没有绝对标准，但有相对标准。从获奖看，王十月的中篇小说《国家订单》为东莞摘得了首个鲁迅文学奖，曾小春为东莞摘得了首个全国优秀儿童文学奖，杨双奇为东莞摘得了首个全国少数民族文学骏马奖，我的长篇报告文学《共和国粮食报告》获国家图书奖，柳冬妩获中国文联文艺评论奖等。另外，东莞还有三位作家入选鲁迅文学奖提名，先后有十多部作品获广东省鲁迅文学艺术奖（文学类），二十多部作品获广东省有为文学奖（其中三部作品获得金奖）。东莞作家及作品还获得过不少在全国有影响的文学奖和图书奖，这里就不一一列举了。从创作队伍看，目前东莞有中国作协会员51名（未包括樟木头作家村的外地作家），有广东省作协会员188人，市作协及各镇街分会会员近千名。

莫华杰：我听詹谷丰老师说，东莞作协成立之初，没有一名中国作协会员，那时在省级文学期刊发表一篇作品都是了不得的大事，如今东莞作家每年都要在《人民文学》《中国作家》《十月》《花城》《北京文学》等全国核心期刊发表数以百计的作品，并在《新华文摘》《小说选刊》《小说月报》《中篇小说选刊》《中华文学选刊》广为选载，还频频摘得《人民文学》年度奖、《小说选刊》双年奖、《北京文学》双年奖、《中国作家》鄂尔多斯文学奖，这在三十年前简直是做梦啊。

陈启文：说到底，发表、出版、入会、获奖、评职称，都只是文学评价的相对标准。从相对标准看，东莞在文学上确实实现了自身的超越，甚至一些广州和深圳的作家对东莞文学也不乏真诚的礼赞。但我们必须正视自己的局限，在粤港澳大湾区的一次文学论坛上，我就直言过，东莞正好处于广州和深圳的夹缝之中，我们永远也不可能超越这两座大都市，在两强之间，东莞是一片文学洼地，这是我们必须正视的宿命。但我们可以不断超越自己，这种超越注定只是内在的超越。而文学创作就是一个出乎其外而入乎其内的过程，如果时空中真的存在永恒的生命意义，那么，永恒的文学抑或经典意义上的文学必然是沿着对个体生命的体贴、沿着自我灵魂图腾的叙写。对于文学本身，一切的外在标签或标准都毫无意义。

中山

中山：探寻历史视野和文化纽带下的文学可能

王威廉　陈培浩

陈培浩：说起当下的中山文学，你能想到哪些名字？

王威廉：那是很多的，因为作家马拉是我的老朋友，我经常去中山找他玩，便认识了很多中山的朋友，比如诗人丘树宏、倮倮、徐林、阿鲁，散文家谭功才、王不了等等。这帮朋友之间的感情很亲密，甚至还合伙做事情，比如“虚度光阴”餐厅已经成为中山的一张文化名片。

陈培浩：说起来，我跟中山倒是颇有缘分。2011 年，由谢冕和王光明两位教授推荐，我跟著名革命诗人阮章竞的女儿阮援朝老师合作，写作了《阮章竞评传》，这本书是当时中山文联主席胡波先生策划的“中山历史文化名人评传”中的一本，也因此机缘踏足了中山。从北京毕业返回中山之后，文学上交流较多的中山朋友有马拉、倮倮等人。马拉于 2019 年当选中山作协主席，他大概是当下中山作家中最受外界关注的一位。马拉的长篇小说《未完成的肖像》获得 2016 年第四届人民文学新人奖的长篇小说奖，《未完成的肖像》书写了当代艺术圈媚俗、堕落之下少数人的艺术坚守和精神超越。这部作品包含了视角转换、镶嵌文本、经典互文等多种现代主义艺术元素，又以个人化的方式包含了鲜明的当代批判立场，更重要的是，作者具有一种处浊世而自净其意的精神立场。作为一部在后先锋时代延续先锋路径的小说，它启示着：先锋不是对先锋经典的模仿和复制，而是对当代艺术和精神问题的有效勘探。你怎么看马拉的小说？

王威廉：马拉首先是一个诗人，他曾经用笔名木知力（取原名“李智勇”一半）写诗，出过诗集《安静的先生》，我还给这本诗集写过评论，小说家弋舟还写了一则同题的短篇小说。马拉的诗歌有着童话般宁静的质地，给人的阅读感受是非常好的，他自己也经常引以为傲，喝醉酒站在酒桌上朗诵诗歌。他的小说跟他的诗歌气质是分不开的，换句话说，他的小说是从他的诗歌中生长起来的。因而他的小说追求诗意和纯净，这在他的短篇小说中反映很明显。也许是因为熟悉的缘故，我是可以一眼看出来哪篇小说是马拉写的，其中还包括他的视角、叙事方式和常用的主题。这也意味着，马拉是一个个性鲜明的作家，一个作家要做到个性鲜明是不容易的。马拉在长篇小说的写作方面也很用力，他在日常生活中好像很随意，实际上非常勤奋，是将写作当成生存目标的那种作家。在诗歌的纯净与小说的复杂之间，如何融为一体，不仅仅在考验马拉，也考验着每一个作家。马拉以一种决然的态度完全以写作为职业，我很钦佩，他一定能够破局而进入大境界，我对马拉怀有深切期待。

陈培浩：倮倮是另一个令我印象深刻的中山作家，他主要写诗。读倮倮的诗，有一个视角，就是光。倮倮自认是大地上的汲水者，我认为他是大地上的感光者。当我们说到光，就有必要辨认光的种类。在前工业时代，除了日月星辰发出的自然之光，就是柴火蜡烛等可燃物之光，再者就是波浪和镜面的反射光。进入工业时代之后，人造光成了人类接触越来越多的光种。后工业时代人类对于人造光的迷恋可以从种种巨型城市冰冷玄幻的灯光节中一览无余。自然光/折射光/人造光是人类所接触的三种最基本的光种。梦想启明的诗歌，大概也放射着这三种基本的光。所谓人造光的诗歌，充满着机械感。这种诗歌给人以激励鼓舞，它并不荡开生命的复杂性，而倾向于把丰富的生命提炼为通过按钮就可以提供的人造光。在我看来，汪国真的诗歌就在提供一束这样的人造光。“既然选择了远方，就只顾风雨兼程”这样的句子于很多对生命丰富和幽微没有要求的读者而言显然也是一种照亮。大量的鸡汤写作便提供这样的人造光，它使生命在进入朗照幻境的同时，牺牲了对丰富性的需求。感光性写作的第二种类型便是所谓的折射光，诗主体尚无法成为一个发光的星体，它的心灵像海水，像镜面，吸纳吞吐综合并反射着万物的微光。感光性写作的最高类型是自然光写作。此时，写作者并不搬运别人的光亮。他拥有了穿透幽暗的思想能量，他自身便在闪耀。倮倮是行动者，而不是思想者。所以，我不能强求他能够成为自体发光的写作者。但并非所有诗人的心灵都具备感光能力，而折射光的写作也不是对光的简单搬运，里面有思悟，有重构，也有诗人主体走向辽阔的自我教育。在我看来，所谓“倮”，大概是一棵人树上结出的精神果实；而扎根大地的两棵伟岸人树上两颗诗歌的果子，它们像人类两个孤独的乳房，永远不重叠，却相依为命，相互对望，是人之孤独和自救的一个隐喻。

王威廉：在这点上我们不约而同，我给倮倮写的评论文章就叫《汲取微弱的光》。我一直认为，倮倮的诗歌与他的生活有着极强的同构性，很难说他是个现实主义的诗人，毋宁说，他的写诗与做事，都像是人生的一种修炼与参悟。倮倮的诗，对我来说，更是朋友的诗。这意味着，我对他的诗是亲切的，我读他的诗的同时，也在读他这个人，反之亦然。但朋友的诗，并不是说他的诗只能打动认识他的朋友。我特别想说的是，这表明他的诗具备同时代性，他的诗能够让这个时代的每个人，在其中找到打动自己的部分。从他的诗中，我们都能找到朋友的感觉，那里有温暖、激励和悲伤。我觉得他这样的朋友，才是由内及外地践行着文学生活的真谛。做事与写诗，行吟与顿悟，如米沃什所说的，让生命有了“第二空间”。诗无法免除我们生活的责任与重负，但诗让我们得以从无意义的事物中汲取微弱的光，凝聚成一道由光线扭结成的绳索，将生命的小舟于乱流中维系在岸。

陈培浩：我上面提到三个作家的名字——阮章竞、马拉、倮倮，我们稍微引申一下可能会发现某种历史的隐秘的联系。阮章竞 1914 年出生于中山，一生辗转去了上海、山西、北京、内蒙古，二十世纪六十年代初当过一段时间《诗刊》的常务副主编，八十年代成了北京作协主席。他是一个去了北京的中山人。马拉和倮倮则是来到中山的湖北人和湖南人。辛亥革命的第一枪是在湖北打响的，辛亥革命的领袖是广东香山县人孙中山，倮倮则是从毛泽东的老家湖南来到孙中山的老家中山。这种联系当然只是谈资，但背后也有大历史。今天我们放在大湾区视野中谈论中山文学，同样必须有大历史的眼光，只有大历史，才能开启大未来。同样，对于中山作家来说，同样不能仅仅看到当下眼前的中山，而必须把中山放在中国近代史乃至世界史的框架中，才能看到“中山”究竟意味着什么，从而激活这片地域所具有的历史文化资源及其未来性启示。

王威廉：几年前，我就知道马拉获得过中山的一个文学奖，叫“孙中山文化艺术奖”。我当时特别羡慕，因为我是中山大学毕业的，对中山先生怀有极大的敬意。但我毫无办法，这个奖是中山的奖，只颁发给中山的作家。这自然是说笑，但也说明中山作为孙中山先生的故里，有着特殊的文化地理意义。中山市其实是历史极为悠久的，它的前身是 1152 年设立的香山县，1925 年，为纪念孙中山先生而改名为中山县，后来又升格为地级市。它位于珠江三角洲中部，北接广州市番禺区和佛山市顺德区，西邻江门市区、新会区和珠海市斗门区，东南连珠海市香洲区，东隔珠江口伶仃洋与深圳和香港相望。因此，它的地理位置是极为优越的。当然，在文化层面，我们还是要聚焦到孙中山先生身上，他是海峡两岸暨香港澳门共同缅怀的政治伟人，这也构成了大湾区极为重要的文化纽带。我们谈论大湾区文学，一定会涉及这背后共同的精神文化价值是什么，那么，在中山先生身上，我们一定可以获得更多的启示。这种启示不仅对大湾区，而且对整个当代中国的文学与文化都是非常重要的。

在平原遥望群山

——关于中山文学的对话

谭功才　马　拉

马　拉：谭老师好，很高兴有机会和您一起谈谈中山文学。我们这次的话题主要围绕中山文学的过去、现在、未来展开，当然重点放在现在。您到中山多年，一直活跃在中山文学的现场，方便谈谈您对中山文学的整体印象吗？

谭功才：我是1993年来中山的，将近三十年过去了。正如你所说，我活跃在中山的文学现场，只是，这里的“活跃”，我个人觉得更多的是文学事业上的“活跃”，在文学创作上真还算不上活跃，即如我对中山文学的整体印象那样——看起来很活跃。说的意思是，表面上看起来很红火，实际拿得上台面的并不多。用大家常说的一句话——星星多月亮少，尤其是“诗歌星星”不少。就整体而言，中山应该与全国大部分地市一样，小说是个弱项，诗歌热门，散文不温不火。

马　拉：作为一个后来者，我有些好奇。二十世纪八九十年代的中山，有哪些代表性的作家，他们的创作方向如何？当时年富力强的中青年作家，现在都步入老年，在文学活动中很少见到他们的身影，我们能看到的资料也很少。目前，中山还没有整体性论述中山文学的评论作品。您对当时活跃的作家作品还有印象吗？不妨随意聊聊，给大家讲讲当时的文学故事。

谭功才：在我印象中，当时比较活跃的作家有好几位。比如写小说的余松岩、郑集思，散文方面倒不是太多，印象很模糊，意思可以理解为写得质量好点的，几乎没有。刘居上倒是位难以类型化的作家，他在小说、散文、诗歌等方面均有建树，算得上全才。还有几位老作家，譬如高永、李文光、缪文森等等，也属于杂家，他们在戏剧创作方面尤为擅长。当时那一批作家，据我观察而言，在创作上似乎没有一个严格的方向，就像随机操作那样，有点率性写作的性质。余松岩倒是主攻小说，记忆中他的代表作是长篇小说《虹霓》，另外一个《地火侠魂》好像还获得了省里一个比较重要的奖项，但后来他随着工作调动去了省城广州，与中山的关联不再那么大了。现在还时不时活跃一下的郑集思，除了小说，他的散文非常扎实，我记得的是他的《濠头纪事》《咸淡伶仃洋》，以及近期的《进退五十里》《隐约百花冢》。他的诗歌尤其是歌词，在业界拥有不小名气。近年来，他转战摄影界成为摄影艺术界的一匹黑马，最近还与人合作举办了属于自己的展览。

马　拉：听您提到这批作家，我一下子注意到了一个有意思的现象，他们基本都是本土作家。准确地说，他们都生于斯长于斯。这和后来的情况不太一样，目前，中山作家主要来自外市外省，本土的反倒不多了。这当然和改革开放有莫大的关系。二十世纪八十年代中后期，大量外地人口进入珠三角。大量的外来人员中不乏文学爱好者，他们逐渐参与到当地的文学活动中来，成为当地文学的重要力量。刚才您说到的都是据守中山本土的作家。如果在大范围看，中山籍作家在中国当代文学的表现还是很不错的。比如说刘斯奋先生，他是广东迄今为止唯一的茅盾文学奖获得者，代表作《白门柳》已进入当代文学史。黄苗子的书画、散文也有着广泛的影响力。再比如著名翻译家郑克鲁、沪上著名评论家程德培也都是中山籍。刘斯奋先生长居广州，和中山时不时还有一些互动。其他人似乎切断了和中山的联系，几乎没有人会认为他们和中山文学有什么关系。

谭功才：还有一位写诗的，近年还时不时被中山文学界提及，就是长篇叙事诗《漳河水》的作者阮章竞，当年也是红极一时。中山有个比较奇特的现象，不少从这里走出去的作家、诗人都成了大家。说明中山还真是一个培养、孕育文学艺术家的摇篮。这些例子就不用我在这里一一列举了。但是，时光的车轮到了二十世纪九十年代以后，外来作者不断增多，中山本土写作者却越来越少，甚至一度成为稀有动物。一方面说明改革开放这波洪流对文学创作的冲击，另一方面又说明了外来写作者在进入另一个文化圈之后，两种文化的碰撞，撞出了新的火花来。这是一种必然现象，我认为。

马　拉：你说到阮章竞我有印象，评论家陈培浩和阮章竞先生的女儿阮援朝一起写过一本《阮章竞评传》，对阮章竞生平及创作进行了深入研究。阮章竞先生曾担任过北京市作家协会主席、《诗刊》副主编，除开《漳河水》，他还写过大量脍炙人口的诗歌，他可能是中国当代最具影响力的中山籍诗人。从目前的情况看，对阮章竞诗歌的研究还不够深入。前几年，中山诗人李容焕、余丛和阮援朝还编过一本《永远的阮章竞》，作为一本纪念性文集，这算是家乡人民对阮章竞的一次致敬。此后，中山在诗歌方面显得有些沉寂，缺少代表性的诗人和诗歌作品。直到符马活、余丛等一批青年诗人的出现，中山诗歌才再次进入国内诗歌界的视野，您对这方面的情况应该比较了解。

谭功才：说起符马活和余丛，我马上就想到了他们在1995年成立的三只眼诗歌部落。那时候的“驸马”（我们都这样称呼他）还在中山一路的玻璃厂工作，由于工作上的便利，驸马和余丛、梦脂、乔明杰、梁雪菊五个人一起建立了这个诗歌部落，并创办了诗刊《三只眼》，通过邮寄的方式，与全国各地的诗歌社团和诗人进行广泛的交流。玻璃厂改制后，“驸马”又在太平路成立了一家小公司，专门做排版印刷之类的业务，并继续出版诗歌刊物《三只眼》。后来，“驸马”到广州和北京发展，三只眼诗歌部落自动解散。梦脂去了珠海发展，只有余丛、乔明杰、梁雪菊仍然留在中山工作。而乔明杰和梁雪菊的诗歌创作遂转入“地下写作”，甚少在公众刊物露面。进入国有企业担任内刊主编的余丛，利用手中的刊物继续与全国各地的诗人和刊物进行交流。这期间，余丛不仅出版了《诗歌练习册》《多疑的早晨》《被比喻的花朵》《词语的秘密》《无能的力量》等多部诗集，还在全国有影响力的刊物发表了大量的诗歌作品，更是与不少国内一线诗人成为至交。我觉得二十世纪九十年代到二十一世纪初期，中山文学引以为傲的一件事，无疑是三只眼诗歌部落的组建，它将中山最好的几位诗人都聚集在了一起。

马　拉：即使在今天看来，符马活和余丛的诗依然代表着中山诗歌的高度，他们的写作无论是在思想深度上，还是文本先锋性上都值得中山诗人们学习。中山还有一些诗人，比如说谭斐、阿鲁、黄权林，他们的诗歌都相当好，但他们基本潜伏民间，不怎么发表投稿，外界知之甚少。只有朋友们知道他们一直在写，而且写得非常不错。说到这儿，我觉得非常可惜。一个诗人，这样默默地写作，当然值得尊重。但从另一个角度讲，他们优秀的诗歌没有得到传播，也是一件非常可惜的事情。私底下，我经常鼓动他们把诗歌发出来，任何一个渠道都行。我说的时候，他们听着，也点点头，转过身就把这个事情给忘了。不带功利性的写作，他们配得上，这让我非常感慨。前段时间，谭斐出了本诗集《一枚虚词》，我认认真真从头到尾读完了，这应该是近年来中山质量最高的一本诗集。除开提到的这些诗人，还有倮倮。他更广为人知的身份是超人电器的老板，他的诗歌，尤其是近几年的诗歌写得越来越开阔，有了大气象，非常值得关注。和他在一起时，我经常和他开玩笑，说他在国外或者省外时写的诗更好，写作成本太高了。对此，他解释，平时工作太忙，只有出差了，稍微有点空闲，才能把情绪调整到诗歌上来。他一系列周游各地的诗有见地、有情绪，诗歌技术也更加成熟，算是非常优秀的诗歌文本。

谭功才：你说到这事，我又想到了写散文的王不了和庄越之，他们都是80后，与你说的“潜伏”几乎是克隆版本。先说说王不了吧，到目前为止，仅仅出版了一本散文集《月亮很旧，月光很新》，这本集子内容有点庞杂，但他的散文一读就会让你惊艳，这像二十出头的年轻人写出的作品吗？遗憾的是，他的精力主要不在写作上，兴致来了，就整出三两篇。今年中山作协将“香山文学奖”新人奖颁给了王不了，就是希望他鼓鼓劲，多写点儿，在散文创作上为我们带来新的风尚。再说说庄越之，也是小小年纪不简单。这个来自潮州的小伙子，一手散文像出自老学究之手，扎实而富有书卷气。他第一部散文集《半近古村半近城》就获得了广东省散文奖，算得上顺风顺水。相信这个沉得住气的年轻人，以后会令人刮目相看。

马　拉：同样的情况在小说这块儿一样存在。中山的小说总体来说比较薄弱，小说写作者本来就少。中山最早以小说名世的应该是林荣芝先生，他主攻小小说，也是国内非常有影响力的小小说作家。这几年，他也不写了。年轻一代的作家中，大海在小说这块用力较勤，发表了不少作品。他在小小说这块儿表现不错。再往下看，我比较了解的是吴剑华，他的作品发表得不多，除开工作的原因，发表渠道也是个问题。吴剑华出版过小说集《到老挝去》，长篇小说《女人河》《西风吹过长河雪》，写得虽然不错，但由于发表得太少，外界基本也是没什么了解。紫小耕出版的《情迷江城》写得很成熟，不比很多刊物发表的长篇小说差，同样也是局限在中山范围内。其实这种情况，对绝大多数生活在小城市的作家来说，都存在，不是中山一个地方的问题。一个小地方的作家，想要写出来太难了，这不仅仅是才华的问题，还有很多外在因素的影响。即便是网络时代，依然存在信息不对称的问题。除开这些客观原因，我想还有一个主观原因，地方作家写作更多是一种自我满足，并没有强大的文学欲望。写作对他们来说只是一种爱好，用以满足自我的精神需求。这种现象当然非常正常，如果从我的愿望出发，我非常希望中山能多出一些作品，能够出大作家那就更美妙了。

谭功才：我一直在说一个问题，就是中山的小说作者不多，尤其是中长篇这个环节最薄弱。小小说这块，除却林荣芝和大海外，还有蔡志宏、杨昌祥、蒋玉巧、廖洪玉等人，都各自在这个领域收获不少。中短篇这块也只有杨福喜等极少数作者，但在外界，别人只要一说到中山的小说，很自然就会说马拉。我知道你发表出版了长篇小说《余零图残卷》《未完成的肖像》《金芝》《东柯三录》《思南》等，但你更多的是凭借一部又一部的中短篇小说进入文学界视野的，对吧？你每年都有几部中短篇在国内重要文学期刊露脸，还有中短篇被不少选刊转载，且获奖不少，这些综合因素使你得到了不少关注。所以，中山文学被外界广为认知，和你的小说有比较大的关系。另外，我们一直在说中山本土作家在近二十年来比较稀缺，但最近有一部《香山魂》风头正劲，得到了不少赞美。我觉得这首先得益于大众对本土作家本土题材的渴望与关注。中山在改革开放，特别是二十世纪九十年代以来，本土题材的作品一直是最薄弱的环节，主要是因为外来作家的“沉淀”不够，对于本土文化、历史的东西“积淀”不够。所以，从这个层面上来说，我们这些新中山人比老中山人更为着急，是因为我们早已将自己融入这座城市了。

马　拉：本土题材在上一辈老作家那里得到了一些表现，现在确实有些式微。和你说的一样，本土作家少是一个问题，外来作家对本地历史风物的了解又不足以支撑写作，导致本土题材作品比较稀缺。从大面来讲，外来作家，即使人在中山，写的多半也是对故土的记忆，这个可以以活跃在中山的恩施少数民族作家群为代表。您是恩施人，到中山快三十年了，最具代表性的作品还是写故乡的《鲍坪》，这本书出来后广受赞誉，获得了首届土家族文学奖，也是中山近年来在散文方面最重要的收获之一。我不知道广东别的地市有没有像中山这样的少数民族作家群，中山这个现象非常突出，光是恩施籍的少数民族作家就不少，阮波教授为此还写过专论。目前，中山少数民族文学创作这块儿作家众多，成果也不少。

谭功才：这种现象首先来自一个现实基础，那就是我们那个地方的劳务输出主要集中在中山这个地方。二十世纪八十年代后期，原来的中山橡胶厂改制时，厂长就是恩施人，他一下子从恩施找来不少工人。从此，恩施人就像流水一般陆续来到这里。你前几年也和威廉去过恩施，那里文风很盛，立志于写作的人不少。尤其是我和梦脂来到中山后，团结了一批来自恩施土家族苗族自治州的写作者。顺带说一下，当时三只眼诗歌部落五名成员，其中有两名具有恩施少数民族身份。后来，就像滚雪球一般逐渐壮大，包括梦脂、乔明杰、杨昌祥、杨彦华、曾瑞、黄祖悦、黄建、李绪恒、刘作术、颜学敏等人，都在各自的写作领域里小有成就。这里重点说说梦脂，他与此前你所说到的谭斐等人完全一样，甚至更甚。他从事写作三十年来，出版诗歌专著将近十部，在海外名气不小，却甚少往国内刊物投稿。台湾学者诗人高准认为梦脂诗歌最大的特色是许多诗歌有谨严的新格律和严整的韵脚。说到杨彦华，还有点小遗憾。中山没能留住这个写小说的作者，她去了武汉发展。这是一个极有可能写出好作品的小说家，期待她能在大武汉有很好的发展，当然，更期待她的小说出来。她在中山工作了十多年，与这里关系密切。除却恩施这块，其实，还有田夫、刘春潮、邱运来、苏华强等等，都属于这个群落的重要组成部分。在我的带动下，最近好几位都成功加入中国少数民族作家学会。

马　拉：人才流动很正常，总体来说中山的写作队伍还是非常稳定的。除开我们谈到的诗歌、小说、散文和少数民族文学创作，中山的报告文学也有一定的特色。报告文学在二十世纪八九十年代是一种非常引人注目的文体，涌现了大量的优秀作品，说这些作品引领了一个时代的风潮都是不过分的。具体到中山，郑万里先生的报告文学作品相当厚实。先不说他的报告文学，单就一部文学随笔集《诺贝尔文学之魅》就足以让人尊重。郑万里先生以一己之力对整个诺贝尔文学奖获得者的创作及生平作了一个梳理，这种工作劳动量非常大，不仅要有开阔的文学视野和深厚的文学素养，光是阅读和资料整理就是一个巨量的工作。他主笔的长篇报告文学《中国灯都：一个惊艳世界的中国故事》，更是对中山古镇的灯饰产业进行了全面地书写，可以说为中山灯饰行业留下了一部不可磨灭的史书。黄刚主要写散文诗，同时兼事报告文学创作，他的《驭风而行——孙中山文化高铁行纪实》，把孙中山文化和中国高铁进行了结合，这种形式也是一种创新。作为报告文学，更多的关注本地本土，这也是这种文体当下价值的重要体现。

谭功才：报告文学这块我也算熟悉。我自己除了散文创作外，在报告文学这块也注入了不少精力。像2000年左右那段时期，我和杨福喜、黄河等人就是《打工族》期刊的特约记者，那时重点写打工一族的纪实性作品。记得2000年，我和熊斌华合作的《快乐打工宿舍》还获得了广东省第二届期刊优秀作品一等奖。若按照整体成就来说，最突出的应该是我与徐向东、何中俊、杨彦华等人合作的长篇报告文学《王道》，它获得了广东省首届报告文学奖，一同获奖的还有程明盛的《大国空村》。十部获奖作品中，有两部出自中山作者之手，说明中山的报告文学创作实力还是不容小觑的。近年来，随着中山作协报告文学学会的成立，报告文学这一体裁的创作队伍是越来越壮大了，报告文学作品的数量也上来了。但随之而来也出现了一些质量问题，应景式的作品不少，面孔相似的作品也不少。真正能沉下心来创作的不太多，尤其是面对重大社会事件、社会问题的报告文学作品太少，远远不能与深圳等地市相比较。

马　拉：近年来，有别于传统的报告文学，非虚构作为一种文体掀起了一阵风潮。在我看来，非虚构是传统报告文学的升级版，更注重文学性和思想性，也更有问题意识。其中的发轫之作应该是梁鸿老师的《中国在梁庄》，这部作品在《人民文学》发表之后，引起了广泛关注，中国非虚构文学自此蓬勃发展，成为一个显赫的文体。中山的报告文学作品，更多的还是传统的报告文学，着眼于一时一事，问题意识还稍有欠缺。而且，非虚构的市场化程度明显高于传统的报告文学，这个也应该引起思考。谈到市场化，我想说一下中山文学的另一面。前面我们谈的都是传统文学的构成部分。在市场化写作和网络写作中，中山有几位青年作家表现突出，比如说慕容素衣和叶克飞。慕容素衣写作量大，出版了大量作品，比如《时光深处的优雅》《愿有人待你如初：细品红楼梦中人》《生命的烤火：杨绛传》《浮世清欢，岁月安好：婉约词宗李清照传》等等，都是深受读者欢迎的畅销书。在目前图书市场不太景气的情况下，她的书一般都能发到两万册左右，这是相当了不起的成绩。叶克飞的《金庸政治学》《故人何寂寞：风雨中的民国故居》等作品也有相当的市场号召力，拥有大量的读者。我们从书名中可以看出来，和传统文学不同，他们的选题带有较强的市场意识，不单纯从文学角度出发。文学和市场能不能兼容，如何兼容，对当下的写作者来说似乎是一个两难问题。如果我们再深入思考一下，不难发现，市场其实从来不排斥优秀的文学作品，排斥的是既没有考虑读者需求，在文学上又没有特点的作品。

谭功才：你说得很对，中山文学的现状大体如此。市场方面反响很好的，并不太多。除了你说的上面两位外，还有几位。比如，吴止的网络小说，在几个影响较大的中文网站颇受欢迎；晚秋的《即使生命如尘，仍愿岁月如歌》，销售业绩也不错；还有最近浮出水面的网络写手酸菜一汤等等，都是我比较看好前景的作者。尤其值得一提的是，校园文学（儿童文学）这块，余俊相当突出。这些年他一直都在专攻校园文学这块，出版了近十部专著，影响日益扩大。除此外，还有何腾江、林毓宾、胡平华、匡匡等人，都在儿童文学这块有一定的斩获。文学作品没有特点，这几乎就是一个通病。我们大多数作者几乎都在做重复劳动。我突然想到了前不久《十月》杂志的季亚娅来中山讲课说的那句话：我们究竟是用汉语写作，还是为汉语写作？这是每位写作者都值得思考的问题。

马　拉：就中山目前的创作现状而言，我个人以为要先学会用汉语写作，然后再谈为汉语写作。而且，学会用汉语写作恐怕是当务之急。我们不少写作者基础还不够扎实，文学素养也有所欠缺，练好基本功非常必要。再且，纵观全局的话，我们会发现，我们的作家队伍结构不太好，发展不够均衡。其实即使发展不均衡也没有问题，问题在于我们也没有尖锐的特点。从人才梯队来讲，80 后作家少，再看 90 后几乎找不到人了。

更要命的是我们缺少表现突出的作家，在全省全国能叫得出名字的作家寥寥无几。我们不和广州、深圳比，我们天然处于劣势，完全比不了。就拿珠海来说，小说有陈继明、曾维浩，诗歌有卢卫平、唐不遇，散文有耿立，报告文学有曾平标。东莞小说有陈启文，他的报告文学影响力也非常大，散文有詹谷丰、塞壬、丁燕，诗歌更是有一大帮人。和他们比，我们的差距还非常大。这些都是我们要正视的问题。中山文学能做什么，该做什么，值得我们思考。

谭功才：你说的这个问题，我觉得首先是中山所处的位置比较尴尬，前有广州、佛山，后有珠海、澳门，右有深圳、东莞，它们的地域优势决定了其在起跑线上占得了先机。而且，这些城市似乎更愿意、更舍得在文学上投入。文学归根到底是一项寂寞的事业，但是我们不能否认，经济环境、社会环境的好坏，一定会反过来作用于文学。我觉得这是一种反哺，不可忽视。尤其是在经济发达的珠三角，方方面面都会对文学产生影响。最近中山正在大力提倡“重振虎威”，我坚信这次不单雷声大，雨点也一定会大起来的。我也相信，文学这块园地，定会在更好的环境下，得到庇护和滋润。至于你谈到的后继乏人的问题，就像当初我担忧的 80 后，现在不也冒出了不少优秀作者吗？就像法国著名雕塑家罗丹所说：世界上并不缺少美，而是缺少发现美的眼睛。我们接下来，就是要多地做“发现”的工作。

马　拉：也许是着急了，我们把一切交给时间。文学肯定不会断，总会有新人成长起来。现在站在中山文学现场一看，感觉我们处在一个空旷的平原，虽然周围不乏同行者，多少还是有些寂寞。这倒不是生活的寂寞，生活还是很热闹的，更多的是精神上缺乏一种呼应。有一句话我很喜欢，“在小地方也要做一个大作家”，我认为这不是文学野心那么简单，它意味着坚定和信念。和这句话相对应的还有一个词——“斗方名士”，这才是最可怕的。在一个小地方，自我满足，自我肯定，自我膨胀，恐怕是很难做出成绩来的。作为一个小地方的作家，我想我们应该站在平原上遥望群山，并坚定地向群山走过去。

江门

江门：从陈白沙、梁启超看岭南心学

王威廉　陈培浩

陈培浩：谈江门，且从陈白沙先生谈起。白沙先生名陈献章，为新会白沙里人，故世称白沙先生。陈白沙早期治学，一般被认为是远以孔孟学说、近以程朱理学为宗，后来受到陆九渊和吴康斋的影响，提倡“心理合二为一”，开了明代心学的先河。因此，陈白沙是王阳明的前辈，黄宗羲认为“明代学说由白沙始而达到精致”。人们多认为在心学学说上，陈白沙和王阳明最近，不过王阳明后来回避谈陈白沙，有人认为是完全不谈，其实不然，王阳明不愿多提陈白沙是正德十五年（1520年）以后的事。其间曲折，我们且存而不论。不妨先说一下从理学到心学的思想历程。程朱理学自宋以来极是兴盛，但它因被贴上“存天理、灭人欲”的标签而在现代臭名昭著。可是事实不是那样的，朱熹相信“理一分殊”，就是说，道理总是那个道理，可是分到具体事物身上就会产生差异。他用“月印万川”来说明这个道理，月亮总是那个月亮，可是在不同的河流中却映照出无数的月亮来。因此，在朱老先生看来，天理就是我们要皈依的那个大道，是我们无数涓涓细流必须汇入的大海。企图为人确立一个值得效仿的榜样或一套必须遵守的秩序的学说，都是理学。在这个背景下，你会发现心学处在中国思想河流中“大河拐大弯”的地理位置。很明显，心学重要的对话对象就是理学。在心学家看来，人之得道成圣，不在于得理，而在于得心。理学信奉者认为，完美的生命必须有一套完美的外在秩序可供依法；可是心学信奉者却认为，回到自己的内心就够了。“无善无恶心之体，有善有恶意之动，知善知恶是良知，为善去恶是格物”，这是经典的阳明格物致知心法。在他看来，良知便是心的本体，通过为善去恶的格物，任何人都能找到自己的心性本体。阳明心学的鲜明好处是给了所有人一个“立地成佛”的机会。心学将成圣从一个巨大的社会伦理结构中剥离出来，使其不再是一个社会事件，而成为一桩个人心灵修炼。

王威廉：岭南似乎在古代被视为“文化沙漠”，没有思想创见，这其实完全是一种误解，是一种文化地理学的傲慢，仅六祖惠能一人，便让岭南思想置于中国文化的核心位置。说白了，没有禅宗，便没有儒释道的融合，也就没有心学。具体说到“心学”，王阳明的心学自然影响最大，陆象山为代表的金溪心学也常被提及，还被合称为“陆王心学”；但以陈白沙为代表的江门心学处在一个很微妙的位置。就像你已经提到的，王阳明后来不提陈白沙，其中也许有不同的意见，也许更有“影响的焦虑”。早在阳明心学大成之前，白沙心学的影响力已经很大了。其实，江门心学有很多重要的可贵特质，比如“学贵知疑”“学贵自得”“内外合一”“学宗自然”，以及“因诗写道”等等。只有将陈白沙为代表的江门心学，与“陆王心学”放在一起，才能更好地看清和理解明代心学的全貌，以及随后心学的发展。《明史·儒林传》中便认为明代的“学术之分，则自陈献章、王守仁始”。心学对于中国文化太重要了，尤其中国古典文化的晚期阶段，理学的板结压力太大了，不仅影响到了文明的发展，而且已经影响到了每一个生命的精神活力，而心学则是一种文化内部的有力突围。

陈培浩：确实，后世一谈心学就是王阳明，其实白沙先生的思想也很有意思。王塘南说：“阳明之学，悟性以御气者也。白沙之学，养气以契性者也。”也有人说白沙学是主静的心学，而阳明学是主动的心学。在阳明心学体系中，万物秩序的建立以“良知灵明”为基础，良知应肩负其责任和担当，所以阳明心学虽主张因心称义，但他同样充满道德激情和积极进取的趋向；相比之下，白沙心学则主张把调节万物秩序的权力交给自然，白沙认为自然的秩序就是最完善的秩序，人心虚静而万物生。因此，白沙心学与阳明心学的区别，其实是心学在道家倾向还是儒家倾向上的区别。陈白沙主张“静中养出端倪”“养之以静，便自开大”，因虚静而得自然。不管是“虚静”还是“自然”，都是作为哲学概念存在，而非我们日常所指。这里的“自然”其实是日月运行、寒暑交替都循环有序的一种“治”和“道”，而“虚静”也是一种极高修为，它是对主体不竭欲望的一种化解、清空和调节。陈白沙是明代岭南思想界的代表人物，对他的思想也需要进行现代性的阐释。比如，如果我们在德勒兹“情动”的概念下来看陈白沙的“静中养出端倪”，就会发现他们对于认识世界和主体有着两种完全不同的立场和方法。德勒兹的“情动说”，强调的是世界以影像的形象对主体内在能量的生成，有着鲜明的“身体性”，可以说，主体的意义就在于他是一具不断生成情动的肉身；相比之下，陈白沙的心学其实有很明显的“反身体性”。不论是“虚静”还是“情动”，它们都可能抵达内心的秩序。不过二者却是两种极为不同的哲学观。今天，我们在处理纷繁复杂的矛盾时，同样会处于不同的哲学方法的冲突中，很难简单判断对错。对于写作者来说，写作必须深入到一种内在的哲学冲突去，如黑格尔对悲剧的要求那样，才能获得一种更强大的力量。

王威廉：你这种比较哲学论很有意思。白沙心学确实比阳明心学偏道家，虽然他们都有同样的释家根源和儒家底色，也许这跟道家的重要人物葛洪在岭南的活动有关，他的内修、守一的道家思想对后世影响不小。葛洪的《抱朴子》“先以儒之理入，后以道之行出”，对后世心学的“知行合一”显然有直接影响。白沙心学对此继承明显。白沙心学的语录不算多，在成“圣人”方面的冲动显得比较平和。但是，陈白沙是一个非常好的诗人，这点让我们能够发现诗与道之间的深层联系。饶宗颐先生在《陈白沙在明代诗史中之地位》一文中称：“明代理学家多能诗，名高者前有陈白沙，后有王阳明，而白沙影响尤大。此一路乃承宋诗之余绪，推尊杜甫、邵雍二家，取道统观念，纳之于诗。”明代从祀孔庙者有四，白沙先生位列其中，他是写诗最多的一位，有将近两千首诗存世，这是惊人的。他可以做到辞官南归，安心侍母讲学，随后朝廷屡召不起，这在仕途至上的古代太难了。但是，他的儒家底色是牢固的，他写诗：“多病一生长傍母，孤臣万死敢忘君。”这是他处世心态的真实写照。但在他的生命核心地带，他对于自然有着无上推崇：“盖廷实之学，以自然为宗，以忘己为大，以无欲为至，即心观妙，以揆圣人之用。其观于天地，日月晦明，山川流峙，四时所以运行，万物所以化生，无非在我之极，而思握其枢机，端其衔绥，行乎日用事物之中，以与之无穷。”他将天地万物的大道，与日用事物接通，并抵达无穷，因此，他的诗很有味道。“桃花寂寞梨花开，山中薄酒三五杯。村西有客可人意，风雨今朝期不来。”古诗中特别崇尚自然，但这个自然不是无人的自然，而是人的自然，自然因为有了人才是审美的自然，而不再是晦暗未明的自然。白沙先生说：“大抵论诗当论性情，论性情先论风韵，无风韵则无诗矣。今之言诗者异于是，篇章成即谓之诗，风韵不知，甚可笑也。情性好，风韵自好；性情不真，亦难强。”我们常常说做人要有性情，写诗，写文章，所有的艺术，更是需要性情。但性情不是肆意妄为，不是冒失冲动，性情是在跟自然之间的互动中修炼出来的。因此，中国古典哲学与西方哲学的不同就在于这里，前者并无划分清晰的主体和客体，而是混沌在一起的。自然的虚静与人的性情，其实是一体的，都在于人的“心”。人心体会不到自然的虚静，也就没有真正的性情；人心中没有了性情，其实也没有了自然的虚静。这些对我们今天的写作就极具启发，当某些后现代理论抹去作者的“踪迹”之际，写作者其实依然明白，是自己的性情在支撑着写作，支撑着文本的内在流动。

陈培浩：在陈白沙的后面来谈梁启超是别有意味。白沙先生是明代社会转折的思想代表，梁任公则是晚清以来社会危机和转型的思想代表。明代的社会危机通过“虚静”或“良知”的心学转换便可获得思想应对，但晚清在世界格局和国际秩序的剧变中，诉诸个体自我修炼的心学于家国危机是无效的。所以，康梁所思索和建立的思想学说，多是政治学说、教育学说。郭湛波说：“梁氏在中国思想史上的贡献，不如在学术史贡献之大，在思想史上的贡献，创设不如康有为，破坏不如谭嗣同，而其思想多来自康、谭二氏，故其思想不深刻，不一贯，随时转移，前后矛盾，然其影响甚大，则因其文笔生动，宣传力大。”这段话代表了学界对梁启超的总体评价，但这并不影响梁启超的个人魅力，他的魅力多半来自惊人的才华和文采，要不是他的才华和文采，他的影响力可能没有那么大。称许他的文采，黄遵宪的话最有代表性：“惊心动魄，一字千金，人人笔下所无，却为人人意中所有，虽铁石人亦应感动。从古至今，文字之力之大，无过于此者矣。”郭沫若也说：“在他那新兴气锐的言论之前，差不多所有的旧思想、旧风气都好像狂风中的败叶，完全失掉了它的精彩。二十年前的青少年——换句话说，就是当时有产阶级的子弟——无论是赞成或反对，可以说没有一个没有受过他的思想或文字的洗礼的。”梁启超对新思想的传播力，跟他的文辞才华是有莫大关系的。没办法，有的人有十分道理笔下只能道其八分，但有的人仅有一分道理下笔却能渲染成十分。论文章才华，梁启超应该是跟白居易、苏轼并列的第一流有才之人。

王威廉：从儿时直到晚年，梁启超对陈白沙这位家乡大贤一直怀着十分崇敬的心情。他在《儒家哲学》等许多文章中都提及陈白沙。梁启超珍藏着三件陈白沙的书法珍品，一为魏碑体，一为章草，一为行书诗卷。梁启超专门在题跋中写道：“子孙其世守之。”这寄寓着梁启超对陈白沙人品学术的景仰之情，甚至可以看成一种自觉的继承。这几件墨宝，梁启超从广东的新会带到了北京，又到了天津，直至终点。梁启超专门抄录了陈白沙的话：“得此把柄入手，则天地我立，万化我出，而宇宙在我矣。”这个“把柄”，就是“我心”。我在这里谈谈心学在岭南的延续，提到梁启超，不能不提康有为。康有为的哲学思想及其精神气质，表现出明显的心学性质，深受陆王心学和白沙心学的影响。康有为以“电”“以太”“爱质”“热力”“吸摄力”等概念，来阐释“不忍人之心”，形成了他糅合儒家心学与西方近代自然科学的博爱仁学。梁启超有心学思想便一点也不奇怪了，他著《惟心》篇，论述“境者心造”，强调“心物相应”，以及“心力”对物的征服。不得不提的是，同是岭南人的孙中山也接续了心学的脉络，他在《建国方略》中将社会理想分为心性、物质、社会建设三个方面，并在里边写道：“夫心也者，万事之本源也。”康梁和孙中山是改变中国近代历史的人物，因而岭南心学显然再一次在潜移默化中改变了中国历史。上溯，第一次改变便是六祖惠能的禅宗，直指人心，见性成佛。因此，狭义的岭南心学是白沙心学或说江门心学，但广义的岭南心学实际上更加博大，从中可以看到广东在中国文化思想史上的重要地位，这也是文化地理学当中，中心与边缘互动的典型。当中心固化之后，需要边缘的思想，而在陆地地理学中，广东自然是边缘。现在，就经济而言，海洋比陆地更重要，广东不再处于边缘，甚至成为中心。但广东距离北京遥远，依然还是政治边缘地带。这种中心与边缘的叠加，让广东当代的文化表现一方面生机勃勃，一方面深感无措。

陈培浩：如果不是生在那样的时代，梁启超可能会成为一个更具古典性的文人，接受儒学和心性之学的熏陶，用传统经学知识当一个才华横溢的文人和激情澎湃的士大夫。可是时代变了，梁启超出生的1873年，第一次鸦片战争已经发生了33年，一个古老的国家被迫打开去接受“海外”的世界和列强狼伺的国际秩序。穷则思变的中国士人早就发现，古典的学问在应对危机重重的现代世界完全失效。梁启超非常重要的贡献在于，他吸纳并宣传了一种民族国家的思想。这种民族国家的具体制度究竟为何，他其实并不十分清晰和坚定，所以他一直在改良、革命、立宪、保皇等立场中辗转，但梁启超的诉求特别清晰，就是要新国；他也有很有价值的学说，就是“欲新国，必先新民”。梁启超“新民说”的核心在于建设公德，一种利于群体、利于国家的公德，同时他也认为人民应该要自由和自治，要有进取冒险的精神，要有自尊心、合群的思想和毅力。不妨说，他是受西方近代资产阶级政治学说影响的第一代中国政治思想家。他的具体政治思想虽然没有化为现实，但我们今天所处身的民族国家观念的形成，有梁启超巨大的功劳。

王威廉：毫无疑问，梁启超是中国启蒙运动初期影响最大的一位。中国的启蒙与欧洲启蒙运动不仅空间不同，语境不同，而且还有时间差。启蒙运动主要是十八世纪初以法国为原点在欧洲展开，它传入到中国的时候，实际上已经到了十九世纪末期了，有一个差不多两百年的时间差。而在十九世纪末，西方的主流思潮是浪漫主义，因此中国人接受的启蒙思想其实混入了很多的浪漫主义思想。此外，启蒙本来是一个特别缓慢的历史进程，西方经历了几百年的时间才用启蒙的思想观念建构了一整套的社会文化机制；而中国在风雨飘摇的晚清借用启蒙的思想资源，是想快速达到一个富国强兵的目的。梁启超作为首批有现代意识或者说有世界意识的知识分子，借用启蒙的观念，实际上是回应中国当时的现代性焦虑。那种现代性焦虑的核心是救亡图存。我们经常说近代中国的启蒙经常被救亡所压倒，在梁启超身上，这一点体现得特别明显。他的老师康有为主导的百日维新失败后，梁启超把这场政治上的失败归结为民众素质的问题，便是所谓的

"新民"。所以，他提出了"精神维新"这个说法，这无疑把康有为的观念往前推进。当然，也是接续了中国现代转型的命脉。

陈培浩：说起梁启超，我们会想起《少年中国说》。对于文学界人士来说，梁启超那句"欲新一国之民，不可不先新一国之小说"并不陌生。如果我们说这句话改变了中国小说的命运，似乎有点言过其实。可是它让小说去承担现代民族国家转型的任务，使小说从文化使命上成为"大说"，由此成为现代社会被委以重任的文体，却是不争的事实。

王威廉：他专门有篇文章，就叫《论小说与群治之关系》。他的论述若用今天的理论来阐释，可以表述为：小说以一种精神认同、政治认同的方式，有能力建构起一个民族国家的想象共同体。今天没人会相信小说有这样的力量，但如果把小说改换成另外的艺术形式，比如好莱坞的电影，还是有相当的文化力量。新文学运动之后，白话文小说兴起，但更受欢迎的不是鲁迅，而是张恨水以及"鸳鸯蝴蝶派"的情爱小说。这让梁启超特别失望和痛恨，他甚至有些偏激地指责"鸳蝴派"小说"诲淫诲盗"。他亲自操刀写了一个长篇小说《新中国未来记》，但是没能写完，因为他很显然不具备一个小说家的思维方式。他的思维方式是政论式的，特别急切地想要达到某种具体的目的。与其说他想用小说急切地改变人们的思想观念，不如说他用小说直接描绘了自己的政治蓝图。小说在他那里失去了艺术的形式，完全成了政治思想的工具，这种方式在小说写作中当然是会失败的。当然，失败还有一个深层原因，他无法想象一个与现代世界全然有别的以中国为主导的世界模式。没有人能跳出历史的语境，尤其是世界史。难道这不也是我们今天的文化困境吗？我们今天依然还没有走出梁启超的困境，这需要我们进一步向前走，按照我们的本心。

陈培浩：我们这个关于江门的对话很有意思，这个对话其实有着"从江门读历史"的思路，从陈白沙到梁启超，我们看到的是古典中国的内在变迁和中国在从帝国到现代民族国家转型过程中的思想表征。正如前面说的，在这个过程中，中国人从内陆想象被迫接受了现代国际格局中的海洋想象。"海外"世界被打开之后的故事，同样在江门的历史上上演，那就是无数漂流到异乡的华侨，江门甚至被称为"中国第一侨乡"。华侨文学同样是观察江门的重要角度，限于篇幅，我们且不展开，我想简单说的是，华侨文学可能不仅写华侨故事、华侨历史和华侨精神，以后如果写华侨文学应该深入到今天正在激变的世界深处去提炼一种新思想和新哲学。历史的剧变在江门催生过陈白沙和梁启超，今天我们面对这个可能正处在某种转折中的世界，可能会催生出什么样的思想者呢？我们拭目以待。

王威廉：我补充一下，若是来江门，有三样景不可不看。第一样，陈白沙和梁启超的故乡新会，除了瞻仰人杰，一定要去南面的崖山。南宋末年，陆秀夫背着小皇帝在这里跳海，元朝代替了宋朝，中国古代历史发生了最剧烈的一次转变，从中古到了近古，中国人的历史重负日甚一日。第二样，是开平碉楼，在我看来，这是中国首度进入资本主义全球化的遗址。华工在海外赚钱，在家盖中西合璧的防御性碉楼，但是，究竟有多少人真正享受了碉楼，又有多长时间享受，如果仔细调查，结果非常惊人。第三样，是小鸟天堂，就是课本上学过的巴金先生写的《小鸟天堂》。那棵榕树独自生长在江心的一座小岛上，因而成为国王式的存在。那种枝叶散开的程度远超想象，很难相信那真的只是一棵树生长而成的，那是真正的“独木成林”，它突破了我对于生命的某种观念。在它的树杈间，栖息着一群群白色的鸟类，我没有刻意去记那是什么种类的鸟，只因我觉得那些翅翼修长、无拘无束的白鸟是如此美丽，美丽得不像是这世间真实存在的生命，美丽得就像是这棵巨大而孤独的榕树所渴望陪伴的虚构之梦。

有待挖掘的富矿
——关于江门文学的对话

张启雄　宋　雯

宋　雯：张主席好，很高兴有机会和您聊聊江门文学这个话题，您是个土生土长的江门作家，又是江门作协主席，一直活跃在江门文学现场，对江门文学的历史、现状肯定比一般人更加了解。但我想先从您个人的创作情况谈起，因为我认为您是一位非常有代表性的江门作家。从您发表第一篇作品到现在，已经有几十年了吧？能否谈谈您的人生经历和您的文学创作之间的关系？比如您的童年经验、家庭环境、经历过的历史事件，有没有对您的文学创作产生影响？

张启雄：宋老师，您好！首先感谢您曾花心血给我的长篇小说《爬过沼泽》写精彩的评论。现在又和你谈江门文学的话题，正好让我借此机会梳理和思考江门文学的历史与现状，结合自己的创作实践，谈谈我的个人看法。因此，我觉得特别高兴。

我出身于鹤山市一个乡村教师家庭，从出生到二十三岁的人生旅程，我的光阴基本是在校园里度过的。小时候，虽然生活在小学校园，与农家孩子一起读书，一起玩耍，表面上与同龄孩子没有什么区别。但是因为父母都是外地来的教师，领国家工资，家里没田没地，没有属于自己的房屋，因此实质上与当地的农民有很大的区别。这种特殊的背景，培养了我从小形成独立思考的能力，凡事善于从不同的角度去思考。这正是文学创作所需要的。

童年时，父亲因“文革”早逝，这是我们全家命运的转折点；青年时，我几次参加高考终于获得成功，这是我人生命运决定性的转折点。这两次大转折出现在我身心成长的重要阶段，心理影响非常，所有经历和感受总是挥不去、抹不掉，不仅在我文学作品的内容和内涵上留下印记，同时影响了我的文学创作手法。

我们这代人，刚刚踏入社会便跨越新旧两种截然不同的体制，见证了改革开放整个过程。这对于作家来说无疑是弥足珍贵的特殊经历。我的初期创作深受鲁迅作品的影响，中后期的创作，则重视从人性的角度剖析社会种种现象，并探索现代艺术的表现手法。如长篇小说《不期而遇》《爬过沼泽》等。以我基本修改完的长篇小说《叠翠小城》为例，小说参考了新冠疫情，讲述主人公一系列的离奇遭遇。我之所以特别提到这部小说，是因为这部小说在省作协举办改稿会，我听取了您以及许多专家的宝贵意见，几乎从头再来，下苦功进行大修改。借此机会，向您以及有关专家表示谢意！

回顾我的文学创作，自己的每部小说几乎都有自己的影子，都有历史事件的痕迹。

宋　雯：江门自古以来人才辈出，但谈到江门历史上的文学名家和文化名人，很多人能想到的也就是明代的陈白沙和大名鼎鼎的梁启超，您能不能给大家介绍一下在中国文艺界比较有影响力的江门作家和艺术家？

张启雄：两三年前，我在江门演艺中心观看一部推介江门艺术成就的宣传片，首先介绍的杰出艺术人才是中国油画之父、国民革命先驱李铁夫和民国时期影后胡蝶。就其艺术成就和影响力来说，他们当之无愧摆在最突出的位置。两位都是鹤山人，我为此感到荣幸。顺便一提，李铁夫也是很有才华的诗人。他以诗言志，留下了许多诗词佳作，可以让我们更加深入地了解他的人格魅力和崇高的精神境界。可惜他的诗词还没有引起我们足够的重视。

江门的确是人杰地灵的地方，除了陈白沙、梁启超，以及李铁夫、胡蝶，还有不少颇有影响力的文化名人。比如清末民初响当当的国学大师易大厂，他籍贯鹤山，曾做过孙中山得力助手胡汉民的秘书，学问广博精深，在美术、诗文、音乐、佛学、篆刻等方面，均造诣高深，遣词作诗，倚马可待，真正的七步之才，在当时的文坛耀眼夺目。此外，鹤山还出了一名叫任溶溶的出色翻译家，他曾荣获国内外许多大奖，现居上海。他翻译的《安徒生童话》《木偶奇遇记》《洋葱头历险记》等作品，给我留下了许多美好的回忆。

在江门的小说创作方面，不得不提的是恩平作家吴有恒，他曾写过一部在全国都颇具影响力的作品——《山乡风云录》。该长篇小说以岭南为背景，描写了女队长刘琴在抗战胜利后，率领游击队突破国民党军队的封锁，辗转到横山地区开辟革命根据地，打击敌人的故事，其中穿插的山川风物、民风民俗的描写，使这部战争小说洋溢着浓郁的岭南风情和热腾腾的烟火气，深受读者喜爱。它曾先后被改编为话剧、粤剧、电影等多种文艺形式，我曾观看过粤剧《山乡风云录》，印象非常深刻。至今我还记得其中有个唱词叫："乡长乡长，黄金万两。"改革开放后的江门籍小说家，最出名的还是要数张抗抗吧！她祖籍为江门蓬江区的杜阮镇，曾荣获鲁迅文学奖，全国优秀中、短篇小说奖，优秀中篇小说奖，庄重文文学奖，并三次蝉联中国女性文学奖。2019 年底，我随全国著名作家采风团参观江门，专程参观了她的祖居。

宋　雯：五四以来，从现代时期的启蒙文学，“十七年”时期的革命文学，到“文革”结束后的改革文学、伤痕文学、反思文学、寻根文学、先锋文学，再到九十年代的新写实主义，中国涌现了很多文学思潮，你方唱罢我登场，江门有没有和这些文学思潮相呼应的作品？看到一篇关于潮汕文学的文章，里面引用了黄景忠教授所说的一段话：“和整个中国新文学发展过程相比较，潮汕新文学缺乏启蒙文学的发展阶段，哺育潮汕新文学的，是革命文学。所以，潮汕文学的鲜明政治色彩就在所难免了。作家们关注的，是社会的政治变动，几乎现代史上每一次重大的政治运动，都在文学中得到反映，甚至许多作品直接切进政治命题。”江门也有类似的情况吗？

张启雄：在我印象中，改革开放之前，并没有太多让人印象特别深刻的当代江门文学作品，最出名的大概就是吴有恒的《山乡风云录》了，它可以纳入革命文学一类。我认识的江门文学是在改革开放之后。江门作家队伍里，总体而言没有在政治上跟风的，即使有也不突出。有意思的是，改革开放以来，江门有一些深受中国现代时期启蒙文学、外国文学经典影响，创作上有意识地融入现代文学元素的重要作家，而且他们多年来坚定不移地进行探索和实践，如商河的小说，吴迪安和李白云的诗歌，风群教授的小说也带有这方面的特质。这种现象，在全省地区一级的作家队伍中并不多见。这种探索精神在江门发挥了引领作用，带动江门整个地区文学创作质量的提高，实属可圈可点。

宋　雯：您说改革开放以来的一些江门作家的作品具有探索精神，这点是不是因为他们普遍受过高等教育，阅读了很多外国文学经典，所以对西方的现代派手法有种天然的亲近？

张启雄：富有探索精神，有自觉文体意识的作家，在江门城区有五六个吧，他们有的读过大学，有的当过兵，也有完全靠自学的。他们主要是受当时现代文学思潮的影响，并长期经常聚集在一起互相交流。

宋　雯：改革开放后，中国社会经历了很大的变化，逐步由封闭变得开放，意识形态、价值观、经济生活都变得更加多元，广东处于改革开放前沿地带，身处此地的作家肯定对这些变化更加敏感，您能谈谈改革开放之后江门文学（包括小说、诗歌、散文、报告文学等）所发生的变化吗？

张启雄：改革开放以来，江门作家队伍也跟随社会的发展进程，创作上呈现多元发展的态势，比较明显的是出现了通俗文学、打工文学、先锋文学、网络文学、畅销文学、涉足影视和话剧之类的跨界创作等等。

整个发展过程中，难得的是有一批作家沉得住气，不追随波流，一如既往坚持纯文学、精品文学创作。前面提到的一些坚持先锋小说创作的作家，也包括在其中。他们一直坚持精益求精的艺术探索，反映人性的真实，如商河等作家，一度备受省内外文学界关注。又如江门文联主席尹继红，身居要职，百忙中还腾出时间出版了有一定影响的两部长篇小说和多部散文集、报告文学集，上演了大型话剧、大型歌舞剧，实在让人敬佩。

印象中，在二十世纪八九十年代，江门曾出现过几位有点知名度的散文女作家，她们善于从女人的角度细腻地描写她们的所思所想、所见所闻，作品属于写女人小情怀之类的散文。这类作家代表有黄文婷、黄晓霞等，她们的创作被称为“小女人”的散文创作。有人把黄倩娜也列入其中，俗称“三黄”。

近几年来，我们成立了诗歌创作委员会和江门诗社。诗歌创作成为最活跃的一支队伍，时有反映现实生活的好作品发表出来。

还有一个重要变化，就是随着江门侨乡文化的挖掘与打造，小说，散文、诗歌，特别是报告文学作品中，江门侨乡题材得到了作家的日益重视。

应该说，随着这些年繁荣文艺政策的落实，政府对文学精品创作扶持力度的加大，江门作家精品创作的意识和热情大大增强。这是一个很好的发展趋势。

宋　雯：江门曾经有一本办得很成功的文学期刊——《江门文艺》，号称“浓缩了三亿打工人的生活状态，十亿老百姓的相关故事”，在二十世纪九十年代，每期发行量据说可多达几十万册，为什么这本刊物在当时这么受欢迎？这本刊物有没有刊载过让您印象特别深刻的优秀作品？

张启雄：那个年代，全国有两份非常有影响的通俗文学期刊：一是《佛山文艺》，二是《江门文艺》。当年的《佛山文艺》还受到主流文学期刊的关注，《小说月报》每期最后几页都会选登全国纯文学杂志的最新目录，《佛山文艺》每期目录也列入其中。我的第一篇短篇小说《一封被我撕碎了的情书》有幸在《佛山文艺》上发表，所以十分感谢有《佛山文艺》这份通俗文学杂志。《江门文艺》杂志能够诞生和风行，正是由于社会通俗、大众文化的兴盛，就像当年港台流行歌曲备受追捧一样。当时，广东出现了规模浩大的打工潮，外来工人数激增，特别是流水生产线的打工族，寂寞枯燥的生活需要寻求文化的滋润。其中不少作者来自生产第一线。这些作品以通俗文学、大众文学的形式，反映打工族（包括外来工）的生活状况，表达他们的心声，因而一度大受欢迎。当时《江门文艺》杂志的成功，可以说是江门文学史上值得记载的一页。据悉，曾获得鲁迅文学奖的王十月等作家，当年也是《江门文艺》的重要作者之一。

宋　雯：广东是个外来人口很多的省份，广州、佛山、中山等地的外来作家就很多，江门也有类似的情况吗？能否介绍下当下的江门作家队伍？您觉得外来的作家和土生土长的本地作家在文学创作的题材、风格、创作手法等方面有什么不同？目前的江门文坛有哪些有影响力、有代表性的作家作品？

张启雄：目前，江门市作协有会员300多人，外来作家大约占十分之一，数量远远不及佛山、东莞、中山等经济发达的地区，这是江门作协的一个短板。但这批外来作家是江门作协队伍里的中坚力量，也为江门文坛带来了活力，为江门文学精品创作争取了荣誉。

一些外来作家在选材方面还是以他们的家乡为主，如刘利元的散文集《我的西沙窝》等。也有不少外来作家关注江门文化，特别是关注侨乡文化，如凤群教授的多部小说集和电影剧本。外来作家和土生土长的本地作家的创作手法各具千秋，在创作风格上并没有多大的区别。我想这个问题在全省也有类似情况，因为许多本地作家的作品并没有显现出真正意义上的岭南风格特色来，而外来的作家融入当地社会生活需要过程。由于粤语交流障碍、作家社会关系制约，外来作家要表现出岭南特色的作品具有相当大的难度。

谈到目前江门文坛有哪些有影响力、有代表性的作家作品，这个问题不容易回答。还是让时间检验吧。我觉得这些年来，江门文学所取得的成绩也有值得安慰的地方。最高成就是纪实文学《万里赴戎机——五邑侨乡抗战实录》荣获第十届广东省鲁迅文学奖，作者是尹继红、郭卫东、张启雄、熊正红、梁小恩。这部纪实文学花了作者大量心血，有许多人物和内容通过挖掘填补了空白，对研究江门华侨历史和华侨人文精神，很有参考价值。

这些年来，江门获得各种荣誉的优秀作家作品还有：尹继红的《乡图》、商河的《仙客》分别获省作协主办的“大沥杯”长篇小说奖、短篇小说奖。张启雄的《不期而遇》被选送参加法兰克福书展，入围当代·2015年长篇小说年度论坛评选，获全国网络票选五佳作品。郭卫东荣获第十三届广东省新人新作奖。鄢文江的评论荣获第八届广东省鲁迅文学艺术奖。谭月韶的电视剧本《河东河西》获华策克顿创作大赛三等奖。凤群的短篇小说《徽州二题》入选《2019年中国文学年鉴》。张碧云的长篇小说《远方有炊烟》入选庆祝新中国成立70周年丛书。商河的短篇小说《看海》2019年发表在《花城》杂志粤港澳大湾区文学特刊刊首。尹继红的话剧《大道无疆》在广州友谊剧院、江门演艺中心公演，引起了广泛的关注。邓荣宗的话剧《县令丁积》在江门演艺中心公演，引起了关注。近几年来，张启雄、尹继红、张碧云的长篇小说相继获评广东省文艺创作精品或重点题材扶持项目。

江门作为著名侨乡，有一批活跃的海外作家。最有影响的是旅美作家刘荒田，他先后在大陆、台湾获得4次诗歌奖，近些年，他钟情创作散文、随笔，集海外20多年人生体验，写尽新旧移民的生存沧桑。

特别值得一提的是前来江门挂职的两位名家。一是著名文艺批评家谢望新，在鹤山挂职县委副书记一年，为鹤山文坛做了不少实事。他还以切实体验和感受，创作了长篇散文《鹤山，明朝会更美好》，发表在《羊城晚报》上，在当地曾经引起轰动；另一位是鲁迅文学获得者、广东省文学院院长熊育群，现在挂职江门市委宣传部副部长，瞄准五邑这片风云激荡的土地，挂职前创作的反映古镇风土人情和历史变幻的散文《双族之城》，荣获第十八届百花奖，创作的讲述鹤山霄南鲜卑后裔艰辛寻根之路的散文《血之源》，发表在《收获》杂志，继而《散文》（海外版）、《散文选刊》相继转载。

可以说，这两位名家前来江门挂职，都为当地文坛带来了新气象。

宋　雯：您怎么理解“粤港澳大湾区文学”这个概念？“粤港澳大湾区文学”这个概念的提出，给江门文学的发展带来了哪些机遇？

张启雄：省成立粤港澳大湾区文学大联盟后，我参加过几次重要的活动，先后到深圳、澳门、江门参加过几次有关峰会，有一些思考，也有一些感触。我觉得目前粤港澳大湾区文学发展还处在探索阶段，要取得实质性的进展，还有十分艰难的路要走。要想抓出成效来，就要做到四个明确：目标定位要明确，主攻方向要明确，领导机构要明确，具体措施要明确。

多年前，著名文艺批评家谢望新提出广东文学要走出五岭山脉。这个提法是有针对性、建设性的，曾在广东文坛引起较大的反响。粤港澳大湾区文学发展方向也要有针对性、建设性。既要向内、向上，还要向外，也就是作家不仅要有走出岭南山脉、走进中原、走向北京的志向；还要拓宽视野，具备世界的眼光，通过更广阔的交流，与国际紧密接触，相互学习、借鉴。思想艺术上要有辨识度，即在创作主题、创作风格上，反映粤港澳大湾区的人文精神、思维共性、国际视野，更加关注世界，关注未来，彰显粤港澳大湾区的特色。我认为这方面应该大有作为。因为广东在近代史上一直引领社会风气之先，在探索未来发展特色这一方面，国家对广东寄予厚望，这也是粤港澳大湾区广大作家应该思考的问题。粤港澳大湾区需要一批善于探索的作家，通过传承和创新开辟新的通道，需要有所建树者成为这方面的弄潮儿。

江门是著名侨乡。《粤港澳大湾区发展规划纲要》提出要将江门打造为世界华侨华人文化交流平台。相信江门文学家今后会有更多接触世界的好机会，今后我们要好好利用这个文化交流平台。

宋　雯：江门是中国第一侨乡，蕴藏着丰富的写作素材，但这些写作素材需要我们去开发和利用。我印象比较深的是华裔女作家张翎在 2009 年写的一本以自力村及开平历史为原型的小说《金山》。小说从清末华工方得法远赴加拿大淘金修铁路讲起，详细地描绘了方家四代人在金山的悲苦奋斗历程，以及他们与故土亲人的悲欢离散。作者凭借这篇小说获首届“中山杯”华侨文学奖评委会特别大奖、华语文学传媒大奖年度小说家奖等多个奖项。您在一次谈话中说要抓好侨乡题材创作队伍建设，发动本地作者讲好“侨乡故事”，关于这点，您有没有什么比较具体的计划和设想？您上次说您最近在集中精力采写最早起源于鹤山，并持续十几年的土客大械斗，我觉得这个题材特别有意思，因为写爱国华侨的多，写华侨海外生活的多，表现侨乡本地老百姓生活和历史的并不算多，您现在的写作进展如何？在这部小说中，您重点想表现的是什么？

张启雄：江门的确是文学创作的富矿。由于有侨乡文化优势，人文资源特别丰厚，是可以出大作品的地方。张翎的长篇小说《金山》和江门几位作家合著的纪实文学《万里赴戎机——五邑侨乡抗战实录》能获得大奖，估计与独特的华侨题材有关。

挖掘侨乡题材作品，是江门作协重点工作之一。近几年来，江门在重点扶持文艺精品方面，非常重视华侨题材，扶持力度也比较大。我们对讲好“侨乡故事”的计划设想：一是抓精品创作。对纳入重点扶持的作品，通过各种形式召开研讨会、改稿会，提高创作质量和宣传力度。二是与社会通力合作，举办各种形式的征文活动。如前年和去年分别组织举办“马耳山杯”鹤山红茶征文大赛、新会红木家具征文大赛、“讲好新会陈皮故事”全球征文大赛等，今年计划举办开平“大沙杯”茶文化全球征文大赛。三是组织作者调研和采风。

持续十几年的土客大械斗这段历史，颠覆了我以往对华侨出国的历史原因的认识。至于土客大械斗这个题材，因为其发生在我出生和成长的鹤山，总有一种创作的冲动，也有义不容辞的责任。目前还处于搜集资料和构思大纲阶段。这部长篇小说以台山市赤溪镇和鹤山市鹤城镇为背景，通过描写土客两个村两大家族从忌恨到和解、从敌对到融合、从纷争到合作的过程，着力描绘侨乡几代人的坎坷命运和奋斗历程，展示侨乡一百多年来波澜壮阔的历史画卷，讴歌侨乡人自强不息、奋发进取的精神特质，阐述中华儿女与世界各国相融共生的关系，表现人类走向命运共同体这一主题。一切爱恨情仇，都化解在家国情怀和共同发展之中。

宋　雯：很多经典文学作品都生动表现了本民族、本地区独特的文化。沈从文的《边城》如此，老舍的《茶馆》如此，阿来的《尘埃落定》也如此。您认为和其他地方相比，江门地区最有特色的文化是什么？是侨乡文化吗？特定的地域文化总是和该地区的山水景观、人文古迹、服饰、建筑、民风民俗、思维方式、价值观联系在一起，您能否谈谈侨乡文化的具体内涵？在您印象中，较好表现了侨乡文化的文学作品有哪些？

张启雄：侨乡文化无疑是江门最有特色的文化。华侨文化的内涵是一篇大文章，可谓更仆难数。务实，包容，精明，敏锐，开拓，勤奋，爱国爱乡，特别重商言商。而最大的特点是坚持实事求是，敢于摆脱历史与现实的束缚，思想更加前卫，更加关注世界，更加关注未来发展，所以在中国近代史上出现了许多敢闯敢干、敢为天下先的杰出人才。

说到江门较好表现了侨乡文化的文学作品，我认识不足，知道的有限，您提到张翎的长篇小说《金山》和上面提到的纪实文学《万里赴戎机——五邑侨乡抗战实录》，相对来说算是比较厚重的作品吧。

其实，反映侨乡题材的作品的确不少，但真实反映侨乡人民精神特质的作品不多，一些作品人物脸谱化，内容欠缺深度；个别作品不够客观，甚至简单粗暴。这方面，我倒觉得多年前香港拍摄的多集电视纪录片《寻找他乡的故事》非常好，看后让人觉得非常亲切，非常感动，也很有启发。

期待熊育群准备创作的长篇小说《双城》。为了全力创作好这部侨乡题材小说，省里安排他前来江门挂职，在开平赤坎和台山广海蹲点，深扎江门一年时间。他对此非常认真，调研采风深入细致，仅是采访记录目前已有几十万字，对侨乡的山水景观、人文古迹、服饰、建筑、民风民俗详尽记录，点点滴滴，不放过任何一个细节。我和江门个别年轻优秀作者也借机跟班学习，吃住在基层，深入生活，受益良多。

宋　雯：说到在小说中体现地域文化的方式，方言也是其中一种，语言学家罗常培先生在《语言与文化》中说："社会的现象，由经济生活到全部社会意识，都沉淀在语言里面。"方言体现了当地人的思维方式、人生观、价值观，韩少功也曾提到，普通话不能取代方言，比如方言地区的一些笑话，如果翻译成普通话就不好笑了。您在小说《爬过沼泽》里运用了不少粤语方言词，使得这部小说的地域特色更加浓郁了。您有计划创作更多带有粤语方言的小说吗？您长时期以来一直生活在江门，而且您的主要创作活动是在江门完成的，作品中的很多故事场景也是江门，您认为您的创作与江门的文化、江门的城市性格之间是一种什么样的关系？

张启雄：文学作品彰显其巨大的生命力，文学的差异性、个性风格、地方特色是重要的因素之一。越是民族的，也越是世界的。当代文学作品最大的问题是雷同，千篇一律，千人一面，我想这也是文学受冷落、失去众多读者的重要原因。

最近我到南京参加一个文学高峰论坛，聆听了阿来就文学语言的专题讲座，他十分强调文学就是一门关于语言的学问。

江门除了侨乡文化、除了碉楼等物象之外，还有特色语言。尽管有地方政府和单位使用普通话及外来人口多等各方面的冲击，但粤语交谈在珠三角地区还是最普遍的，原汁原味的粤语方言得到较好的保存。而江门粤语文化中最具特色的方言还有四邑话、鹤山话（沙坪话）等等，这是一种优势。其实全球有将近 1.2 亿人讲粤语，数量非常宏大。回顾改革开放初期，港台流行歌曲风行全国。可惜现在粤语文学已走下坡路，越来越滑向低谷。现在广东的作家，保留了创作个性，但存在弱化地域性的倾向。即使有地方这个概念，普遍也是徒有其名，只有标明地名，没有地方人文气息，包括人物的精神风貌、性格典型和特色方言。主要原因是语言环境发生了根本性的变化。广东许多地方，特别是经济发达的地方成为移民城市，说粤语的环境逐渐减弱，现在人们在公众场合都是讲普通话。最近我到湛江采风，与当地的干部座谈也是用普通话。

创造出说普通话的读者也能看得明白的粤语方言作品，这是弘扬粤语文化的关键，而且这是有可能的。现在抖音、微信，就经常出现创造性的粤语或其他方言，而且非常吸引人，点击量不少。

我在这方面，很早就有意探索。我的长篇小说《爬过沼泽》现在留下两个版本，开始的时候，是用浓郁的粤味特色写成的，但是为了面向全国发行，所以加重了普通话的成分。这些年，我还创作出一系列中短篇小说，当中大量使用粤语方言和当地场景。

山川各异，日月同天，风俗不同。我认为，一部现实主义小说的故事场景、语言风格与地方特色紧密相连，方言更能直接表现出城市性格特征，折射出构建人物的灵魂，也显现其作品的差异性、辨识度，更有说服力，读者也更加感兴趣。我有时希望，广东能创办一份特殊的文学刊物，专门培育和打造一个具有浓郁粤味风格创作的作家群体。因为粤港澳大湾区呼唤粤派作家群体，也呼唤粤味风格显著的标杆式的人物。

宋　雯：作为一个长期活跃在广东文学现场的江门作家，您认为江门文学界现在存在的最大的问题是什么？

张启雄：文学是靠作品说话的，文学精品是衡量一个地方文学水平高低的标准。江门文学存在的最大问题是缺乏叫得响的作品，缺乏领军式的文学人才，这与具有深厚文化底蕴、出过大作品的侨乡不匹配。江门有一些默默耕耘、坚持探索的作家，这是很好的现象。不过，作家队伍里也普遍存在非常现实的思想，具有大志向、大气魄的作家不多，尤其是青年作家队伍里，更是屈指可数。幸而近年来这种状况有所改变，敢碰大题材、有气魄的文学创作明显增多，如长篇小说和散文集方面，现在就储备了《双族之城》《康梁》《大道无疆》《我的校园我的梦》《叠翠小城》《小城盛事》《一河两岸》《白雅特》《浪琴湾密码》《龙峰山》《凛冬将至》等值得关注和期待的作品。个人认为，江门作家在全省各地区整体实力并不算太差，但在全省地位不高、知名度不高，究其原因可谓一言难尽。我想与江门作家一直比较低调、与外界的交流不多、视野不够开阔、向外宣传推介力度不够有关。有些作家仅满足于自我欣赏，我们期待更多的作家能够“立足江门，走出江门”。

第二个突出问题是青黄不接，优秀青年作家不多，表现不突出。其中应该注意的问题是一些有志向的年轻作家，对身处侨乡的历史文化少挖掘，少钻研，仅停留于表面，这样有可能妨碍他们向更高目标进发。这些问题我们已开始重视。两年前，江门作协建立一支有二十多人的青年作家创作骨干队伍。经过努力发现和培育人才，已初步取得一些成效，比较突出的有张志伟、宋玥、钟秋苹、骆力言、唯易永恒等。如张志伟有诗歌在《人民文学》上发表，宋玥前年在《作品》杂志发表了有特色的短篇小说。骆力言年仅二十岁，已崭露头角，她的短篇小说去年获第九届“包商银行杯”全国高校征文比赛优秀奖，短篇小说《黑裙子》《回到家》相继在《中国青年报》上发表，她的小说、散文、诗歌创作有特色。唯易永恒是在省内外有较大影响的网络作家。值得一提的是，借熊育群深扎江门的机会，根据江门市委宣传部的布置，江门市作协精心挑选了钟秋苹、张志伟两位有潜力的年轻作家，采取“名家带新秀”的形式，跟随熊育群到开平、台山第一线蹲点，跟班学习，为有潜力的年轻骨干走出江门、走向全省甚至走向全国创造有利的条件。

肇庆

肇庆：文明融合与历史转折的提醒

王威廉　陈培浩

陈培浩：我去过肇庆几次，住过鼎湖山，游过七星岩，可以说作为游客打卡过肇庆的重要景点。在鼎湖山回来后还写过一首诗，如今看到这首诗，还会激活很多鲜活的记忆。我相信每一个公共空间，都一定贮存着无数个体的个人记忆，但这些个人记忆本身仅属于个人，除非有什么特别的历史因缘，它很难进入公共讨论的范围。事实上，进入肇庆有很多维度，我们既可以从自然地理角度，也可以从历史文化角度。肇庆的历史文化名人也不少，远的如汉代古文经学的代表人物陈钦、陈元父子，近的如当代岭南画派代表人物黎雄才等，中间的还有在中国民间具有极高知名度的宋代名臣包拯，都有可说道的地方。

王威廉：肇庆古称“端州”，是国家历史文化名城。从汉代到清代，肇庆多次成为岭南政治、经济和文化中心，因此，在大湾区的视野中谈论肇庆及其文化、文学的意义是非常重要的。像你提到的陈钦，他是大学问家，向王莽传授《左氏春秋》，有很多自己的独到见解，故自名为《陈氏春秋》。王莽称帝虽短，但陈钦无疑也是帝师，远在汉代之际，岭南就能出这样的人才，是令人刮目相看的。说到肇庆，确实不得不提“包青天”包拯，他出生于庐州（今合肥），成名在端州，扬名于开封。所以，端州的重要性不言而喻。包大人于公元1040年，到端州任知州，时年42岁，这是他首次担任州级长官。他因地制宜，开创了珠江三角洲桑基鱼塘的农业模式，创建了端州第一个交通和邮政总站，创办了端州第一所公立学校，设立了一座庞大的储粮备荒的丰济仓，使端州成为西江中下游政治、经济、文化、教育的中心。我们可以看到，他不仅仅是福尔摩斯式的破案神探，更是一个有开拓性和创造性的政治家。包拯留下来的文学作品极少，但有一首诗就是关于肇庆的，叫《书端州郡斋壁》：“清心为治本，直道是身谋。秀干终成栋，精钢不作钩。仓充鼠雀喜，草尽兔狐愁。往牒有遗训，毋贻来者羞。”在端州寓所一面素洁的墙壁上，包大人写下了自己的期许。肇庆的端砚那会儿就十分有名了，包拯的美谈之一就是从端州离开后，没有带走半块端砚。从陈钦到包拯，我们意识到，我们对岭南、对大湾区和中原主流文化的关系是存在误解的，岭南在很早之前，就完全处在中国主流文化政治生成和发展的范畴之内。

陈培浩：谈肇庆，我想特别谈谈利玛窦。我曾经说过，湾区的实质就是大陆和海洋的对话，是多元文明的碰撞和融合。在文明融合的视野下谈利玛窦是十分有意思的。利玛窦是教皇国马切拉塔人，即今天的意大利马切拉塔人。他作为耶稣会的传教士于明万历年间来到中国传教，利玛窦是他的中文名。1583 年 9 月，利玛窦和另一个传教士罗明坚一起进入中国，1584 年，利玛窦和罗明坚获准入居肇庆，此年 8 月，利玛窦在此修建了“仙花寺”，建立了第一个传教基地，开始传教。利玛窦在肇庆绘制并印行了第一份中文世界地图《山海舆地全图》，使中国人首次接触到近代地理学知识。1589 年夏，广东新任总督把传教士驱逐出肇庆，虽经多方努力，利玛窦仍未能在肇庆继续居住和传教，他来到韶州，即现在的韶关，建立了第二个传教基地。日后利玛窦还在南京结交了诸多名士，如南京礼部侍郎叶向高、思想家李贽、徐光启等；1600 年后又长居北京，作为欧洲使节被召命带进北京紫禁城，在京期间他一直拥有朝廷的俸禄，直到临终。

王威廉：利玛窦从澳门往北，进入中国内地的第一站就是肇庆。1583 年，利玛窦和罗明坚（都是他们给自己起的中国名）获得两广总督郭应聘的许可，怀着兴奋与忐忑的心情，乘坐船只从澳门来到了肇庆。肇庆知府王泮允许他们在崇禧塔旁修建了一座带有教堂的小房子，在肇庆建立了第一个传教基地。在这里，我想提下，宋重和元年（1118 年），宋徽宗亲赐御书设肇庆府，端州自此得名肇庆，“肇”是开始的意思，“庆”为吉庆，意即宋徽宗始被封为端王，后继承帝位而统治天下之吉庆。因而“肇庆”这个名字是御赐，是一种对于新开端的庆贺。说回利玛窦，他对中国官员自称来自“天竺”，致使中国人以为他们是佛教徒。利玛窦是这样解释来中国的原因：“我们是从遥远的西方而来的教士，因为仰慕中国，希望可以留下，至死在这里侍奉天主。”他不敢说自己是来传教的，否则他一定会被驱逐。为了传教，他们从西方带来了许多用品，比如圣母像、地图、星盘和三棱镜等，其中还有欧几里得《几何原本》。利玛窦带来的各种西方新事物，令中国人眼界大开。虽然欧洲人自十五世纪以来，开始了全球探索，但利玛窦到中国来的时候，物质文明并没有差别太大，因而利玛窦对中国文明是非常称赞的，他认为中国除了没有“神圣的天主教信仰”之外，中国的伟大是举世无双的。他还说：

“中国不仅是一个王国，中国其实就是一个世界。”这个观点在今天依然意味深长。肇庆对于利玛窦来说太重要了，他和当地文人共同探讨，第一次将“God”翻译为“天主”。“肇庆”这个名字，仿佛在召唤着一种新的开端。

陈培浩：利玛窦的故事是一个典型的近代的故事，是一个拓荒者携带着一颗文明的种子，执着地要在另一种异质文明的腹地种下，并让其生根发芽的故事。早在利玛窦来中国之前的一百多年前，1405 年，郑和第一次率领船队下西洋。然而，郑和下西洋却只是一个圣朝上邦扬威布泽于海外的古老故事的延续，它浩浩荡荡但在文明的立场上却骄矜而闭合，并不催生什么的新质。在下西洋的过程中，郑和船队展示了明帝国的政治和军事优势，加之经济利益的刺激，明廷主导的朝贡体系的规模大为扩展，但是却完全不能改变帝国观看和理解世界的方式。利玛窦来中国，却是带着传教的任务。所谓传教，就是要把根植于另一种文明中的信仰体系进行空间移植，它要挑战的是已经获得了制度、文化等加持的观念系统。

王威廉：在利玛窦的时代，欧洲人在中国传教的优势并不明显，这跟晚清时期不可同日而语，晚清时代，传教完全成了两个文明层次之间的遭遇，是现在戏称的“降维打击”。利玛窦来到中国时，大家都勉强在一个维度里边。他把所看到的一切写成书信，寄回给罗马，在西方也引发了不小的震动。散文家祝勇在写利玛窦的一篇文章里，提到传教士的书简差点动摇了上帝在欧洲的地位。他写得很生动：“因为他们对中国历史的描述，使欧洲人逐渐相信，在上帝创世之前，世界就已经存在。无论是盘古开天，还是大禹治水，都远远早于上帝创世和挪亚方舟。……中国人在上帝缺席的情况下创造了伟大的世俗文明，这表明上帝的存在无足轻重。”如果利玛窦当时没有随身带着望远镜和自鸣钟，恐怕是举步维艰。这和佛教传入中国时的情况已经大不一样了。中国文化在明代已经进入儒释道一体的稳定格局当中了，并不需要一种新的宗教来弥补中国人对精神超越性的需要。

陈培浩：我觉得，利玛窦在肇庆所绘制印行的《山海舆地全图》具有鲜明的隐喻性。某种意义上说，地图学是人类克服个体行走空间的有限性而把握外在空间无限性的一种理性方式，地图以微缩的方式复制世界，但中国古代地图受天地观念的限制，并没有“世界”概念。《山海舆地全图》的意义就在于“全图”所隐含的不同的世界观念和认识世界的方法。不过，说利玛窦改变了中国人看待世界的眼光是不客观的。有时我想想利玛窦这样的人就会感觉很奇特，究竟是一种什么样的信念支撑着一个异邦人，在一个辽阔的异域帝国内部持久进行文化漂流，以期敲开一条缝隙，播进自己信仰的种子。或许，利玛窦证明的不是文明融合的奇迹，而是文明融合的艰难。当年，肇庆就是这样一个文明融合的入口，但它不是大明帝国主动轻启的朱唇。到 1842 年，清政府被迫开放广州、福州、厦门、宁波、上海作为通商口岸，才等于有了正式的国际间贸易、文化的出入口。

利玛窦又让我想起《百年孤独》中的吉卜赛人，《百年孤独》中的吉卜赛人带着冰块、磁铁和放大镜等物就把马孔多小镇带到了现代的入口。可是利玛窦面对的明帝国并非马孔多小镇，它内部正在发生的经济变化，几百年后看似乎昭示着某些新可能，但在当时，依然要被文明和制度的惯性裹挟着走很远。如今，学界有一种看法颇为流行，那就是把中国现代性的发生起点上溯到明代。风气所及，王德威主编的哈佛版《新编中国现代文学史》也把“现代”的起点设定自 1635 年晚明文人杨廷筠的“文学”新诠，这当然并非没有道理，但反对的声音同样可以很铿锵。至少要再过二百年，中国的国门才被迫打开，被迫睁眼看世界，被迫以“科学”知识方法看取“天下”之外的“世界”。

因此，我才说与其说利玛窦显示了文明融合的奇迹，不如说它显示了文明融合的艰难。利玛窦并不是刚好站在一个帝国走向现代的入口，轻按一下按钮一个新世界就纷至沓来，更多时候，他需要自我隐匿、自我伪装来获得居存下去的机会。比如，他很快就意识到天主教士的身份不容易在中国民众中获得信任，遑论传教。因此他在肇庆创建的传教驻地叫“仙花寺”，借用了佛教的伪装。他放弃建造教堂和公开传教的方法，进一步用中国自古就有的“上帝”偷换“天主”的概念。利玛窦让我想起同样跟肇庆有渊源的日本僧人荣睿。荣睿是日本奈良福寺僧人，唐开元二十一年（733 年），随日本遣唐使入唐，在河南洛阳从大福先寺定宾和尚受戒。荣睿是来大唐王朝佛学院“留学”，天宝元年（742 年）要回国，先到扬州恳求鉴真和尚到日本传经。荣睿想把大唐佛法带回日本去，奈何从天宝二年到三载，他四次东渡失败。天宝七载（748 年）6 月，荣睿第五次东渡，船出扬州，经长江口，遇到飓风，漂流到了海南岛。当年秋天，经过广西梧州而至端州，就是肇庆，入住鼎湖山龙兴寺，隔年春染疾而圆寂于鼎湖山龙兴寺。

荣睿的故事比利玛窦的故事要早八百年，那个时候的技术条件使人类在大海面前并没有多少胜算，只能靠勇气、坚韧和信仰。面对大海，很多时候命运只能交给偶然。这个一生五次东渡而无法还乡的荣睿就是那个时代文化播种者的命运缩影。肇庆是荣睿的终点，却是利玛窦的起点，在某种意义上，隐藏在肇庆历史上的这两段故事构成了文明融合与历史时代关系的绝妙隐喻。

王威廉：荣睿确实是悲剧。幸好鉴真大师得以东渡日本成功。鉴真大师在东渡成功前也多次失败，有一次失败后，还来到了韶关。这也证明当时的技术条件，从中国到日本的这片海域是很难顺利跨越的，如果这片海再近一些，东亚肯定是另外一个样子。有海湾的地方，尤其是适度距离的海湾，对于多元文明的滋养力量是巨大的。荣睿和利玛窦，他们身上的宗教精神都极为强大，让我们想起还有玄奘、法显这样的伟大僧人，这让我不免想到，能够让人忍受跨越时空的巨大痛苦的，只能是宗教般的信念。如今地球已经成为地球村，面对未来，在宇宙中进行“星际穿越”，无疑再一次需要这样的强健信念。未来人类心底的那种来自科学的信念，与过去来自上帝的信念，究竟会有什么样的不同和驱动，这是令人好奇的。科学会不会是一种更加可靠的、可以掌握的宗教呢？换句话说，如果科学只是技术，而不提供宗教般的信念，人类凭什么穿越荒寒的宇宙？肇庆，让我们能够一次又一次想象和思考那样的新开端，并庆贺那样的时刻。只是，置身在历史的行进过程中，我们也许任由最重要的线索由身边穿过而未能觉察。我希望，我们都不再那样地不敏感。

陈培浩：人类从穴居走向全球化的过程中，不同历史时代有着不同的障碍和敌人。在荣睿的时代，最直接的障碍来自自然所制造的危险。而在利玛窦时代，随着人类航海技术的发展，障碍更多呈现为文明自身的壁垒。事实上，即使是进入到二十一世纪，全球化成为最重要的人类趋势，文明之间的傲慢与偏见依然无所不在。2020 年，全球共同面对的新型冠状病毒危机使全球化的前景蒙上了阴影。今天，交通和通信条件使得全球性的跨区域交流完全不是问题，甚至由于即时翻译技术的发展，语言所制造的壁垒也几乎完全消融。但是，我们并不能说，我们正在面对一个更和谐、更多元、更有活力的世界；很多时候，我们面对的是一个更多摩擦、更多误解、更多危机的世界。这背后的“文明冲突”和“文化冲突”是否可以化解？该如何化解？我想这是“大湾区”这个隐含着文明融合视野的概念要求我们去回答的。

从端砚一样的朴实、沉静走向惠能、利玛窦一样的开放、浑厚

——关于肇庆文学与文学地理的对话

黎保荣　杨　芳

黎保荣：杨芳好，肇庆是国家历史文化名城，是岭南文化的发祥地之一，肇庆有两千多年历史，其作为明清两广总督府的时间有180多年。《特区文学》的“大湾区文学地理”栏目找我们两个来作肇庆文学的对话，难道因为我们都是肇庆人，您是记者、见多识广，而我是学者、博览群书的缘故？

杨　芳：我觉得应该是因为我们都是土生土长的肇庆人，而且您是评论家，我是作家，刚好反映了作协不同的人员构成与思维方向。

黎保荣：是的。栏目以“大湾区文学地理”为名，这样的想法具有一定意义。但是我们做学问的非常讲究问题意识，我觉得应该思考几个相关的问题。①什么是文学地理？②谁的文学地理？③怎样的文学地理？④文学地理中的作家走向如何？⑤地理对文学的影响到底有多大？⑥文学去地理化的可能性与必要性如何？

首先，我们来谈第一个问题：什么是文学地理？就历史来说，其实早在十九世纪法国泰纳的《艺术哲学》里，他就提出影响艺术的三个因素：种族、环境、时代。其中的“环境”包括物质环境与政治环境，而物质环境在很大程度上就是自然环境，因此在一定程度上《艺术哲学》可以说是文学地理学的学说萌芽。在中国，“文学地理”这个概念是著名学者梁启超这个广东人首次提出的，而以刘师培、王国维、汪辟疆等为代表的前辈学者，对中国古人关于文学地理的片断言说进行了条理化整理，但也不成系统；在

中断了近半个世纪文学地理研究后的1986年，金克木以随笔《文艺的地域学研究设想》重启这一领域的研究，而1989年，曾大兴发表论文《中国历代文学家的地理分布》，正式开启文学地理的实证研究。而就中国现当代文学研究而言，据我所知，杨义1986年出版的巨著《中国现代小说史》就有着文学地理学的视野，只不过他当时并未明确使用这个概念，到后来他论著的相关意识就比较强了，如《京派海派综论》《重绘中国文学地图》，而严家炎1995年主编的《二十世纪中国文学与区域文化丛书》可以说是中国较早较集中研究文学地理、区域文化的丛书。而就研究对象与任务而言，根据有关资料，文学地理学的研究对象，规定了它的研究任务，那就是：通过文学家（包括文学家族、文学流派、文学社团、文学中心）的地理分布及其变迁，考察不同的自然地理环境和人文地理环境对文学家的人生、精神、创作等构成的影响；同时考察文学家（以及由文学家所组成的文学家族、流派、社团、中心等）所完成的文学积累（文学作品、文学胜迹等等）、所形成的文学传统、所营造的文学风气等等，以及对当地的人文环境所构成的影响。文学与地理环境的关系是一个互动关系，文学地理学的任务，就是对地理环境（包括自然环境和人文环境）与文学要素（包括文学家、文学作品、文学读者）之间各个层面的互动关系进行系统地梳理，找出它们之间的内在联系及其特点，并给予合理的解释。

但是，如果我们更进一步，我们可以发现中国古代文学的文学地理以“南北”分界，而中国现代文学以来的文学地理则除了分“南北”，还分“东西”，即中西（中外）。“东西”这一点对中国现当代文学尤为重要，因为如果没有对外国文学尤其是西方文学的借鉴、吸收、转化，以及中国现当代文学的海外传播，就没有中国现当代文学的创新、开放与繁荣。在此意义上，肇庆最有代表性的小说家钟道宇的最新创作《仙花寺》建立在既借鉴“南北”，又借鉴“西方”的基础上，有着较为敏感的文学地理眼光。

杨　芳：是的。“文学地理”，顾名思义，是从特定的地域生发出来的，具有鲜明特色，辨识度强，地方特性浓郁的文学样式、类别。肇庆古称端州，地处西江中游，东接广佛经济圈，西连大西南，地缘区位优势突出，历史悠久，文物蔚盛，风景特异，物产丰富。所以明代的黄瑜甚至称肇为“岭表南来第一州”，徐渭也说“古来谁不重端城”。

黎保荣：接着，我们来谈第二个问题：谁的文学地理？因为在不同的视野下，大湾区的文学地理的位置是不同的。

在世界文学地理中，我们发现西方（外国）更倾向于研究中国文化和历史，对中国文学并不特别重视。外国比较关注的一是古代文学，有《诗经》、《楚辞》、唐诗宋词（如李白、杜甫、苏轼等）、《红楼梦》等四大名著、《聊斋志异》等古代小说；二是近现代文学，有梁启超、严复、鲁迅、胡适、张爱玲、林语堂、沈从文、老舍等作家，美国著名的“列文森中国研究书籍奖”就得名于研究梁启超的列文森，被关注较多的是鲁迅，他不仅被国外众多学者研究，还被作为国外某些社会运动的思想资源（尤其是日本），没有什么国外作家承认自己的创作受中国作家影响，但是大江健三郎等作家曾承认受到鲁迅影响；三是当代文学，有莫言、北岛、余华、韩少功等作家。（中国近现代文学之所以被投射以更多关注，主要是经典化的时间长、程度高，而由于当代文学依旧在持续，故此也有可能后来居上。）换言之，这种世界文学地理视野，大抵没有给大湾区文学留下位置。而在中国文学地理版图里，大湾区文学处于边缘地带，占主导的都是北京、上海、江苏、浙江、陕西的作家。那么，在当下的大湾区文学地图中，毫无意外广州、香港、深圳占据前三位，其他城市的文学居于次要地位，肇庆文学也如此。

杨　芳：是的，肇庆文学无论在哪一个层次的文学地理那里，都是比较边缘化的。

黎保荣：那么，我们来讨论第三个问题，即怎样的文学地理？按照我的理解，这个问题可以分为三个维度来分析。

一是文学与文化的维度，即文学地理与文化地理的关系如何？肇庆是国家历史文化名城，是岭南文化的发祥地，有两千多年历史，其作为明清两广总督府的时间有 180 多年。在此基础上，肇庆比较有影响的文化有几种类型。

其一是宗教、信俗文化。如六祖惠能、利玛窦、石头希迁、龙母、荣睿。鉴于云浮 1994 年才从肇庆分出来，历史上一直属于肇庆，而且文化不会因为行政区域的重新划分而完全断裂，何况肇庆现存的梅庵、六祖寺、六祖禅院都与六祖惠能有关，故此不妨把生于云浮新兴的唐代禅宗六祖惠能纳入肇庆文化的版图。惠能的世界影响自不多言，我们来谈一下利玛窦。利玛窦在明朝万历年间来中国传播天主教，他到中国的第一站就是肇庆，并在肇庆居住了六年时间，在当时那么封闭的年代，他这样一个洋人能够在肇庆得到安身之地，足以证明肇庆文化的开放性。他在肇庆传播教义、科学、文化，他在肇庆修建教堂“仙花寺”，并研制了中国内陆第一座机械自鸣钟；在肇庆，利玛窦绘制了中国第一张中文世界地图《山海舆地全图》，编纂了世界上第一部中西文辞典《葡汉辞典》，他的著述不仅对中西文化交流作出了重要贡献，还对日本和朝鲜半岛上的国家认识西方文明产生了重要影响。正因此，北京中华世纪坛所塑影响中国的 100 位历史人物雕像中唯二的两位外国人，一个是马可·波罗，另一个就是利玛窦。肇庆作家在这个层面的创作，利玛窦、六祖惠能、龙母都有人写过，如钟道宇、何初树等，就纯文学作品而言，我更欣赏钟道宇写利玛窦的长篇小说《仙花寺》。

其二是学术文化。在中国历史上，大概由于地理位置与教育学风的原因，肇庆籍的文化名人以学者居多，作家甚少，如汉朝经学家陈钦、陈元父子，唐朝岭南第一状元莫宣卿，末代进士、康有为的弟子、中国第一批甚至最早获得博士学位的陈焕章（1911 年获哥伦比亚大学哲学博士学位），现代著名物理学家吴大猷及其家族，岭南画派宗师黎雄才，世界桥梁专家邓文中等。肇庆作家对此没有多少创作，只有杨桦、尹洪波写黎雄才的剧作《烟雨丹青》，以及您发表在《华夏》的《邓文中：情系祖国，一生为桥》，聊胜于无。

其三是政治文化，如宋徽宗赵佶、包公。如果把革命文化包含在政治文化之内，那么叶挺在肇庆率领独立团北伐，余汉谋抗日，农民运动领袖周其鉴的革命都很重要。肇庆作家对此领域几乎没有成熟的创作，音乐剧《青天之端》算是其中之一。

其四是文物、器物文化。如端砚、广绿玉（日本绿）、裹蒸、金渡花席等器物。而肇庆的国家级文物保护单位如梅庵、七星岩摩崖石刻、宋城墙、阅江楼、德庆悦城龙母庙、德庆学宫，都值得一提，我在诗集《一张相片的自画像》里用几首诗歌摹画了我对梅庵和宋城墙的感受。肇庆文学最值得一提的就是这个层面的小说创作，尤其是端砚题材长篇小说，覃志端和钟道宇属于其中的佼佼者，覃志端有端砚题材长篇小说《宝砚庄》、《宝砚庄》（第二部），钟道宇有端砚题材长篇小说《紫云》《即墨侯》，以及短篇小说《砚痴》等。例如钟道宇的《紫云》，小说的题目可谓以少总多，含蕴精粹，所谓“紫云”者，大概包括三层意思：一是主人公紫云，二是端砚的别称“紫云”，三是如紫云（云彩）一样聚散无定、变幻莫测的（家族）历史与人生。小说以器物紫云（端砚）为线索，以人物紫云为内容，以历史紫云为意蕴，营构出一部端砚文化史诗和端砚家族传奇。《紫云》里着墨最多的程家，不是大家族，而是靠采砚、刻砚、卖砚而勤劳致富的中小家族，这家族中有名有姓地提及的有程世昌、程紫云、程家良（程紫云之兄）、程学谦、程端正、程天赐、程柳旺（第八代传人）、程志存（程柳旺孙）。大家族是以往家族小说的主要写作对象，而《紫云》恰恰相反，注重中小家族的民间情怀、凡人琐事，以一种小历史小传统与以往的大历史大传统形成对比，也因此具有了自己的特色。但是小说《紫云》并不因为小家族、小人物、小历史、小传统的“小”而显得“狭隘”，反而化“小”为“精简”。除了精简的人物（紫云）、精简的线索（端砚）之外，小说更营造出精简的故事内核——“夺爱”（夺爱砚、夺爱人），并以“夺爱”来连接整个家族的历史。该小说以地域文化为题材，但是意蕴已经超越了地域文化，直指家族历史、人生与人性。也许正因此，《紫云》才获得了广东省“五个一工程”奖。

其五是自然文化。如西江、羚羊峡、鼎湖山、北岭山，以及不同县区的地域文化。如林炳坤写故乡封开的封溪系列小说，徐金丽的诗歌《再次写到西江及其他》。

换言之，肇庆几乎每一大类文化，都有相关的文学作品进行表现。文化地理大于文学地理，而文学让文化更生动，一般来说，文学比较发达的地方，文化也发达；而文学比较薄弱的地方，文化一般也不见得很高。只不过，也有例外，例如肇庆的文学不够发达，但是历史文化底蕴却比较厚重。

杨　芳：是的。文学地理与文化地理两者是相辅相成、互为表里的关系。文化更广义，更稳定，更丰富，延续性更强，变化也是缓慢的，它是一个长期作用的过程。而文学是文化中的一种现象，它归属于文化。在一定程度上，文学有可能是短期内生成或促成的，如惠州惠城“中国小小说之乡”的形成，深圳宝安31区打工作家村、东莞樟木头作家村的形成。

黎保荣：好的。我们来谈另一个维度，即文学类型的维度，我们论述的是大文学、纯文学还是通俗文学（含网络文学）意义上的“文学”地理？所谓大文学，或者像谢无量《中国大文学史》那样把经学、文字学、史学、诸子哲学纳入进来，或者像杨义那样把通俗小说、文言诗词、传统戏曲、少数民族文学纳入研究，或者像古代的文章概念一样，把书信、日记、碑文等都算进来。鉴于大文学过于芜杂，我们的论述主要涉及纯文学，涉及通俗文学。

杨　芳：我也这样认为。

黎保荣：三是文学文体的维度，即肇庆小说、散文、诗歌、戏剧的创作。我从2016年至2019年底，曾经在《肇庆学院学报》主持过三年多的“新世纪岭南文学研究”专栏。肇庆当代文学，如钟道宇、林炳坤、邹月照、覃志端、何初树、李罗斌、路魃、梁宝星等的小说，赵凤平、张东升、陈锦润、文一、唐希明、林盛彬、唐文明、钟道宇和你的散文，徐金丽、白炳安、八炎奎、蔡俊、苏泽明、高世现、你和我的诗歌，都各有特色。而知名法官、诗人陈陟云从佛山调到肇庆工作，可谓为肇庆诗坛添了帅才。他在肇庆连续办了两届“南方诗歌节”，一次“女性诗歌周”，一次诗歌研讨会，为肇庆文坛提高在全国全省影响作出了贡献。

这里要提一下林炳坤，他是肇庆封开人，1950年生，广东肇庆市群众艺术馆副研究员。1987年到北京鲁迅文学院进修半年，之后又到南京大学首届作家班学习。他创作有话剧《晨星》《律师的自述》《婚恋奇情》等，他曾与张富文合作出版报告文学集《时代的风流》。但是，客观而言，林炳坤的短篇小说最具特色，他的小说《夜半吉他声》获得省创作评选优秀奖，小说《书签》在1981年获得广东省第二届新人新作奖二等奖。我想用英雄传奇、人才问题、地方色彩来概括他的小说创作。从历史层面来看，英雄传奇是林炳坤小说的一大特色，以《匪碑》《牛戏》为代表。如果说英雄传奇是抗战+情爱的历史叙事，那么关于人才问题的《书签》《弃雀》则是从现实入手，是具有时代感的改革+恋爱的现实叙事，属于改革小说潮流中的一朵浪花。另外，他的小说具有浓郁的地方色彩，这属于艺术手法层面。由于林炳坤喜爱汪曾祺，就像汪曾祺喜写故乡高邮一样，林炳坤也以家乡封开为故事背景，写作了封溪镇系列小说，致力于风土人情的描绘，彰显岭南地域特点。除了上述的《匪碑》《牛戏》《弃雀》，林炳坤的其他小说如《龙虱》《马疯》《虾笛》《鸟嚒》《祭蛤》《斗猪》《盲猫》等都清一色地属于封溪镇系列小说。

杨　芳：我想做一些补充。说到肇庆文学，我首先想到的是《西江文艺》杂志。而就文体来说，过去，肇庆在戏剧方面是有过辉煌时期的。我踏入社会后，所获的第一个市级奖项，是戏剧类的奖。于是，我也从中接触到肇庆戏剧界的前辈，如2019年底去世的李玮老师，肇庆市文化馆创研部林炳坤老师等。我了解到，肇庆在五十年代已经成立了戏曲研究会，七十年代成立了戏剧评论小组；八十年代肇庆地区成立戏剧工作室，创办《戏剧新作》年刊……这些对于促进戏剧发展，都起到了积极的作用。这一时期，肇庆获广东省专业戏剧创作评选奖项的人才层出不穷。谢远谋、覃志端、梁志强（已故）等创作的《万花筒——人生百态》《结拜姐妹》《砂煲兄弟》等电视系列短剧，使外界对肇庆的乡土风情了解更多。至于肇庆的粤剧，更是蜚声海外。肇庆粤剧团创建于1960年，素以行当齐全，阵容鼎盛获社会赞誉。肇庆还是粤剧的发源地之一。清康熙二十一年至二十六年，两广总督吴兴祚令家伶演以侑觞，这就是粤剧的雏形，比道光年间佛山琼花会馆李文茂还早140年。

在小说方面，其实以肇庆为背景的小说在中国小说史的早期便已出现。晋代干宝所撰《搜神记》中有一篇志怪小说《鹄奔亭》，故事发生在高要县和广信（封开）县，女主人公是广信县妇女苏娥，时代背景是东汉。唐末文学家裴铏所著传奇文学作品《孙恪传》（又称《袁氏》），故事的发端和结局在端州的峡山寺和羚羊峡。新中国成立后，肇庆的小说创作得到较大发展。我对肇庆小说创作的认识，多是八十年代后的，因我对一些当时在小说创作方面较突出的前辈了解较多，要么聆听过他们的讲课，要么从文友口中得知一些情况。如八十年代因小说创作成绩突出调到省作协的邹月照老师（已故）、熊诚老师，以及当时因一部在《人民文学》刊首发表的小说《你不可改变我》惊艳文坛，与刘索拉并称“南北二刘”的刘西鸿……我参加工作不久，便加入了当时的肇庆市职工文学社（后改名为“西江文学社”），结识到一些文友，不少人是在八十年代中期文学社初创时便加入，一直坚持业余文学创作的。至于从1979年便开始举办的端州城区五四征文活动，至今已历时四十个春秋，为当地扶植文学新人起到了积极的推动作用，我也参加了几届征文赛事。九十年代初举办的“星湖之春”征文评奖活动，是肇庆市的品牌文学活动，现在活跃在肇庆文坛的中坚力量，就是当年在“星湖之春”征文活动中获奖的文学爱好者和学生。更为难得的是，现在的肇庆作协，一直在坚持举办这个“星湖之春”征文活动。立足本土，多年的积累与深耕，让肇庆的文学得以传承下去。

肇庆是历史文化名城，地处交通要冲，仕宦、流寓、过境的名人、文学家代有其人，他们在肇庆写景状物，寓目遣怀，留下大批诗歌，其中不乏佳作，肇庆的诗歌园地也得以丰富多彩。端州入诗，始于唐代初年。唐代的宋之问、张九龄、李贺，宋代的梅尧臣、周敦颐、黄庭坚，元代的范梈，明代的陈献章、伦文叙，清代屈大均、朱彝尊，现代的郭沫若、齐白石、启功等先贤文豪，以及当代知名的作家诗人，皆在肇庆留下了精美的诗文。2019年离世的广东省作家协会副主席兼秘书长、诗歌创作委员会主任温远辉在2010年为《肇庆当代新诗选》所作的序中就说道，肇庆不仅古体诗词繁盛，新诗创作也新人辈出，早在九十年代，西江诗社（后改名为肇庆诗词楹联学会）便团结了一大批诗歌爱好者，创办《西江诗词》，历年成果不断。进入新世纪，2011年，肇庆市作协、肇庆市诗歌学会创办《星河诗刊》，连通了外界，对外树立了肇庆诗坛良好的形象。八十年代以来，关飞、白炳安、徐金丽等，用诗歌表现了诗意的肇庆。

肇庆的散文创作早于诗歌。西汉末东汉初年，封开陈钦、陈元、陈坚卿一家三代是“粤人文之大宗”。到明、清，肇庆的散文局面大开。抒发情志的作品增多，作者已形成群体，文集数量大增，各县都有，并且那时候的散文已经从应召应需发展到有意识、有理论、按技法的创作阶段。历代来肇的文人墨客，除诗歌外，也留下了大量的散文作品。如唐初沈佺期的《峡山赋》，李邕的《端州石室记》，都是脍炙人口的佳作。进入新时期，特别是新中国成立以后，社会生活发生巨大而深刻的变化，为散文创作提供了深厚的土壤，陈锦润、唐希明、赵凤平、唐文明等作者，均在散文领域写出了个人特色。在报告文学方面，何初树、钟道宇、林炳坤、张富文、张东升（已故）等人取得了一定的成绩。

黎保荣：我还想谈一下肇庆的网络文学。佟婕（道葭）、扎西拉姆·多多、海的温度、葵田谷、搜异者、赵善军、聂怡颖、申示山人等网络作家都可圈可点。例如海的温度，原名徐爱丽，原先学会计，后来读哲学硕士。她目前已由上海人民出版社、上海书店出版社出版小说10部，其中包括《闻香榭》系列4部，《忘尘阁》系列4部，《龙隐轩》系列也已出2部。她的作品虽然有其缺点（如结构方式的自我重复），但文采不错，情感处理也蛮好，其中的情感都很痴，但又显得真实；艺术逻辑相对严谨，每个故事都没有什么大的漏洞与脱节之处，不愧为哲学硕士；其作品的玄幻色彩主要体现在个别神怪角色身上，但是通读下来，其人生色彩反而冲淡了其玄幻色彩，可称其为“市井玄幻小说”。

杨　芳：肇庆的网络文学发展没有外面迅速，跟上网络文学时代的节奏比较慢，直至近几年，才有几位网络文学作家冒出来，这大概与肇庆经济发展状况有关系。肇庆外来人口不如广州、深圳、东莞、珠海等地多，新肇庆人中，从事文化事业、文艺创作的人数偏少，搞网络文学的更是寥寥几人。

黎保荣：其实也有例外，例如河源经济不发达，但网络文学表现比较突出。接下来我们一起探讨第四个问题，即文学地理中的作家走向如何？

按照我的观察，肇庆作家有四种文学地理走向：一种是“扎下去”，即肇庆土生土长并在肇庆发展的作家，例如钟道宇、覃志端、林炳坤、徐金丽、白炳安、李罗斌、林盛彬、李美玉、八炎奎、苏泽明，以及你。另一种是“走进来”，即从外地走进肇庆，并在肇庆工作生活的作家，如陈陟云、何初树、赵凤平、张东升、陈锦润、唐希明、唐文明、蔡俊。第三种是“走出去”，即本在肇庆出生，但后来离开肇庆，到外地发展的作家，如邹月照、高世现、扎西拉姆·多多，以及路魆、梁宝星这两位崭露头角的90后，都是从肇庆“走出去”的。还有一种，有的作家从外地“走进来”，后来又“走出去”了，例如巫宏振和陈坤浩。巫宏振，90后，广东英德人，肇庆学院教育学院毕业生，在《上海文学》《湖南文学》《鸭绿江》《作品》等发表小说多篇，曾获“2019年广州青年文学奖小说奖”，入围2019年第十二届林语堂文学奖（台湾）。陈坤浩，90后，广东揭阳人，肇庆学院文学院毕业生，现就读南宁师范大学写作学硕士，有诗歌发表于《星星》《草堂》《青春》《广西文学》《中国诗歌》等，曾获东荡子诗歌奖高校奖、第九届中国校园“双十佳”诗歌奖等奖项。

其实从肇庆“走出去”的名气最大的作家，似乎也只有二十世纪八十年代以小说《你不可改变我》而闻名的刘西鸿，这部写于深圳的小说，其命名似乎成为二十世纪八十年代青年的精神标签。作为土生土长的肇庆人，我的困惑在于：第一，为什么那些作家都是离开了肇庆之后，才创作出更好的作品，得以成名？这是否真的与肇庆的地理位置并非中心有关？但又为什么肇庆作为两广总督府的180多年间，除了来自西洋、学识甚高的利玛窦，肇庆似乎也没有出现什么著名的文人？第二，我比较了肇庆某些作家作品与广东发达城市的某些作家作品，也许平台也是拉大距离的原因之一，或者说肇庆文学的平台虽不如别人，但是氛围可以加强。可喜的是，这几年肇庆的文学氛围越来越好，这应该归功于新一届市作协的务实与肯干。

杨　芳：我赞同你的观点。

黎保荣：接下来，我们看看地理对文学的影响到底有多大？

我主要关注的是这种影响到底是集聚性的还是融汇性的？所谓“集聚性”，就是主要表现当地（或本土）的自然风光、风土人情、地域文化，而所谓“融汇性”，就是将不同的文学地理视野进行交织、交融，并且转化为一种更开阔的文学地理视野去书写，如钟道宇的小说《仙花寺》就将肇庆的自然、人文地理与利玛窦的西方人文地理相结合。其实，如果用一句话来概括肇庆文化地理，我觉得肇庆文化有着端砚一样的朴实、沉静，也有着惠能、利玛窦一样的开放、浑厚。实际上，即使是单纯的集聚性的文学地理，似乎也可以成为创作的富矿，例如马尔克斯、福克纳、鲁迅、沈从文、莫言等中外作家，其小说创作视野就聚焦于他们的故乡。就肇庆来说，“故乡”与“西江”就值得大书特书，但前提是对人性与历史进行深度挖掘。

杨　芳：地理对文学的影响当然是巨大的，不然就不会有“京派小说家”“海派小说家”了，纵观中外文学史，作家们最具辨识度的作品，无不依托地理、地域进行创作，如福克纳的“约克纳帕塔法世系”中的约克纳帕塔法县实际上就是以他的家乡密西西比州的奥克斯福为原型。哥伦比亚是马尔克斯的灵感之源，到哥伦比亚就会更理解魔幻现实主义。而沈从文的湘西、莫言的高密、汪曾祺的高邮、苏童的香椿树街……地理对文学的影响可谓如影随形，深深地嵌进了作家的血肉中，成为文学取之不尽的汩汩源泉。

一生只能写故乡主题的作家，存在两种可能：一是成为美国作家威廉·福克纳那样一辈子绝大部分时间都在“邮票般大小的故乡”生活的作家，二是成为逃离灯红酒绿的繁华都市，一辈子在书房里依赖故乡记忆写作的作家。但单写故乡美好的景物与风土人情，是没法让一位作家真正深刻起来的，作家一旦开始用“美图秀秀”式的写作方式来写故乡主题，通常也就到了捉襟见肘的时候。莫言很早就提出“超越故乡”的观点，“对故乡的超越首先是思想的超越，或者说是哲学的超越”。如此，作家才能真正解脱成为“故乡的逆子”的精神压力，成为不再被故乡戴上纸枷锁的自由写作者。坚持写故乡主题的作家们，其笔下的故乡也变得不再像以前那样有味道了。这个时候，更期待“逆子型”的作家，去勇敢触碰故乡的隐秘与疼痛，写出震撼的、可以成为经典的文学作品。

在离开故乡的好长一段时间里，我对故乡的思念，一直以个人日记的形式记录着，而呈现于文学作品中的，并不多，以致心里往往有歉疚之感，我为故乡做的事太少了。虽说“年深外境犹吾境，日久他乡即故乡”，然而这几年，随着父母来肇庆定居，我回故乡的次数更少了，可日渐老迈的外婆，故乡的山川河流，风物人情，却时时萦于心怀。于是，我开始了对故乡的回望，虽然有许多画面已经泛黄，但却可以在情感的洗涤下清晰得让人不敢相信，因此，我相信文学是常温的，是隽永的，是恒定的。以故乡为题的写作，还会持续在我的生命中，不因时间流逝而陈旧乏味，因为每个人都有属于自己的故事，把那些独一无二的人生经历，那些藏在心底的秘密，生死别离的大事和柴米油盐的小事写下来，就像留住平静暗夜中乍现的烟火，像热茶又像烈酒，可独饮，亦可宴宾客。

对于西江或西江文化带，我觉得值得写。人类文明的叙事总是从江河开始的。人类文明，就是江河滋养的文明。江河的意义，却是居住在这个蔚蓝色星球的人类赋予的。我身边的这条熟悉的西江，无论是自然之江，还是人文之江，都是不废江河万古流，她值得书写的故事有很多。

黎保荣：是的。最后，我们谈谈第六个问题，即文学去地理化的可能性与必要性如何？

杨　芳：其实新生代的作家，很多是没有故乡的人，也许是因为“故乡”与乡村有着千丝万缕的联系。现在出生在城市的年轻作家，更喜欢写科幻、玄幻、穿越、都市等题材的作品，而对故乡题材嗤之以鼻。

黎保荣：所谓文学的去地理化，是指有的文学作品可以做到没有鲜明的地理或地方色彩。刚才您说的当然没错，但是我们也要意识到不写故乡不等于不写地理，例如梁宝星的小说《金属婴儿》并未写故乡肇庆怀集，而是以他上大学的地方江门为写作对象，那种水上人家的生活让我想到了沈从文的冷寂和庄子的天地逍遥。另外，文学地理不完全等于自然地理影响，也可以是一种受到当地（本土）人文传统（人文地理）无意识渗透而造成的风格、氛围、气质。

真正地去地理化的创作，我想大概有几种类型。一是某些科幻小说，如凡尔纳的《海底两万里》《月界旅行》，它们超越了现实的世界，并非一般的文学地理所能概括的。二是某些网络小说，例如玄幻小说、架空历史小说甚至某些都市题材网络小说，不少“地理”都是一笔带过，主要是由天马行空的想象或小白文式的对话构成。三是冥思型作品，例如史铁生的《病隙笔记》，就是对一个个人类的命题进行冥思苦想，里面根本没有什么地理色彩。四是实验性较强的作品，例如孙甘露的小说《信使之函》，其中的地理色彩是非常稀薄的。

从这几方面来说，文学的去地理化具有了可能性与必要性，因为有时候过度的地理色彩，反而阻碍了作家的思想自由。文学是人学，只要能够达到隐喻人性、历史和人的处境的目的，文学便算是尽了使命；同时，文学也是一种语言艺术，能让人领略语言、形式之美，足矣。肇庆文学处于边缘地位，但边缘也有边缘的价值，不必夜郎自大，也不必妄自菲薄，可以仰望星空，但也必须脚踏大地，追求一种有根的文学与有思想的文学，便总有自己的园地。谢谢您能牺牲宝贵的时间来对谈肇庆文学，希望以后有机会继续详谈文学。

杨　芳：不客气。

附录

关于大湾区及其文学的开放问卷

陈崇正　陈润庭　冯　娜　李德南　李　晁　林培源　阮雪芳　唐诗人
向　迅　小　珂　杨丹丹　杨晓澜　郑焕钊

问卷说明：本次问卷我们面向全国，找了十三位青年朋友，他们尽管都从事与文学相关的工作，但身份多元，有作家，有诗人，有专业编辑，有批评家，有学者，而且他们来自全国各地，而不都是生活在大湾区。他们以自身经验为源头，从不同视角出发，真诚表达了对于大湾区及其文学的看法。对于不清楚的地方，他们态度直率；对于有所了解的地方，他们不吝言辞，充分阐述。现将他们的言论整理并置在一起，形成彼此对话的场域，我们从中感受到文学精神若作为一种“取景器”，能够让我们对于“文化—地理”产生极为智慧的洞察力。而这，也许是“大湾区”这个概念所蕴藏的更为开阔的文化意义。

1. 请问你居住在哪个城市，对这个城市的印象如何？

陈崇正：过去十几年，我主要是在东莞和广州两座城市生活。东莞夹在广州和深圳中间，常住人口八百多万，快赶得上海南省的人口了。早年东莞活力十足，野蛮生长。我在23岁那年从潮州来到东莞，第一印象是这座城市尘土飞扬，到处都在建设。那时候东莞给人印象不好，自行车不小心就丢了，女性出门都会被提醒小心“飞车党”抢包。十几年过去，东莞成功扭转了城市的面貌；特别是我曾经工作过八年的松山湖，成为东莞人的希望。后来去到广州工作，但并没有彻底离开东莞，基本处于双城奔走的状态。两地奔波确实很累，但也让我看到了这两座城市的不同。与东莞相比，广州像一头安静的大象那样不动声色。广州是一座用来生活的城市，很少人会将广州视为古都，但广州确实是忙碌了两千多年的商贸重镇，有它的文化底蕴。

向　迅：我目前在南京生活。作为六朝古都，南京文化底蕴深厚，文学氛围很浓，去年（2019年）入选联合国教科文组织“文学之都”；同时南京也非常现代，包容性强，可以说兼具古典与现代之美，是一座很宜居的南方城市。我以前的理想，就是到江南生活，而现在已然自称江南人了。

陈润庭：因为求学的缘故，我在广州居住了将近十年。广州是一座让我很有亲近感的城市。虽然我不是广州人，粤语也并非我的母语，但每次离开故乡潮汕来到广州，我几乎没有“离乡”的感觉，像是从一个故乡到了另外一个故乡。这种“不可能的”旅程就是我对广州最大的感受。它不仅是我很多作品的策源地，给了我很多灵感；也给予了我一种市井而妥帖的生活，满足了我对生活的要求。

冯　娜：广州。生活了将近18年了，已然是我生命的一半时间了。广州给我的印象是日常化、烟火气，新旧交织，有韧劲儿，想飞升又“折堕”（中性含义，和慵懒散漫差不多意思）。

李德南：广州。我喜欢广州，觉得它务实，包容，宜居。

李　晁：我居住在贵阳，贵阳是山里的城市，从历史上看，因种种因素，算发展较慢的城市，但这十几年的变化十分明显，可以说进入了一个飞速发展的时期，城市景观大为改变，新区的加入也拓展了城市地盘。老城与新区的区别恍然就是两个时代的最佳见证，论烟火气还是老城充足，有着老城底子里的那一份沉稳，新区的规模、建设已经和其他任何城市的面貌没有区别，如果只看照片，很难说这是哪里，但老城仍保留着曾经的样态，虽然外部改观依旧在进行，但一些特定的属于市民的记忆是无法轻易抹除的，我想这种现象应该也被其他城市所共有。

阮雪芳：我现生活在深圳，这是一个充满激情、富有创造力的城市。

林培源：我目前居住在广州，读研的三年在这里度过，对广州的印象很好，广州是一个宜居的城市，生活成本没有北京、上海、深圳那么高。在珠三角一带，它是广府文化的核心城市，带有浓郁的文化气息和深厚的历史底蕴。在我看来，也许广州的经济发展速度并不快，城市的整体样貌变化并不大，但正是这种缓慢的生长，叫人喜欢。

唐诗人：我生活在广州。我很欣赏广州这座城市，也已经习惯了这里的生活方式。广州有很现代的一面，也有很传统的一面。生活在广州，就是穿行在传统与现代之间，它能够提供给我们的生活空间和感受是丰富的、多层次的。

小　珂：我住在北京，北京也是我的家乡。在我的印象中，一方面，北京是个高度发展、国际化、严肃而雄伟的城市。另一方面，北京是座蕴含着我童年记忆的温暖却又灰暗的城。一提起北京，我总想起幼年时居住的胡同与院子中的地雷花。

杨丹丹：珠海。适合宜居的城市，但城市文化不鲜明。

杨晓澜：现居长沙，长沙市是文化艺术之都，网红城市，很受年轻人欢迎。饮食和娱乐文化比较厚重，湖南卫视影响较大。

郑焕钊：广州。包容性比较强的城市，生活气息强，大家都比较务实。

2. 在“大湾区”这个概念提出之前，你有过类似的文化地理思考吗？

李德南：诸如此类的文化地理思考，我之前曾有过关注。比如我在关于迟子建和徐则臣的文章中，都谈到他们写作中独特的文化地理的问题。地方、区域，中国与世界，是我观察文学的层叠视野，也是我常用的方法之一。值得一提的是，文化地理中对地方性的强调，应该始终与普世性相连，从文化地理学的角度去解读文学作品更是如此。这不只是因为地方性/普世性构成一个参照系，更是因为它们都是优秀的文学作品所应该具备的品质。

冯　娜：隐约有的，但多数是基于古代岭南文化、珠三角和海洋文化来思考的，并没有这么明细的地理观念。

陈崇正：之前用得最多的概念是“岭南”，南岭以南作为一个地域性的概念深入人心。但岭南会给人一种“我与我周旋久”的气息：我们在山这边，我们自己玩。每提及大城市我们习惯说“北上广深”，但在文化上，北京上海基本不带后面这两位小弟玩，北京和上海自己就完成了南北对话。其实广州和深圳也是各自玩各自的。这就是南岭以南的文化，多元，务实，不闹腾。所以应该看到“大湾区”如果作为一个文化概念本身，并非一个大合唱，而是不同乐器的合奏，需要和而不同的文化空间。

向　迅：没有。不过，以前在长沙工作时，那时政府就一直在大力推进长株潭（长沙、株洲、湘潭）城市群一体化建设，现在据报道说已基本形成“半小时经济圈”。到南京的第二年，国家把长三角一体化发展上升为国家战略。2018 年，上海、江苏、浙江、安徽三省一市四家作协，联合组建了“长三角文学发展联盟”，现在已经开展了许多切实有效的文学活动。

陈润庭：有过类似的想法，但涵盖范围更广，会将潮汕也一并纳入。小时候我既爱看香港的翡翠电视台、凤凰卫视电影台，也爱看广州的珠江台和南方台，这几个电视台都有很多粤语的节目。所以我从小就知道“省港澳”同根同源，联系密切，但各地之间又有微妙的差异。通过广播电视，幼年的我在无意之间学会了一门当时用不上的语言。后来我到广州求学，发现自己只要稍加练习，便可以用粤语交流。

阮雪芳：我是潮州人，潮州与汕头、揭阳形成一个都市圈，即潮汕地区。潮汕文化自成一体，地域特色鲜明，如潮剧、潮州音乐、潮州菜、潮汕民居等，我曾和朋友探讨过文化地理的话题。

李　晁：没有，对于新的地理概念的想象在我是被动的，它首先来自客观行动，然后才被知晓，这是针对某种地理概念而言，除此之外的文化地理自然是能体察到的，这是传统的一部分。譬如我们说中原文化、江南文化、岭南文化，都是其中一种，也很容易从一些直观的人和作品里区分出来。一方水土之上的人，和另一方，自然是有区别的，不仅是语言。单说语言其实也足以证明这一存在的差异，被何种语言包围，自然就受到这种语言带来的影响，包括思维、逻辑、习俗等等，这些都依托文化地理来呈现。比如人们彼此常问一句话，您是哪里人？实际上就可以得出一种大体、粗略上的认知，虽然这认知不准确，乃至带着偏见，但这就是文化地理带来的根深蒂固的影响。

林培源：“大湾区”这个概念提出之前，我更多接受和听到的是“珠三角”“岭南”等概念，小学到中学，几乎每个寒暑假我都会从汕头老家去深圳亲戚家。香港回归之前，那片土地对我来说何其遥远，它只存在于小时候看过的港剧、港片里，只是荧幕上的一个符号，一片虚幻的地理空间。不过香港和澳门回归之后，交通、经济、文化等方面的联动，使广东、澳门、香港等地变得更为紧密。我是 2009 年，读大学的第三年才第一次去香港的，此后隔三岔五会去香港购书、购物，这种频繁往来，也让我自然而然就接受了“大湾区”这个大的文化地理空间的概念。

唐诗人：有的。来广州的那几年还没有提出“粤港澳大湾区”概念，但接触过很多广东作家、学者之后，就会很自然地意识到广东、岭南地区文学、文化的特殊性。尤其像我这种从本科开始，每个阶段所生活的城市、地域都有很大改变的人而言，对于地域文化的差异性会特别敏感。东北、江南、岭南，这些地域的地理特征、气候状况和人文氛围都有着很大的差别，我个人是比较喜欢岭南地区的人文氛围的，它有很强的本土化的东西，同时也有其他城市难以比拟的现代意义上的开放性和包容性。

小　珂：如果只从文化来讲，“大湾区”这类世界级城市群与省级行政区有相通之处。它们都是以地域划分的，而相似的地理条件确实会带来相近的文化，可谓一方水土养一方人。

杨丹丹：我曾经长时间关注“东北地域文化与文学”，对文化地理学有一定的认知和理解。

杨晓澜：大湾区由珠三角九市和香港、澳门组成，我之前未有过如此详细的文化地理思考，但长三角、长江中部经济带衍生的长江流域文化，湖南湖北江西三省的多次文化主题活动，还有武夷山的地域文化交流、岭南文化带等，都让我在不同角度地进行跨地域文化思考。

郑焕钊：没有。

3. 你去过“大湾区”的其他城市吗？谈谈其中一两个印象很深的地方。

向　迅：大学毕业后，我曾在广州市工作了一年多时间，期间去过“大湾区”大多数城市。我们平日提到“大湾区”的城市，首先想到的可能是经济，可我在广州工作期间，发现传统文化在这座国际化的城市传承、保存得非常好。在传统节日到来时，广州人还沿袭着许多特别有仪式感的习俗。在市区，只要做个有心人，可以发现不少很有历史感的巷子，走进去，历史扑面而来。广州还有醒目的牌坊文化。它其实也是一座很有文化底蕴的城市。

阮雪芳：谈谈广州吧，那是一座有魅力的城市，我在那里工作了好几年，印象深刻的是每天上班经过珠江新城的情景，有进入好莱坞大片的科幻感；广州有深厚的历史文化底蕴，比如去北京路或一德路，不经意就在街角遇见了历史，那种人文景观，既藏匿时间又显现时间。我喜欢广州，我的朋友都在那里，他们坚守着艺术理想，做一些很纯粹的事情，这让人温暖。

陈崇正：除了澳门，其他城市我基本去过。我还挺喜欢珠海的。我一直觉得一座城市最好是能有河流穿过。我的故乡村里有一条溪流穿过，潮州有韩江穿过，东莞有东江穿过，广州有珠江穿过，但是珠海，好家伙人家直接是有海岸线的，站在窗前就能望见大海，心中如何不春暖花开。

冯　娜：9+2 城市群几乎都去过，有些了解得深一些，有些就是匆匆掠过。香港和澳门的印象会深一些，毕竟这两个城市的历史比较特别，沾染了比较浓郁的异域文化，这两个城市也因此有很强的观光吸引力。

李德南：有不少城市都去过，但谈不上有很深入的认知。除了我所生活的广州，大湾区的城市中，我最为了解的是深圳。我曾在深圳暂居一年，那一年里去过深圳的不少地方。现在回想起来，印象最深的却不是深圳某个具体的地方，而是那种整体意义上的活力与青春气息，一种新城市所特有的气息。我曾在网上看到一组照片，拍的是夜雨中的深圳，那时候，摄影师一定是在高处俯瞰，有着我们通常所没有的视角。照片里的深圳美得有些不真实，甚至可能让人只是看照片就会忍不住爱上这个城市。这是一种非常感性的记忆与印象。我在一些评论文章中对深圳有过更为贴近现实或实际的言说，也知道它有多面性。

李　晁：中国幅员辽阔，这是幸运的，这一广大疆域内的城市，都有着历史的遗存，这是迷人的地方。现在我们说古城，其实也是混杂的概念，仅仅指示历史，呈现一种悠久态势，但实际拜访，可能会得出一种模糊的印象，在千城一面的现实下，我们如何去感受历史，是需要发现之眼的。幸运的是，我们依然能在一些城市里感受到这一与自己久居之地截然不同的气息，比如西安、苏州、哈尔滨，单纯到空气的配比都明显不同。我们对城市的记忆应该首先来自对空气的甄别，然后才是我们受到的各种信息来源的引导，比如一些出镜率很高的地名或建筑，总是勾起我们的怀古之心，没有这个，一座城市很难被记忆，因为首先没有被唤醒。

林培源：我印象比较深刻的是东莞，2007年高考完的夏天，因为姐姐和姐夫在那里工作，我过去住了一小段时间，那时东莞给我的感觉没有现在这么发达，他们住在城中村，出来不远就是一个大公园，周边都是农民房，也有超市、商场，道路建设也不够完善，附近还有东莞的一所中学，当时高考完，路过的时候看到门口挂了很大的庆祝考生考上名校的条幅。总之，那时的东莞给我的感觉，不太像一个城市，而像是县城。2012年我再去东莞的时候，是和一群文化圈的朋友在一起，那时近距离感受了东莞新生的文化力量，这种感受和冲击很明显，改变了我对东莞的刻板印象。

唐诗人：我去过深圳、珠海、东莞、澳门、香港、佛山、惠州、中山……应该说都去过，但并没有在这些城市长时间居住、生活过，所以很难说出特别深刻的感受。去的比较多的属佛山，顺德、南海这几个区去过多次，包括旅游和调研，给我的印象比较深。我觉得佛山的生活气息和文化氛围都特别好，他们对自己城市的文化遗产、文艺人才和相关作品都特别珍视。这种珍视不是很多地方的仅仅地方政府为了政绩在重视，更是这里的普通人很在意。所以“文化”在佛山不是一个口号，而是你真的能感觉到这里有很多人真心热爱自己的家乡文化，他们也真心推重有文化的人和物，而且这种推重也并非“崇拜”，而是一种平等基础上的推崇和尊重，这是很多地方都感受不到的。

小　珂：非常遗憾，我没有去过“大湾区”的城市，以后一定会找机会去的。

杨丹丹：去过广州、深圳、中山、佛山、肇庆、江门；其中深圳给我留下了深刻印象，深圳作为中国改革开放的“试验田”，蕴含了中国独特的现代化经验，也产生了独特的“问题群”，也在这种独特的经验和问题中形成了鲜明的城市性格。

杨晓澜：广州、珠海、深圳、东莞、中山等大湾区大部分城市都到过，深圳文化气息很浓，珠海很宜居，都印象深刻。

郑焕钊：我在珠海生活过一年，较为喜欢珠海的宁静。

4. 你了解世界上的其他湾区吗？你觉得粤港澳大湾区和其他湾区相比有什么特点。

杨丹丹：到过美国的纽约湾区和旧金山湾区。纽约湾区以世界金融中心著称，旧金山湾区以世界科技中心为标识，而粤港澳大湾区还没有体现出鲜明的特征，如何从一个政策性的概念转变为实质性的经济和文化实践是粤港澳大湾区体现自我价值和意义的关键。

唐诗人：我知道世界上有很多著名的湾区，像旧金山湾区、东京湾区等等，但我并没有研究过，也没有去过，所以谈不上什么了解。但我觉得，粤港澳大湾区有很多独特的地方，比如涉及多种体制问题，而且其中的香港、深圳、广州是三大世界级超级大城市，其中的经济体量有多大可想而知。在文化层面，粤港澳大湾区不仅仅是岭南文化、粤语文化，更是中国文化的一个“端口”。我们知道，岭南文化有很传统、很中国的东西，香港、澳门、广州的近现代历史更包含着特别浓郁的中西方碰撞的东西，还有深圳、珠海等城市，它们是改革开放政策背景下迅速崛起的当代大城市，所以粤港澳大湾区有着传统的、当代的、中西方的文化基因，是一个特别复杂的“湾区”。

陈崇正：说实话并不了解，纽约湾区、东京湾区、旧金山湾区，我都没去过，但在电影里倒是反复见过。如果要对比的话，也只能用电影镜头来对比。电影画面中出现纽约、东京、旧金山的时候，观众脑海里会想起财富。但出现粤港澳的镜头，很大概率马上就会出现武打和餐馆的场景。这样的镜头语言和叙事期待，其实包含了文化视角的偏差。其实也在给粤港澳大湾区未来十年、二十年提出新的命题：如何延续这个城市集群的艺术传统和文化基因，让世界看到一个不一样的湾区？

向　迅：有所了解，像纽约湾区、旧金山湾区、东京湾区等，但确实没有比较它们之间的差异。

冯　娜：在文献资料中了解过一些，比如日本的东京湾区、美国旧金山湾区等；因为没有实地考察过，只能是基于一些材料和想象来对比。粤港澳大湾区的勾连是基于二十一世纪经济发展和文化共建的环境，它的优势在哪里？短板又是什么？我想未来城市和湾区的发展应该是一个整体性的构想，不仅是经济产业链的形成、文化板块的链接，更应该将注意力投放于人类如何诗意栖居的命题。

李德南：略有了解。我觉得不同的湾区在经济层面是有共性的，大湾区和世界上的其他湾区往往因在经济层面承担着重要的角色与使命，或是因发挥着重要的作用而受到广泛的关注。湾区之间的差异，更多是政治和文化上的。粤港澳大湾区有着独特的政治制度方面的特色，在文化方面，则有着岭南文化、移民文化、海洋文化等共存、融汇的特点。

李　晁：以前唯一知道的“湾区”，地名就叫“湾区”，来自旧金山。后来是东京湾，吉田修一写过一部长篇小说叫《东京湾景》，还有些印象。粤港澳大湾区是近两年内听到的，我没有实际踏足过，东京去过一次，无法作出比较。但概念之下，我想，亦无非是生活化的。还是其中形形色色的人的构成更让我感兴趣。

小　珂：我对纽约湾区、旧金山湾区有所耳闻，但了解不多。顾名思义，纽约湾区有华尔街，其特点应该是在经济方面，而旧金山湾区则因硅谷而更注重科技发展。相比较来讲，粤港澳大湾区面积更大，人口更多，这就给经济发展提供了更雄厚的基础以及更多的可能性，我相信粤港澳大湾区一定会发展得越来越好。

阮雪芳：我知道世界上经济实力较强的还有旧金山湾区、东京湾区、纽约湾区等，相比于其他湾区，粤港澳大湾区更年轻化，具有包容性和创新力。

杨晓澜：不了解。

郑焕钊：不了解。

5. 对你而言，大湾区对文学有影响吗？对你的创作有启发吗？

李　晁：我想最大的影响还是来自语言，在某一语言的影响下，如何去表达，是我感兴趣的。近两年我读到的最具特色的小说来自香港的马家辉，他的《龙头凤尾》和《鸳鸯六七四》对粤语的运用激发了我这样陌生地域的读者的兴趣，乃至兴奋。我想的是，如何将自己熟悉的地域的语言与普通话书写结合，两者的配比是一个神奇的勾兑过程，譬如《繁花》就是一个非常成功的例子。普通话、官话区之外的语言，实际上保留了很多不被我们所知悉的信息，可以看作神秘符号，这是一份重要的文化遗产，如何运用，让它们发出异彩而不是成为障碍，是我们要好好思考的。

陈崇正：我们这代人一直深受香港文化的影响，Beyond、金庸、周星驰，分别代表了声音、文字、画面的三个顶峰符号，如今依旧影响着许多人。甚至可以说，在大湾区这个概念没有被提出来之前，大湾区作为一个文化生态圈，一直在交流和互动着，相信每一个生活在这里的人，都得到过这种文化的滋养。

向　迅：肯定是有的。大湾区既是经济共同体，也是文化共同体，肯定会影响到文学生态。作为创作主体的作家，生活在大湾区，必然也会思考一种整体性或者说总体性的文学。

陈润庭：暂时还没有。

冯　娜：对我而言，没有影响。启发嘛，应该是一种外部影响，总有人提及，会影响自己去关注一下自己生活着的这片土地，它的过去、现在和未来，也许会发现一些新的内容和角度。

李德南：大湾区正在营造一个新的文学空间，它在机制或外部环境层面对文学的影响是显而易见的。从文化的角度看，情形则有所不同。一个地方或一个区域的文化，对一个作家的个性与写作有潜移默化的影响。这种影响，是一个自然而然的过程。这种影响又是非常内在的，通常不太容易辨认。

阮雪芳：文学有其自身的发展规律和方向，一般来说，不会因地理外因产生太大变化，但大湾区文学这个概念的提出，对文学还是有启发的。

林培源："大湾区"概念的提出，从行政、经济、文化和社会层面，对生活在这片区域中的人或多或少都有影响，更不用说，对一个写作者而言，这种嵌在历史进程中的变动，势必影响和改变身处其中的写作者——尤其是文学创作者，看待世界的眼光和格局。它给我的启示是，作为一个潮汕小镇走出来的青年写作者，应该立足本土，将目光投放到更为深远和广阔的历史空间，他山之石可攻玉，大湾区也许存在更多可待开发和挖掘的文学资源，本身就是一个极大的、富有魔力的磁场。

唐诗人：我觉得肯定有影响的。作为一种文化政策，必然会慢慢影响粤港澳大湾区文学、文化的发展。对于我而言，大湾区影响到了我做文学批评、文学研究，比如我对广东文学的研究就不再可能局限在珠三角，而是会习惯性地考虑到香港、澳门的文学状况，在视野方面就很自然地拓展了。同时，我们在这种城市文学的对比中，也可以发现很多有意思的东西。

小　珂：我认为，大湾区势必会对文学产生影响。环境会对文学与文化产生根本性的影响，不同的空气、水土、植物、饮食滋生出的文学视野和文学感觉是完全不同的。人是浸透在环境中的，南方特有的都市风格与自然风格养育了南方作家独特的写作风格。大湾区因各个城市来往紧密，互通有无，更加强了文学的传播与影响。所以我想，逐步发展的大湾区或许正在生成一种全新的只属于大湾区的文学风格，这是任何其他不处于“城市群”中的城市无法拥有的得天独厚的条件。

杨丹丹：没有实质性的影响，也许随着大湾区的逐渐成熟，会产生潜移默化的影响。

杨晓澜：我不是大湾区作家，但从一个作者和编辑的角度看，大湾区显然对大湾区作家群体创作有深远影响。地域空间、审美空间、文化空间得到扩大，审美维度和历史维度更加纵深，视野更广，起点更高，作家群体更加优质，文化资源更加丰富，文化交流活动更加频繁，各类资源的提升能推动文化事业的发展，促进作家队伍建设和作者自身创作水平不断提高。

6. 请你列出心目中十个左右粤港澳大湾区的优秀作家，排名不分先后。

唐诗人：金庸、西西、刘以鬯、张欣、邓一光、葛亮、王威廉、蔡东、陈崇正、冯娜。

向　迅：邓一光、田瑛、王十月、熊育群、陈启文、魏微、王威廉、郑小琼、塞壬、陈崇正。如果评论家也包括其中，肯定要加上谢有顺先生。

林培源：鲍十、熊育群、魏微、王十月、郑小琼、王威廉、陈崇正、蔡东、郭爽、陈再见。

小　珂：刘以鬯、邓一光、魏微、周洁茹、王威廉、蔡东、郭爽。

杨丹丹：刘斯奋、邓一刚、魏微、熊育群、盛慧、王威廉、金庸、刘以鬯、葛亮、钟伟民。

杨晓澜：粤港澳大湾区的不少作家都比较熟悉，比如王威廉、陈启文、葛亮、南翔、邓一光、蔡东、周洁茹、王十月、盛可以、塞壬等。

郑焕钊：在我极为有限的阅读中，香港的李碧华、已逝的刘以鬯，广州的张欣、鲍十，年轻的王威廉、陈崇正、冯娜，深圳的陈再见等，都是较为优秀的作家。

陈崇正：感觉这个提问是一道送命题，粤港澳大湾区这么多作家，只列举十人太容易挂一漏万了。而且谁也不好说哪些作家就真能代表粤港澳大湾区，比如我最喜欢的香港作家金庸，他的文化基因其实是江南，而广东这边大部分的优秀作家也不是在广东长大的，他们中很多都在书写自己的故乡。

冯　娜：列不出十个，所以略过此题。

阮雪芳：大湾区优秀作家很多，具体就不列了哈。

李德南：王十月、魏微、葛亮、吴君、周洁茹、王威廉、蔡东、郑小琼、陈崇正、林培源。

李　晁：地域如何划分，比如他地的“移民作家”算不算？我不知道，如果仅仅以身处其地的作家来说，我喜欢的有刘以鬯、西西、马家辉，年轻一代的有王威廉、陈崇正、林培源等等。

7. 请你选三个大湾区作家，谈谈他们最具辨识度的文学特点。

小　珂：魏微的文字有江南独有的灵气，她的作品中有一种源远流长的古老传承，她用女性忧伤的视角，缓缓道来现代人的精神现状；80 后作家王威廉的作品很有辨识度，他用梦呓般清洌的语言讲述了一个个都市中的奇特故事，显现了他深厚的哲学素养。相比来讲，王威廉的作品更现代，他完成了文学从优美外表到残酷内核的转化。

李　晁：我就说说刘以鬯吧，香港是他的书写场域。前两年我重温了他的中篇《陶瓷》，这篇小说很有代表性，和长篇小说《酒徒》里的意识流截然不同，这是刘以鬯的写实之作。小说截取的时代和当下有些距离，几十年前香港的陶瓷产品，如各类公仔、瓷盘、餐具，价格急剧上涨，一对夫妻逐步陷入收藏的狂热之中，这一进程的讲述，没有作者喜用的形式上的创新，而采用老实到底的写实笔法，极其朴素地抓住了七十年代初香港的市民阶层生活，小说在没有明示的经济腾飞中，以陶瓷这一事物的存在、发展形态，展现了人心的变异与被裹挟，它与将要到来的“行情崩溃”之间，形成了一个即将突破的临界点，我们很容易看到，在欲望与盲目合力拧成的人生草绳上，人心的不断攀高。这一着力点是经济和环境带来的，这一点在当下读来，尤感熟悉，仿佛重演，这是小说生命力的所在。

陈崇正：那说点其他人不太关注的。推荐大家读一读香港作家西西的《飞毡》，你会感觉到这不是一个小说家，而是一个裁缝，她细细密密地裁剪，甚至有些啰嗦，但慢慢你会看到一个整体，看到斗篷和袍子。澳门的作家了解很少，或者说澳门真的太小了，人口在那里，作家数量也在那里，值得一提的是姚风和黄礼孩编的《中西诗歌》，这本刊物默默坚持了很多年，也算是大湾区的诗歌“老字号”了。广东的现状是青年作家群体在成长和壮大，这是此前没有过的风景，新青年代表了新南方的未来和希望。

向　迅：王十月的小说，擅于打破现实与虚构的界限，将魔幻色彩与现实主义杂糅并置，具有特别强烈的反思意识，譬如他的长篇小说《收脚印的人》；塞壬的散文，敢于直面最真实的自我和直呈幽微复杂的人性，借鉴多种叙事技法，践行古人的大“文章”观，拓宽了散文这一文体的边界；陈崇正的小说，与麦克尤恩一样，擅于一本正经地讲述虚构的故事，并让在现实生活中不可能存在的事情取得合法性，并借此勘探人性的复杂。

阮雪芳：谈谈吴君、郑小琼和王威廉。吴君的写作有显著的深圳元素，以精细的笔触凸显了时代洪流裹挟下普通人的命运，看似风平浪静，实则波澜起伏；小琼从日常生活开掘诗意，对苦难的理解，形成她丰沛而致密的精神纹路，她以语言探测世界，进行着刺青般的写作；威廉是集思想与叙事灵性于一身的作家，对现实的精敏洞察和思考成为他写作的内驱动力，通过揭示人性的幽微底里去呈现人的生存境况。

李德南：金庸——能打通雅俗，所创造的人物和世界深入人心。邓一光——有其独特的精神哲学，思想体量极大，其作品贴近现实又有超拔之力。西西——她的写作既是个人的，又扎根于地方的历史与文化，能写出个人心中的“我城”。

唐诗人：首先是香港作家西西的作品，她的语言是特别有韵味的，干净、典雅，我们可以从中感受到最清晰的港味特征。她写香港这座城市，那种日常感和宏大感，糅合得特别自然。还有张欣的小说，写广州都市生活，其题材故事和叙事特点也有着独特的品质，写都市爱情故事，注重日常生活写实，以很简洁的叙事包容着最广阔的文化。青年作家方面如王威廉，他的小说思想气息特别浓，阅读起来能感受到很清晰的哲思格调，是以文学的方式对当代人生活方方面面进行深度思索。

杨丹丹：邓一光的文学作品有一种其他作家难以企及的“硬度”；王威廉的文学作品呈现出80后作家少有的“哲学”高度；葛亮的文学作品将“历史”与“抒情”结合得毫无痕迹。

杨晓澜：王威廉，具有80后少有的思辨和自省意识；蔡东，真诚而有诗意，细腻而追求理想；塞壬，直抵人的精神内核，干净有力。

8. 你觉得大湾区文学这个概念跟以往的区域性文学概念，比如“岭南文学”，有何不同？

小　珂：中国曾有过许多区域性的文学概念，比如“岭南文学”“京派文学”“东北文学”等，但是我认为这与“大湾区文学”是有本质不同的。前者更注重文化传承，是以多年沉淀而形成的文化脉络为基础的文学风格，这也就更“文学化”，或者说是一种类似于“致敬”的文学方式。但“大湾区文学”显见有更多可能性，它是在不断发展与互动中产生的文化与文学。它到底会衍生出什么样的形态？让我们拭目以待。

向　迅：大湾区文学这个概念，更现代，也更国际化吧。相比“岭南文学”这一地域概念，它给人一种整体性或者说总体性的感觉。

陈润庭：岭南文学的说法，多少带着某种北方望向（指称）南方的视角。作为文化的山岭，五岭只生产了“岭南”，却不生产“岭北”。作为区域性概念的岭南文学，“南”究竟意味着什么，文化位置的边缘似乎带来了归类的混杂与晦暗不明。我更看重

“大湾区文学”的概念。大湾区的概念植根于大湾区内部各地历史文化渊源的同时，也点明了大湾区独特的地理位置。基于明确的文化地理而产生的概念，往往暗示了一种不需外求的有限主体性。

陈崇正：大湾区文学这个概念的好处是它混沌未明，它还没有概念，可以进行赋值。

阮雪芳：两者的命名都与地理相关，但有着异质辨识，从时间角度看，岭南文学更显深邃丰厚，大湾区文学的多元化与未来性更显著。

李德南：岭南文学这个概念，我觉得主要是从文化传统或文化积淀的角度着眼，偏重历史性和事实性。而大湾区文学的提出，偏重政治经济学方面的考量，带有鲜明的当下与未来的特质，也带有鲜明的建构色彩。这两者所指称的对象，有部分的重叠，比如有的作家及其创作，既属于岭南文学，也属于大湾区文学的阵营。

李　晁：我对此没有研究，从字面上理解，我以为这既是范围的扩大，又是一种精神上的凝聚，这是概念带来的，实际如何考察，还需要时间和更多的作品来甄别、认证。

林培源：“岭南文学”会给人偏安一隅的印象，这是在一个南北对位的历史框架中产生的概念，岭南文学容易让人陷入一个“地域文学”“方言文学”的窠臼里，或者这么说，岭南文学就如同江南文学、西北文学、东北文学一样，是依靠地理方位、文化习俗、方言俚语为基准而生长出来的一种地方性文学，是一个“小”的文学概念。而“大湾区文学”则将岭南文学包含其中。它既保留了地方文学的特殊性，又凸显了一种“大”的文学地理的特征，它含纳的是粤、港、澳和客家、潮汕等在内的地方特色，是一个统筹性的文学概念，并且具有相应的生长性。放在世界文学的范畴内来看，它又可以和华语语系文学、马华文学、北美华人文学等概念对标。

唐诗人：当然是视野方面更宽阔一些，我前面说过，“岭南”概念相对传统一些，但“大湾区”概念可以包含着“古今中外”的文化品质，尤其指向未来。因为如今我们探讨“粤港澳大湾区文学”，往往是也谈未来，谈憧憬，谈可能性。所以，我认为，“岭南文学”是指向过去的，“大湾区文学”是朝向未来的。

杨丹丹：“大湾区文学”仍然是一个生成性的概念，这一概念的经典化和文学史化仍然需要漫长的时间；同时，这一概念内部的文化形态和文化指向是在相互冲突中走向融合，需要不断地调整和重组；更为重要的是，与这一概念相适应的文学实践活动仍然处于分散的状态，没能有效地整合在一起。而“岭南文学”等区域文化概念已经得到学术界的集体认同，是经典的文学史概念，内部的文化形态和文化指向也趋于一致，文学创作也具有类似的审美倾向。

杨晓澜：地域更宽广，概括性更强更具体，站位更高，具有展现未来发展大视野、大思考。

郑焕钊：岭南文学主要着眼于历史文化，地域历史文学的同源性构成其基础。大湾区文学的落脚点是“大湾区”，这是一个具有政治性、经济性、未来性和文化性的复合概念。其文化性也不完全等同于岭南文化，香港与澳门独特的中西文化交融状态就已经超越了岭南文化的内涵。因此，大湾区文学应该成为能够表达湾区城市间审美体验的共同性与差异性，展现湾区社会发展内在精神与情感结构的一种文学。

9.“粤港澳大湾区”是中国最发达、国际化程度最高的现代城市群，你对大湾区城市文学的现状和前景有何观察？

陈润庭：我对大湾区城市文学有着很好的期待，不仅仅因为“粤港澳大湾区”是中国最发达、国际化程度最高的现代城市群，我更看重的是香港作为一座高度发达的城市，在此前半个世纪以来所积累的城市文学经验。学者赵稀方曾说：“二十世纪下半叶香港文学对于都市型的表现和开掘，为二十世纪上半叶的上海文学，以及新时期以来的内地都市文学所远远不及。”二十世纪五六十年代以来，香港经历工业化、城市化，继而兴起具有殖民属性的现代主义文学运动。不可否认的是，舶来的现代主义文学带给了香港文学书写城市的文学资源，而后刘以鬯、西西、董启章等数代香港作家的创作，则完成了对这一舶来资源的本土性转化。

香港一个世纪以来独特的历史遭遇，造成了这座城市的复杂与多面，也给书写城市的香港作家带来了挑战与机遇。而由此形成的香港城市文学经验，则成为对大湾区城市文学发展富有借鉴意义的文学资源。

向　迅：就我的观察和了解，目前生活于大湾区城市的青年作家群，是国内最活跃、最具创造力也最有实力的群体之一，未来可期。国际化的视野，必然会给文学创作带来积极影响。

陈崇正：若说远景，我期待这里能出现世界级的作家；如果说现状，我希望能有一个粤港澳大湾区文学奖，奖金足够高，评委阵容足够权威，独立评奖，给在大湾区写作的人一束强光。

冯　娜：这是一片理应出现优秀文艺作品的土地，然而也被一些人称为“文化沙漠”，我想是众多的因素造成了经济和文艺高度的不匹配。一方面，外部的大环境某种程度上会影响个体创作者，比如给予文化从业者更多的关注，让他们有一个相对宽松的环境去创作，并有足够好的传播环境让他们的作品为更多的人所知。另一方面，创作者在大湾区生活，如何找到自己的创作方向，如何写出具有辨识度的作品，是他们自身的修为。

李德南：在“中国最发达、国际化程度最高的现代城市群”生活和写作，能及时感知很多新现实与新经验，这是地理层面的优势。不少属于这一区域的作家，也用各自的方式对种种新经验和新现实进行了文学化的书写。讨论当下的城市文学写作，我觉得他们的作品是无法忽视的。这里头的很多作品，在题材方面有优先性和独特性，在写法上也有各自的探索。这种书写具有怎样的前景，我觉得得看作家们能否对现实进行更为深入、更为内在的书写，能否找到更为独特的、更具文学性的书写方式，能否在书写中形成个人的写作伦理学与精神哲学。

李　晁：还是上面说的，我没有专门研究，可能需要学者作为课题来好好梳理，前景其实很难被有效考察，因为这涉及一代代作家的贡献，而这又是个体的，充满着不确定性，但我们可以想象一种乐观景象，比如在人口、资源、信息都高度集中并流通的地方，这一前景的可期盼性是很大的。

唐诗人：就现状而言，我觉得还是比较散、很不理想的。“大湾区”的几大城市之间，还有着很多方面的隔阂，包括制度差异和历史差异，文学层面更是有着各自独特的传统，所以现在谈“大湾区文学”，很多时候还是我们自说自话，还上升不到真正的交流和共力。这种现状也决定了我们现在探讨粤港澳大湾区文学主要是憧憬未来。就未来而言，我还是充满期待的，我相信不久的将来，“粤港澳大湾区文学”可以有真正的文学内涵。

小　珂：我不是文学评论家，无法做到真正有效地观察。我期望“大湾区城市文学”能更多地与世界接轨。不是模仿世界文学，而是将中国文化与文学以独特的方式输出到全世界。

杨丹丹：文学创作的未来可能性无法被一个概念所限定，但一个成熟的概念却可以为文学创作提供有效的写作范畴，但前提是这个文学概念本身是真实有效的，很显然“大湾区城市文学”的概念有待经受时间的辨伪。

杨晓澜：非常值得期待，大湾区本就有一批优质作家，良好的外部环境肯定能促进文学发展。但创作也是个人的事情，需作家们自己修炼内功，才能借助外力，创作更多精品力作。

郑焕钊：粤港澳大湾区城市文学应该说是中国城市文学中比较早发展起来的：香港文学作为中国现代城市文学的代表，已经有比较长的历史，并且因为城市自身的独特性，使其在都市、后现代与文化身份之间具有较为紧密的关联。在文学史的视野中，香港、上海与台北一直以来也被史学家以某种“双城记”的方式关联起来。深圳作为中国最具活力的城市，在打工文学方面的开拓，实际上代表了中国当代城市文学颇具历史性的一种面相，是中国城市工业化的一种重要的文学表征。而在广州的张欣等作家，书写城市世俗生活，成为颇具标志性的城市文学的代表性作家。因此，从城市文学的层面，大湾区城市文学应该是湾区文学的重要内涵，只是湾区城市文学毕竟不同于单纯的城市文学，湾区文学所具有总体性、共同性或者城市间的关联性，我认为应该有更多的探索。

阮雪芳：这个概念的提出，可能会形成一个向心力，有利于区域内城市文学的养分共享和良性发展。

10. 有人认为，“粤港澳大湾区文学”就是存在于粤港澳大湾区区域内的文学总体；也有人认为，“粤港澳大湾区文学”可以成为一个具有召唤性和生产性的学术概念，它可以创造出具有内在性和整体性的文学内涵。你怎么看？

林培源：任何一个文学概念的提出，都有其历史的必然性，“粤港澳大湾区文学”作为一个总体性的概念，召唤的是一种具有世界视野、历史深度和地方性特色的文学，身处其中的“个人”，应该时刻保持一种敏锐的触觉，毕竟文学从某种程度上来说，就是个人和世界关系的投影，我们如何看待世界，决定了我们如何看待文学，反之亦然。在我看来，“粤港澳大湾区”既是内在的，又是外在的，它是一个流动的、开放性的概念，更重要的是，透过它，写作者可以激活自身的记忆、阅历和文学经验，再将这种被激活的文学动力注入其中，这样才能多方位地保持“粤港澳大湾区”持续不断的活力和文学生产力。

向　迅：我在前面提到整体和总体性，其实是受到李敬泽先生的影响。他一直强调和呼吁“总体性”。只有具有或建构总体性视野，才可能对我们所生活的世界有一个整体性把握。我觉得很有道理。所以我倾向于第二种观点。

陈崇正：这个问题答案过于明显，我当然认同后者。

陈润庭：如果说“粤港澳大湾区文学”就是存在于粤港澳大湾区区域内的文学总体，那么这一总体的存在是历史性的，同时也因为未被言明而缺乏现实意义。但也正是这一文学总体构成了“粤港澳大湾区文学”概念生产的历史基础。作为新兴的学术概念，“粤港澳大湾区文学”似乎天然地朝向未来，并许诺了一种前景。但其作为概念的号召性与生产性，却只能通过对“粤港澳大湾区文学”充分历史化的研究才有可能激活。

冯　娜：创造概念和文学实践是两回事。

李德南：“粤港澳大湾区文学”这个概念可以有不同的维度，上述说法代表着两种不同的维度，我觉得未必是冲突的，起码在一些层面上，是可以兼容的。我倾向于把“粤港澳大湾区文学”作为一个观察文学的视野或角度，视为一个取景器。从中，我们可以看到一个区域文学风景的独特性，看到一个地方的独特性，从而在写作中有独特的创造。如果要想让它更好地发挥效用，我们还需要有其他的视角。比方说，我们要在中国文学的视野中去理解这一区域文学或地方文学，也要在世界文学的视野中理解这一区域文学或地方文学。地方、区域，中国与世界，过去、当下与未来，现实与想象……重叠的、多重的视野会让我们看得更深，也看得更为透彻。

李　晁：我觉得都有道理，历史上也涌现了各种地方的文化派别，甚至某一时期成为高峰，这是客观的。来自地域的综合实力，比如人才的聚集，是最重要的土壤。“粤港澳大湾区”的吸引力我觉得首先来自这个，然后才是其他，比如文化认同、精神上的凝聚等等，这种因素综合后又会演化为不同的作品，我相信这种作品之间会有某种关联，因为共情的生发点还是来自这一片土地和土地之上的人，这种纽带是无法被摧毁的，不论是外来者，还是“内在”之人，都可能发现其中的统一性，从而通过不同的书写表达出来。

唐诗人：我希望这个概念可以是一个具有召唤性和生产性的学术概念，但首先它得有自己的内容。这“内容”必然会指向粤港澳大湾区区域内的文学成就，尤其是代表性作家的重要作品，这是我们探讨粤港澳大湾区文学概念的基础。没有这个基础，那就只剩下憧憬了。

小　珂：城市还在发展，湾区还在发展，而城市与湾区的潜能都是无限的，这也就造成了“大湾区文学”独有的魅力：丰富性与不确定性。我觉得“大湾区文学”不仅是一个学术概念，它更应该是作家们提升自我的方式，也是让中国文学屹立于世界的方式。因为相较于其他区域文学，它有更多的能动性。我很期待看到“大湾区文学”未来的发展。

杨丹丹：“粤港澳大湾区文学”是一个召唤性和生产性的学术概念，它更加注重未来的可能性。

杨晓澜：两种看法都有道理，前者从地域角度看，后者从文化影响看。两种看法并不冲突，可以互相助力，共同繁荣。

阮雪芳：无论提出什么样的学术概念，或有没这个概念的出现，我认为，文学的宗旨是实现对社会现实的投射和对人性光辉的永恒照耀，这取决于写作群体（作家个体）的敏识和良知，他们能否以深邃的写作体现这种思考和担当，才是最关键的。

郑焕钊：目前，粤港澳大湾区 9+2 各城市的文学，如果要用大湾区文学来讨论的话，从创作的历史形态上，我觉得仍然缺乏一种总体性。在很大程度上，在我看来，其面向未来的生成性的意义更大，以一种概念带来新的视野，并在这种新视野推动下形成创作上的自觉追求，或可形成一种新的文学内涵。